AF214839

ullstein

ROBERTA GREGORIO wurde 1976 in Fürstenfeldbruck in Bayern geboren und ist dort direkt an der Amper aufgewachsen. Auch heute lebt sie mit ihrer Familie am Wasser, nur nicht mehr am Fluss, sondern am Meer, genauer – in Süditalien. Gleich geblieben ist ihre große Leidenschaft für Worte, Texte und Manuskripte. Wenn sie nicht schreibt oder liest, übersetzt sie.

Von Roberta Gregorio sind in unserem Haus bereits erschienen:
Die kleine Eismanufaktur in Amalfi
Der zauberhafte Papierladen in Amalfi
Die Zitronenblüten von Amalfi

ROBERTA GREGORIO

Capri bedeutet für immer

Roman

Ullstein

Besuchen Sie uns im Internet:

www.ullstein.de

Wir verpflichten uns zu Nachhaltigkeit
- Papiere aus nachhaltiger Waldwirtschaft und anderen kontrollierten Quellen
- ullstein.de/nachhaltigkeit

MIX
Papier | Fördert
gute Waldnutzung
FSC® C021394
www.fsc.org

Originalausgabe im Ullstein Taschenbuch

1. Auflage Mai 2024

© Ullstein Buchverlage GmbH, Berlin 2024

Wir behalten uns die Nutzung unserer Inhalte für Text und Data
Mining im Sinne von § 44b UrhG ausdrücklich vor.

Umschlaggestaltung: zero-media.net, München

Titelabbildung: © FinePic®, München; © Sean Pavone / Alamy
Stock Foto (Capri-Motiv)

Gesetzt aus der Quadraat Pro powered by *pepyrus*

Druck und Bindearbeiten: ScandBook, Litauen

ISBN 978-3-548-06924-1

Kapitel 1

Heirate jemanden, der dich zum Lachen bringt.

Chiaras Augen brannten, der Schaum lief ihr unaufhaltsam aus den Haaren, über die Stirn, auf die Wangen und dann weiter und weiter. Und sie fror, weil sie auf die Schnelle nur das winzige Gästehandtuch erwischt hatte, das noch nicht mal eine Pobacke bedeckte. Halb blind tastete sie sich in die Küche, stolperte über Ernesto, den Kater ihrer Mitbewohnerin, der ihr daraufhin mit den Krallen ins Bein schlug. Ja, so war er, der Gute: verschmust und anschmiegsam nur bei seinem Frauchen. Freunde würden Chiara und Ernesto in diesem Leben wohl nicht mehr werden, diese Hoffnung hatte sie schon lange aufgegeben.

In der Küche angekommen, nahm sie mit spitzen Fingern das Alukännchen, in dem der aufgestiegene *caffè* vor sich hin gurgelte, vom Gasherd und stellte es in die Spüle. Mist, es roch schon angebrannt. Sie fluchte. Als gebürtige Neapolitanerin fehlte es ihr weder am nötigen Vokabular noch an der korrekten Intonation. Sie ließ Wasser über das glühende Kännchen laufen, das beim Erkalten empört

5

zischte. Nun konnte Chiara durchatmen. Das war noch mal gut gegangen. Dass sie *caffè* aufgesetzt hatte, war ihr erst wieder eingefallen, als sie voll eingeschäumt unter der Dusche gestanden hatte. Die Zeit reichte nie, und sie tat alles auf einmal und viel zu hastig, was dann zu Momenten wie diesem führte.

Chiara eilte zurück ins Bad, befreite sich von dem ganzen Schaum und stieg wieder aus der Dusche. Ein Seitenblick auf ihre Armbanduhr, die auf dem Rand des Waschbeckens lag, verriet ihr, dass sie spät dran war. Als Süditalienerin, die in Mailand lebte, hatte sie noch immer ein bisschen mit der Pünktlichkeit zu kämpfen, die ihr nicht mit in die Wiege gelegt worden war – so viel Selbstkritik musste sein.

Als sie sich endlich fertig angezogen und gestylt hatte, verließ sie die Wohnung in der Mailänder Innenstadt, kehrte fünf Minuten später aber schon wieder zurück, weil sie ihr Handy liegen gelassen hatte. Dabei ließ sie die Wohnungstür offen, was Ernesto schamlos zu seinem Vorteil ausnutzte. Er entwischte ihr, und sie musste ihn im Treppenhaus suchen. Fünfzehn Minuten lang. Als sie ihn wieder in die Wohnung trug, fauchte er sie an. Sie versuchte, ihn zu beruhigen, zu kraulen, er fauchte noch lauter.

»Was für ein wundervoller Morgen ...«, sagte sie zu sich selbst mit einem Blick auf ihre schwarze Hose und ihr lilafarbenes Top, das nun voller grauer Katzenhaare war, und machte sich seufzend auf den Weg zur Arbeit.

Sobald sie das Haus verließ, landete sie im puren Chaos. Obwohl sie schon seit fünf Jahren hier wohnte, erschlug sie das hektische Treiben in den Straßen jeden Tag aufs Neue.

Und sie war in Neapel groß geworden. Was hieß, dass sie eigentlich daran gewöhnt sein sollte, an diese Menschenmassen und den ständigen Verkehr. So war es aber nicht. Neapel hatte sie nicht halb so sehr gestresst wie Mailand. Manchmal hatte sie Heimweh, das konnte sie gar nicht leugnen. Mailand und Neapel waren zwei Extreme. Und ihr fehlte oft die Wärme, die Herzlichkeit. Abgesehen von Neapels unvergleichlicher Schönheit. Welche Großstadt konnte schon von sich behaupten, von einem Vulkan angelächelt, dem Meer liebkost zu werden und einen Katzensprung von den glamourösesten Inseln des Mittelmeerraums entfernt zu liegen?

Aber es nutzte ja nichts. Chiara holte tief Luft und tauchte ein in den Strom.

Eigentlich hatte sie nicht vorgehabt, in der Großstadt in der Lombardei ansässig zu werden. Sie war hierhergekommen, um an der bekannten Galdus-Schule zur Goldschmiedin ausgebildet zu werden. Sie hatte sich riesig gefreut, als sie nach einem gar nicht so einfachen Aufnahmetest zum Studium zugelassen worden war. Modernste Geräte und innovative Techniken hatten sie begeistert, aber auch die Professoren hatten sie mit ihrer Motivation und Liebe zur Materie angesteckt. Lernen war eine Freude gewesen, für den praktischen Teil hatte sie nach nur wenigen Wochen ein richtiges Talent entwickelt. Während der drei Jahre musste sie verschiedene Praktika in Betrieben durchlaufen. Und beim letzten Praktikum war etwas Großartiges passiert: Sie hatte sich auf dem Arbeitsplatz so wohlgefühlt, dass sie sich selbst übertroffen hatte. Das war auch ihren Vorgesetzten nicht entgangen, die sich bemüht hatten, ihr gleich eine Stelle anzubieten. Und wer sagte schon Nein zu einer Position als Schmuckdesignerin beim bekannten Schmucklabel *MM-Gioielli*? Deshalb war sie noch immer hier, sie, die feurige Südländerin im eher unterkühlten Norden ...

Chiara stemmte sich gegen die schwere Glastür – ein schwarzes M in geschwungener Schrift auf der rechten Seite, eines auf der linken –, die ihr Zutritt zum antiken Gebäude verschaffte, in dem sich die MM-Büros und die Produktion der Echtgold-Stücke befanden. Die Eingangshalle war schick, hohe Decken, viel Weiß und Gold, Marmor, helle Möbel, Glas und Blumen, die ein Vermögen kosten mussten und jeden zweiten Tag frisch geliefert wurden. Die große, elegante Rezeption war gerade nicht besetzt, was das Telefon nicht daran hinderte, trotzdem zu klingeln.

Marco, der Security-Mann, nickte ihr zu. Er trug eine Uniform, die ihn aussehen ließ, als gehörte er einer Spezialeinheit an. Er war einschüchternd groß, neben ihm kam sich Chiara mit ihren ein Meter sechzig vor, als könnte er sie mit Leichtigkeit umpusten. Aus diesem und anderen Gründen war sie nie auf seine offensichtlichen Annäherungsversuche eingegangen. Sie fürchtete, von ihm erdrückt zu werden – so doof das auch klingen mochte.

»Spät dran?«, fragte er amüsiert.

»Frag nicht ...«, antwortete sie und ruderte dabei wild mit den Armen, um ihm zu verstehen zu geben, dass sie einen chaotischen Morgen gehabt hatte.

Er lächelte verständnisvoll, zeigte dabei eine ganze Reihe an Zähnen, die Chiara an das Gebiss eines Pferdes erinnerten. Bevor er noch etwas hinzufügen konnte, winkte sie ihm im Vorbeigehen zu und lief in Richtung Aufzug, der zum Glück im Erdgeschoss auf sie wartete.

Chiara arbeitete im Kreativbüro im dritten Stock und hatte das Vergnügen, ihr Know-how in die relativ neue Modeschmuck-Abteilung einfließen zu lassen. Ihre Aufgabe war es, die halbjährlich neu erscheinenden Kollektionen mitzugestalten, was ihr unglaublichen Spaß machte. Zwar vermisste sie manchmal den praktischen Teil der Schmuckherstellung, aber man konnte nicht alles haben.

Der Aufzug sprang mit einem *Pling* auf, und endlich konnte Chiara auf den zentralen, nur mit Glaswänden abgetrennten Raum zusteuern, in dem sie im Team Ketten, Ringe, Ohrringe, Armbänder und, und, und neu erfand, neu zeichnete, neu zusammenstellte. Immer und immer wieder neu, was gar nicht so einfach war. Ein Ring blieb nun einmal ein Ring. Ganz egal, wie man ihn drehte und wendete. Doch Chiara liebte die Herausforderung und bemühte sich, das Rad trotzdem ein klein wenig neu zu erfinden. Sie spielte gerne mit Steinen und Mustern und hatte ein gutes Händchen für Trends. Die *Exotica*-Kollektion, die Chiara entwickelt hatte, war ein durchschlagender Erfolg gewesen. Im letzten Sommer war Instagram voll mit Bildern von Influencerinnen gewesen, die ihren Anhänger getragen hatten, der einer Drachenfrucht nachempfunden gewesen war. Am Strand, beim Tanzen oder beim Shoppen. Chiara hatte sich einige besonders hübsche Bilder aus dem Internet sogar per Screenshot aufs Handy geladen. Ein kleines bisschen stolz war sie nämlich schon auf ihre Kreativität.

An ihren eigenen Fingern steckten unzählige Ringe, sogar am Daumen. Die meisten hatte sie selbst gemacht, manche waren noch aus ihrer Ausbildung, also noch gar nicht perfekt, und erinnerten sie an eine Zeit, in der sie nur von einer Zukunft als Goldschmiedin träumen konnte. Vielleicht liebte sie sie deshalb alle so sehr.

Chiara schloss die Glastür hinter sich und lächelte ihren Kollegen Fulvio und Anita zu.

»Ciao ...«, sagte Anita und blickte nur ganz kurz von ihrem Bildschirm auf.

Fulvio hingegen sagte gleich gar nichts und nickte Chiara nur zu.

Sie waren so vertraut miteinander, dass das nichts ausmachte. Höflichkeitsfloskeln konnten sie sich getrost sparen, da sie sowieso den ganzen Tag – und wenn es mal knapp mit einer Kollektion wurde, gerne auch mal die Nacht – auf engem Raum miteinander verbrachten.

Fulvio nieste laut.

Er reagierte allergisch auf Katzenhaare. Und Chiara war übersät damit. Normalerweise passte sie penibel darauf auf, keine Tierhaare mit ins Studio zu schleppen. »Ernesto«, versuchte sie, entschuldigend zu erklären.

Fulvio rollte mit den Augen und sprühte sich irgendetwas in die Nase. Und damit war das Thema für ihn wohl erledigt.

Chiara setzte sich an das Ende des großen zentralen Tischs, an dem sie gemeinsam arbeiteten. Sie war komplett durch den Wind und musste sich einen Moment fangen, bevor sie hier ihr Bestes geben konnte.

»Du sollst übrigens zu Gianmaria ins Büro ...«, erwähnte Anita wie beiläufig. Dabei kannte Chiara ihre Kollegin gut genug, um zu wissen, dass sie vor Neugierde starb. Und das war so eine Eigenschaft, mit der Chiara nicht gut zurechtkam. Sie fand die Selbstkontrolle der meisten Mailänder übertrieben. Was war das für ein Leben, wenn man seine Emotionen nicht zeigen konnte? Wo blieb da der Spaß? Natürlich durfte Anita neugierig sein!

»Hat er gesagt, um was es geht?«, erkundigte sich Chiara. Sie hoffte, dass er endlich sein Okay zur *Capri-Capsule*-Kollektion gab, die sie ihm bereits vor einer Woche komplett zugemailt hatte.

Anita zog die Schultern hoch, sodass sie ihre langen Ohrringe berührten. Dann schob sie sich die Brille zurecht. »Du kennst ihn ja. Kommunikation ist nicht seine Stärke.«

»Nicht wirklich.« Da konnte Chiara ihr nur recht geben.

»Nun geh schon und finde es heraus«, schlug Fulvio vor. Dann stand er auf und schob sie quasi aus dem Glasraum. »Und sei so gut und befrei dich von den Tierhaaren, ja?«

Chiara seufzte und zupfte sich auf dem Weg über den Flur die Katzenhaare von der Kleidung. Sie ging nicht gerne zu ihrem Chef. Niemand tat das. Er war ein Choleriker, ein kreativer bunter Vogel, der sich für Gott in Person hielt. Er hatte das Schmuck-Imperium geerbt, das seine Eltern mit viel Liebe zu dem gemacht hatten, was es heute war: ein großer Name in der Welt der funkelnden Accessoires. Doch oft erweckte er den Eindruck, nicht mit dem zufrieden zu sein, was er hatte. Vielleicht war er aber auch nur übermannt von der Verantwortung, ein so mächtiges Unternehmen in die Zukunft tragen zu müssen.

Die Flure der MM-Büros waren geschäftig, so kannte Chiara das. Der Aufzug schien erneut auf sie zu warten. Sie fuhr mit dem Gefühl, irgendetwas verbrochen zu haben, in den obersten Stock. Sie war sich keiner Schuld bewusst, trotzdem ratterte das Hirn fieberhaft, um sich an jeden noch so kleinen Fehltritt zu erinnern.

Die leichte Anspannung blieb.

In der obersten Etage angekommen, ging sie direkt durch zum Vorzimmer zu Gianmarias Büro, wo seine Sekretärin saß. Chiara hatte verhältnismäßig oft mit ihr zu tun und wusste, dass sie sehr effizient war. Bea war eine Wucht. Allein schon die Tatsache, dass sie den Chef ertrug, machte sie zu einer Heldin.

»Buongiorno! Gianmaria wollte mich sehen.« Chiara sprach das aus wie eine Frage. Sie duzten sich hier alle, was ihr ganz recht war. Doch hatte dieses gewollt lockere Auftreten einen bitteren Nachgeschmack für sie. Zu Hause in Neapel, zum Beispiel, war es durchaus noch üblich, Menschen höflich mit Voi anzusprechen.

»Ich melde dich gleich an«, erklärte Bea und nahm den Hörer in die Hand, um Gianmaria den Besuch anzukündigen. Bea legte auf und nickte ihr zu. »Prego. Du wirst erwartet.«

Chiara drückte den Rücken durch und trat ein ins Sancta Sanctorum der MM-Welt.

Natürlich war Gianmarias Büro Luxus pur. Nicht pompös, aber sauteuer. Mit einem weißen, dicken Teppich, über den man sich nicht zu laufen traute, aus Angst zu versinken, aber mehr noch aus Angst, ihn mit schnöden Straßenschuhen zu verschmutzen. Er hatte eine Vitrine im Raum, die teure Stücke der Echtgold-Kollektion zeigte. Atemberaubender Schmuck. Chiara träumte davon, in die obere Liga zu steigen und selbst mit dem Gold von MM zu arbeiten.

»Buon ...«, fing sie an, als sie seinen Schreibtisch – ein riesiges Ding aus Glas – beinahe erreicht hatte.

»Deine Nonna hat hier angerufen«, unterbrach er sie.

Er nahm seine Brille ab und fuhr sich durchs wieder dichte Haar – er hatte eine Haartransplantation machen lassen.

Chiara spürte, wie sie mit den Augen rollte, und zwang sich, es sofort sein zu lassen. Dann wurde ihr erst so richtig bewusst, was er gesagt hatte ... Wie peinlich! Was konnte sie darauf schon antworten?

»Wieso hast du denn nicht gesagt, dass du so dringend zurück nach Neapel musst?«, fragte er sie und sah sie aufmerksam an.

Gott, was hatte Nonna Tommasina nur angestellt! Seit Tagen lag sie ihr mit dieser absurden Forderung in den Ohren, doch bitte eine Zeit lang zurück nach Hause zu kommen, um die Goldschmiede des schwer erkrankten Paolo zu übernehmen. Zumindest so lange, bis es ihm besser ging. Und Chiara hatte versucht, ihrer Nonna zu erklären, dass das nicht möglich war, weil sie in Mailand ein Leben, eine Wohnung, eine Arbeit hatte, die sie nicht so einfach auf Eis legen konnte.

Sie hätte es besser wissen müssen. Ihre Großmutter akzeptierte ein Nein nur in den seltensten Fällen.

Chiara murmelte irgendeine Antwort, weil sie keinen klaren Gedanken fassen konnte, sie war viel zu sauer auf ihre Nonna, die hier wirklich zu weit gegangen war.

»Nimm dir frei, Chiara. Fahr nach Hause. Komm wieder, wenn alles geklärt ist.« Gianmaria setzte seine Brille auf. Ein klares Zeichen dafür, dass das Gespräch für ihn beendet war. Er widmete sich wieder einem Stapel Papiere, die vor ihm lagen.

»Ich ...« Chiara wollte noch etwas erwidern.

Er blickte so gereizt auf, dass ihr die Worte im Hals stecken blieben. »Wolltest du noch etwas sagen?«

Sie nahm allen Mut zusammen, um fortzufahren. »Nun, ich habe hier so viel zu tun, dass ich jetzt unmöglich wegkann.«

»Du hast deine *Capri*-Kollektion doch schon abgegeben. Sie ist grandios, ich gebe sie demnächst in Produktion. Von dir brauche ich die nächsten Monate nicht viel. Und falls doch, dann haben wir das Internet. Abgesehen davon können die Nichtsnutze von deinen Kollegen auch mal etwas tun. Also, geh.«

Chiara räusperte sich, fing sich prompt einen weiteren Blick ein und ließ die Sache auf sich beruhen. Sie verließ das Büro, aber ihre Nonna, die konnte sich auf etwas gefasst machen!

Ja, Chiara liebte Nonna Tommasina, aber manchmal ging sie einfach zu weit. Wie diesmal. Das konnte sie nicht so stehen lassen. Sie fuhr mit dem Fahrstuhl wieder hinunter in den dritten Stock, wurde in ihrem Büro von Fulvios Niesen begrüßt, schnappte ihr Handy und wählte die ihr so vertraute Nummer.

Kapitel 2

Die Liebe ist ein Pfeil,
der seine Richtung unzählige Male ändern kann.

Tommasina Di Blasi lebte schon immer in der Via dell'Amore, sie wurde hier geboren, sie hatte hier ihren ersten Kuss bekommen, und sie verbrachte noch immer beinahe jeden Tag ihres Lebens in dieser Gasse. Und wenn sie jemand fragte, ob ihr das nicht zu eng, laut und chaotisch sei, mitten im Herzen der Altstadt Neapels zu wohnen, dann konnte sie nur milde lächeln. Was wussten die Außenstehenden schon über das pulsierende Herz der schönsten Stadt der Welt, über diese treibende Lebensfreude, die alles erfasste? Sie konnten nicht ahnen, dass am Morgen die Sonnenstrahlen jeden Winkel erreichten und wärmten. Sie konnten auch nicht verstehen, was es bedeutete, niemals einsam zu sein, niemals verlassen. Musik, Düfte, Farben und Leben, Leben, Leben, bei jedem Schritt. Immer Stimmen, mal laut – nein, eigentlich meistens laut –, aber manchmal auch leise, wispernd. Die Geheimnisse der neapolitanischen Innenstadt waren groß. Familiengeheimnisse, die über Generationen gingen und deshalb eigentlich keine mehr waren. Aber die Neapolitaner, die konnten das so wunderbar: alte Geschichten weiterspinnen.

Der Ursprung der Via dell'Amore, zum Beispiel, der war kein Geheimnis. Man wusste von diesem jungen Paar, das vor Generationen auf der Suche nach einem Ort, an dem sie sich ungestört küssen konnten, in der damals noch ruhigen Gasse gelandet war. Die beiden, Anna und Leonardo, wurden jedoch von den Eltern erwischt und, um einen Skandal zu vermeiden, zum Heiraten gezwungen. Das sprach sich herum. Fortan suchten die jungen Paare die Gasse extra auf, damit sie jemand beim Küssen sah und sie heiraten mussten.

Neapel wäre nicht Neapel, wenn nicht jemand aus dieser Besonderheit der Gasse ein ertragreiches Geschäft gemacht hätte. Irgendwann dachte sich nämlich Tommasinas Nonno Francesco, dass er den jungen Paaren, die ohnehin bald heiraten würden, vielleicht schon das Hochzeitsgebäck empfehlen konnte. Das funktionierte gut. So gut, dass er bald einen festen Standort dort brauchte. Seine Pasticceria wurde das erste Geschäft in der Via dell'Amore. Es folgten zahlreiche andere, mit einer Gemeinsamkeit: Sie hatten im weitesten Sinne etwas mit der Liebe, aber mehr noch mit Heiraten zu tun. Und das war bis heute so. Wollte man in Neapel und Provinz den Bund der Ehe schließen, war ein Besuch der Via dell'Amore quasi ein Muss.

Das Geschäft lief weiterhin gut, die Ehe war noch immer die Form von stabiler Beziehung, die sich ein Großteil der Paare wünschten. Das wusste Tommasina, sie hatte viel erlebt in dieser Gasse, allein schon gegeben durch ihr Alter – man munkelte, sie sei über siebzig, was sie natürlich vehement bestritt. Sie hatte auf jeden Fall das Sagen hier. Sie war der Boss. Beliebt, weil gerecht, aber auch gefürchtet, weil sich nicht jeder etwas von ihr sagen lassen wollte.

Tommasina beugte sich an diesem sonnigen Junimorgen weit über das Balkongeländer, um den Korb mit Diego, Ciro und Fabio, ihren drei Chihuahuas, an dem Seil herunterzulassen. Sie saßen brav und geduldig auf dem weichen Kissen, das sie eigens für ihre Babys hatte anfertigen lassen, und sahen ihr dabei tief in die Augen, wie sie glaubte zu erkennen. Langsam und vorsichtig landeten ihre Lieblinge auf den zwei Stockwerke tiefer gelegenen Pflastersteinen der Via.

Diego, Ciro und Fabio, die sie nach berühmten Fußballspielern ihrer Lieblingsmannschaft SSC Neapel benannt hatte, waren artige Hunde. Nur wollten sie früh raus. So früh, dass Tommasina nicht mithalten konnte, bei aller Liebe. Sie brauchte am Morgen ihre Zeit, für ihre Haare, für ihr Make-up und für die Auswahl ihres Outfits, dazu kam extra Alfonsa vorbei, die ihr half.

Ja, sie war Tommasina Di Blasi, nicht irgendeine alte Signora, die es sich vielleicht leisten konnte, einfach mal im Morgenmantel mitten auf der berühmten Via dell'Amore spazieren zu gehen. Es gab viel zu viele Augen, die auf sie gerichtet waren. Deshalb kam es für sie nicht infrage, sich in einem nicht perfekten Zustand zu zeigen. Und ihre Hunde waren ohnehin bestens erzogen und wussten genau, wo sie ihre Geschäfte verrichten konnten, ohne jemanden mit ihren Hinterlassenschaften zu belästigen, selbst wenn sie nicht dabei war. Die waren aber auch so winzig, dass man sie kaum sah …

Alfonsa näherte sich in der geschäftigen Gasse gewohnt flink, Tommasina sah sie und fragte sich nicht zum ersten Mal, wie ihre Hilfskraft immer zu spät dran sein konnte, wenn sie doch dauernd rannte. Das zwischen Tommasina und Alfonsa war eine Art Hassliebe. Sie zankten sich. Dauernd. Aber dann kam Alfonsa doch jeden Tag wieder. Und Tommasina, ja, die brauchte ihre Hilfe, und wenn sie ehrlich war, dann mochte sie Alfonsa sehr. Oder zumindest mehr als viele andere Menschen.

Alfonsa half auf der Via den Hunden aus dem Korb, und Tommasina zog ihn wieder auf den Balkon, auf dem Basilikum üppig wuchs – für viel mehr hatte sie keinen Platz. Sie war sehr stolz auf ihr Gewächs und erfreute sich am intensiven Duft. Die Blätter waren so groß, dass Diego, der kleinste ihrer Hunde, darauf surfen könnte. Aus den Blättern, die sie schon bald abzupfen würde, machte sie Pesto, mmh! Mit etwas Knoblauch, viel gutem Olivenöl, Pinienkernen und Parmesan. Wenn sie Pasta kochte und damit vermengte, konnte man das in der gesamten Via dell'Amore riechen, und nicht selten kam dann ihr Enkel Graziano nach oben und aß mit ihr. Vor einigen Jahren hatte er die Familienkonditorei übernommen, er war ein guter Junge. Seine Schwester Chiara eigentlich auch, obwohl sie der Via dell'Amore den Rücken gekehrt hatte. Aber das war ein anderes Thema.

Alfonsa trat ein, sie hatte ihren eigenen Schlüssel. Sie schlüpfte in ihre Hausschuhe, die in einem Schränkchen im

Flur standen, und kam in die Küche, von der man auf den Balkon gelangte, auf dem Tommasina noch immer stand.

»*Buongiorno*. Gut geschlafen?«, erkundigte sich die Haushaltshilfe, die bereits zum Küchenschrank gegangen war, um das Alukännchen für den ersten *caffè* des Tages hervorzuholen.

Tommasina mochte das, wie selbstsicher und vertraut Alfonsa, die erst kürzlich ihren vierzigsten Geburtstag gefeiert hatte, sich bei ihr in der Wohnung bewegte. »Ach was, es war eine lange Nacht. Fabio hat schlecht geträumt ...«, erklärte sie und setzte sich an den Küchentisch.

»Hast du ihm wieder Süßes gegeben?«, fragte Alfonsa und drehte sich dazu extra in ihre Richtung, während sie das Geschirr vom Vorabend aus der Spülmaschine nahm und wegräumte.

»Nein«, antwortete Tommasina zögerlich. Die Wahrheit war natürlich eine andere. Das wusste die Haushaltshilfe nur zu gut.

»Er wird noch Diabetes bekommen«, prophezeite Alfonsa. Und sie hatte natürlich recht. Aber er bettelte immer so lieb um ein Stückchen vom Kuchen ... Wie konnte man da Nein sagen? Also ließ Tommasina das Gespräch fallen.

Sie bekam ihren *caffè* eingeschenkt in ihr Lieblingstässchen, das als einziges Stück ihres Hochzeitsservice überlebt hatte. Sie hatte dieses Geschirr so geliebt mit seiner filigranen Blumendekoration und dem Goldstrich, der den Rand entlanglief. Doch nach und nach waren alle Stücke zersprungen. Bis eben auf das Tässchen.

Der *caffè* war ihr heilig, das Ritual am Morgen eine Notwendigkeit, aber auch ein kleiner Luxus, den sie sich gönnte.

»Nonna!«, kam es von draußen.

Sie stand auf, ging hinüber zum Balkon, blickte auf die Via. »Graziano, *bello di nonna!*«, rief sie. Ihr Enkel stand unten, in seiner Konditorkleidung. Er hielt eine Papiertüte hoch, und sie ließ abermals den Korb hinunter, in den er sein Päckchen legte. Langsam zog sie den Korb wieder hoch, nachdem sie ihm eine Kusshand zugeworfen hatte. Den Kuss fing er lachend auf, dann war er schon weg, und Tommasina ging wieder hinein. »Er ist so ein guter Junge!«, sagte sie zu Alfonsa und reichte ihr die Tüte, bevor sie sich setzte.

»Das ist er. Du kannst stolz auf ihn sein«, erwiderte Alfonsa und legte die zwei dicken, leichten *cornetti* auf zwei Teller und stellte das mit Pistaziencreme gefüllte Hörnchen vor Tommasina ab. Der Duft war berauschend. Vielleicht knurrte sogar ihr Magen.

Graziano war mit seiner Konditorei gleich gegenüber zwar auf Hochzeitstorten spezialisiert, aber er machte auch andere Leckereien, wie diese Hörnchen, von denen er Tag für Tag ganze Wagenladungen verkaufte. Alfonsa aß ihr *cornetto* ohne Füllung, was Tommasina gar nicht verstand. Das war wie *amore* ohne *baci*. Man konnte nicht verliebt sein, ohne sich zu küssen, oder?

Schon von klein auf war Graziano, im Gegensatz zu seiner Schwester Chiara, immer mit in der Pasticceria gewesen. Es war von Anfang an klar gewesen, dass er das Geschäft, das seit Generationen der Familie gehörte, einmal übernehmen würde. Chiara hingegen hatten Kuchen nie sonderlich interessiert. Mode, insbesondere Schmuck, das war immer die Welt ihrer Enkelin gewesen. Und heute arbeitete sie bei einem namhaften Schmucklabel in Mailand.

In Mailand ...

Als gäbe es in Neapel keine Arbeit für sie.

»Ich bin stolz auf meine beiden Enkel«, erklärte Tommasina, um wieder auf das zurückzukommen, was Alfonsa gesagt hatte.

»Ich weiß. Und nun iss dein Hörnchen, sonst werden wir hier bis Mittag nicht fertig!«, bestimmte sie.

»Als ob ich dich von irgendetwas Wichtigem abhalten würde ...«, erwiderte Tommasina eingeschnappt. Sie konnte es nicht leiden, wenn Alfonsa herrisch wurde, weil sie fand, dass das eigentlich nur ihr zustand.

»Nun, du willst doch irgendwann heute noch Mittagessen. Wenn ich nicht bald die Kartoffeln aufsetze, wird das nichts. Und willst du auf der Via nicht langsam mal nach dem Rechten sehen?«, fragte Alfonsa scheinheilig, was Tommasina natürlich zur Eile antrieb, denn ja, sie wollte ihre Runde drehen. Das tat sie noch immer jeden Tag, mehrmals. Sie hatte einen geübten Blick, erkannte sofort, wenn irgendetwas nicht so lief, wie es sollte. Doch obwohl sie immer aufpasste, war ihr entgangen, dass es Paolo, dem talentierten, nicht mehr ganz so jungen Goldschmied der Via dell'Amore, nicht gut ging. Sie dachte noch immer, dass sie es hätte kommen sehen müssen.

Er hatte einen Schlaganfall erlitten. Der Arme! Seine

Chancen auf eine komplette Genesung standen zwar gut, doch das dauerte natürlich.

Und nun war die kleine Goldschmiede im Herzen von Neapel geschlossen, die Via dell'Amore um einen wichtigen Bestandteil ärmer. Die Paare waren verwirrt und rüttelten an der Tür des Ladens, als könnten sie nicht glauben, dass es in der Gasse der Liebe weder Verlobungs- noch Eheringe gab.

Tommasina konnte es ja selbst nicht glauben.

Aber sie hatte die Lösung natürlich sofort gefunden: Chiara. Ihre Enkelin war Goldschmiedin, und sie musste aushelfen. Die Via dell'Amore brauchte sie jetzt.

Ja, es stimmte schon, dass Chiara sich wehrte. Doch Tommasina hatte ihre Mittel und Wege.

»Nun los, Alfonsa, ich muss mich beeilen«, erkannte Tommasina.

»Das habe ich doch gerade gesagt ...«, erinnerte sie die Haushaltshilfe.

»Und nun sage *ich* es eben.« Tommasina aß ihr vorzügliches *cornetto*, trank den *caffè* und stand auf, damit sie sich endlich anziehen und frisieren konnte. Doch exakt in dem Moment begann ihr Handy zu trällern. Alfonsa hatte ihr ihren Lieblingssong von Gigi D'Alessio auf das Gerät geladen, was bedeutete, dass der Refrain von seinem ganz alten Hit *Annarè* wieder und wieder durch die Küche hallte.

Tommasina wischte über den Bildschirm und nahm den Anruf entgegen. Sie konnte nicht gleichzeitig wischen und entziffern, wer sie anrief, deshalb war sie stets ahnungslos, wenn sie sich meldete.

»Sì, *pronto?*«, rief sie in ihr Handy.

»Nonnaaaaaa!«, sagte jemand, der sich sehr nach Chiara anhörte. Wenn sie das a am Ende lang zog, dann war sie sauer. So viel stand fest.

»*Bella di nonna* ...«, versuchte Tommasina, die Wogen zu glätten, bevor es richtig losging.

»Nonnaaaaaa, warum hast du das getan?« Chiara versuchte erst gar nicht, ihre Stimme zu senken.

Tommasinas Gewissen meldete sich, klopfte gegen ihren Brustkorb, irgendwo von innen.

»Was meinst du?«, fragte Tommasina scheinheilig.

»Das weißt du ganz genau. Du solltest so etwas nicht tun! Einfach hinter meinem Rücken bei meinem Arbeitgeber um eine Beurlaubung bitten! Also, wirklich!« Ihre Stimme überschlug sich ein paarmal. Das war ihr schon als kleines Kind immer passiert. Je aufgebrachter sie war, umso weniger schien ihre Stimme mitspielen zu wollen.

»Ich wollte nur wissen, wie es ihm geht ...«, log sie weiter. Aber es war eine dieser harmlosen Lügen, dank derer man Streit vermeiden konnte. Zur Sicherheit bekreuzigte sich Tommasina – konnte ja nicht schaden.

»Du kennst ihn doch gar nicht!«, gab Chiara richtigerweise zu bedenken.

»Natürlich kenne ich Gianmarco«, behauptete sie fest.

»Ha! Gianmaria heißt er! Da haben wir's!« Chiara war nun wirklich genervt. Und das wollte Tommasina nicht.

Sie setzte sich seufzend, war sich des neugierigen Blickes von Alfonsa bewusst.

»Die Hunde!«, zischte sie ihrer Haushaltshilfe zu. Sicher hatten sie ihre Morgenrunde schon beendet und warteten unten auf den Korb. Alfonsa trat auf den Balkon. Zu Chiara sagte Tommasina hingegen: »Hör zu, *cara bambina mia*, die Via dell'Amore bedeutet mir viel, und ich werde alles tun, um sie so lange wie möglich zu erhalten. Verliebte Paare kommen hierher, um die Magie der Liebe zu erleben. Sie kommen hierher, weil sie in dieser Gasse Menschen finden, die fest daran glauben, dass es sie gibt, diese *grande amore*. Sie fühlen sich verstanden, vielleicht sogar beschützt von uns, den Ladenbesitzern. Und ich kann nicht riskieren, all diese Paare zu enttäuschen. Deshalb muss ich weitermachen und zusehen, dass hier alles so bleibt wie gehabt. Wir sind eine Garantie für die Liebe. Es kann keine Via dell'Amore ohne einen Goldschmied geben. Deshalb brauche ich dich, *bella di nonna*.«

Tommasina hörte, wie Chiara am anderen Ende der Leitung schnaubte. »Aber, wieso ich, Nonna? Es gibt doch wohl genug arbeitslose Goldschmiede in Neapel.«

»Eine andere kommt nicht infrage, Chiara, weil du ein Teil der Via dell'Amore bist und immer sein wirst. Ob dir das nun gefällt oder nicht.«

Das war die Wahrheit, nichts als die Wahrheit. Und als Chiara leise fluchte, wusste Tommasina, dass ihre Enkelin kommen würde, und ihr fiel ein Stein vom Herzen. Denn der Gedanke, die Gasse nicht am Leben erhalten zu können, raubte ihr oft den Schlaf. Doch solange ihre Enkel sich als Teil davon sahen, konnte eigentlich nichts schiefgehen. Oder?

Kapitel 3

Die Ehe ist wie ein Band ohne lose Enden.

Chiara stapfte zurück nach Hause, vorbei an Marco – der endlich mal wieder lächelte, jedoch sofort ein ernstes Gesicht aufsetzte, als er bemerkte, wie schlecht ihre Laune war –, dann verließ sie das Gebäude und lief weiter die geschäftige Straße entlang bis hin zu ihrem Wohnhaus aus den Sechzigerjahren mit dem beigen Anstrich, den großen weiß umrandeten Fenstern und den kleinen Balkons. Sie stieg die Treppe hinauf, öffnete die Tür und schlüpfte in die Wohnung, bevor Ernesto wieder entfliehen konnte.

»Hey«, rief Alessia aus dem Wohnzimmer. Sie war Pflegehelferin in einem Krankenhaus und arbeitete im Schichtdienst. Meist arbeitete sie nachts vier Tage am Stück und hatte dann ebenso lang frei. Sicherlich kein schlechtes System, nur blickte Chiara nie durch und wusste nur selten, wann ihre Mitbewohnerin zu Hause war. Und das, obwohl Alessia ihren Dienstplan in die Küche gehängt hatte. Es nützte nichts. Chiara kam beim besten Willen nicht mit. Sie ging ins kleine Wohnzimmer, das sie gemütlich eingerichtet hatten. Das Sofa war es auf jeden Fall. Weich, weiß, aber bot nur Platz für eine Person. Ein guter Kompromiss, wie sie beide gefunden hatten. Dann gab es noch einen Schaukelstuhl, um den sie sich die erste Zeit über oft gestritten hatten. Inzwischen war er meist von Ernesto besetzt. Nicht so an diesem Morgen, an dem er friedlich quer über Alessias Brust lag und aussah, als könnte er kein Wässerchen trüben. »Was machst du denn hier?«, wollte Alessia wissen. Natürlich. Schließlich war Chiara zu dieser Uhrzeit unter der Woche sonst immer in der Arbeit.

»Lange Geschichte …«, erklärte Chiara und ließ sich auf den Schaukelstuhl fallen, der überrascht hin und her schwang.

»Na, ich habe Zeit«, gab Alessia zu verstehen und streichelte dabei Ernesto, der schnurrte und so entspannt auf seinem Frauchen lag, dass man genau hinsehen musste, um ihn nicht mit einer Decke zu verwechseln.

Chiara seufzte und erzählte von dem, was ihre Nonna angestellt hatte.

Alessia kicherte. »Unschlagbar diese Frau!« Sie sagte das mit offener Bewunderung.

Chiara rollte bedeutungsvoll mit den Augen und stand dann so abrupt auf, dass der Stuhl noch eine Weile ohne sie schaukelte. »Ich muss nun jedenfalls einen Flug buchen und packen. Ihr werdet ja eine Weile ohne mich hier klarkommen …«

»Ich hoffe nur, das wird Ernesto nicht traumatisieren«, sagte Alessia und ließ es wie eine Frage klingen.

»Inwiefern?«

»Er wird viel allein sein, der Arme ...« Alessia gab dem Kater einen dicken Kuss auf den Kopf.

»Er kann mich nicht leiden. Wahrscheinlich ist er froh, dass er mich los ist«, gab Chiara zu bedenken.

»Das siehst du ganz falsch. Er mag dich ... er ist nur schüchtern.«

Nun musste Chiara doch lachen. Schüchtern ... Nach Jahren in der gleichen Wohnung wohl kaum. Er hasste sie ganz offensichtlich. Sogar innig. »Ich denke eher, dass ihm eine Pause von mir gefallen wird. Und nun muss ich mich aber um einen Flug kümmern.«

»Gib Bescheid, falls ich dir irgendwie helfen kann«, bot Alessia an.

Chiara nickte, ahnte aber, dass ihre Mitbewohnerin in wenigen Minuten bereits schlafen würde. Das war die Kehrseite von Nachtschichten.

Chiaras Zimmer war groß und hell mit hohen Wänden. Sie hatte es ganz nach ihrem Geschmack eingerichtet. Es gab ein Doppelbett mit großem, gepolstertem Kopfteil und einen geräumigen weißen Schrank aus massivem Holz. Und sogar eine Sitzecke, die sie mit einem Patchwork-Sessel, einem Beistelltisch und einer Stehlampe ausgestattet hatte. Dorthin verkroch sie sich, wenn sie lesen oder wahlweise mit offenen Augen träumen wollte. Sie hatte dort Bücher und Fotoalben stehen. In einem davon klebte sogar noch ein Bild von ihr und Checco, das sie eigentlich schon längst hatte herausnehmen wollen. Gott, das war so weit weg ... Und sie hatte alles weggeworfen, was sie irgendwie mit ihrem Ex-Freund verband. Außer dieses Bild.

Es zeigte sie an der Strandpromenade von Neapel, ihrer Stadt. Im Hintergrund das Meer, Sonnenstrahlen im Gesicht. Sie saßen auf einer kniehohen Mauer, die die Promenade vom Strand abtrennte. Sie saß auf seinem Schoß, sein Kinn lag auf ihrer Schulter. So vertraut. Trotz der Geste konnte das Bild nicht zeigen, wie groß ihre Liebe gewesen war. Verrückt ... Innerhalb kürzester Zeit waren sie so wichtig füreinander geworden, angezogen vom anderen wie von einem Magneten.

Chiara nahm sich auch heute wieder vor, das Foto bald wegzuwerfen. Irgendwann.

Zurück nach Neapel ... Es war ja nicht so, dass sie sich nicht danach sehnte. Nach ihrer Stadt, ihrem Bruder und nicht zuletzt nach Nonna Tommasina und ihrer Via dell'Amore. Doch es tat auch weh, dahin zurückzukehren, wo ihr Herz gebrochen worden war.

Sie setzte sich schließlich aufs Bett, buchte über eine App für den kommenden Morgen einen Flug nach Neapel-Capodichino, der sogar recht günstig war, dann lehnte sie sich zurück und schloss die Augen. Als sie in den Tag gestartet war, hätte sie mit allem gerechnet, aber nicht damit, dass Tommasina einmal mehr Schicksal spielen würde.

Neapel, sieben Jahre zuvor

»Chiaraaaaa, aufstehen!«, rief Tommasina irgendwo aus den Zimmern ihres Hauses in der Via dell'Amore. Und Chiara konnte es nicht leiden, wenn man ihren Namen so gedehnt aussprach. Aus Protest zog sie ihre Decke über den Kopf.

Der kleine Hund ihrer Nonna schlüpfte unter das Laken und leckte ihr über das Gesicht. Auch das gehörte nicht gerade zu den Dingen, die sie besonders gern mochte.

»Geh weg, Diego!«, rief sie und schob ihn von sich. Er verstand das als Aufforderung zum Spiel, trampelte auf ihr herum, war zwar ein Fliegengewicht, aber mit seinen spitzen Krallen trotzdem kein Vergnügen. Schließlich setzte er sich mit dem Hintern auf ihr Gesicht ... und das musste am frühen Morgen nun wirklich nicht sein. Chiara hob ihn aus dem Bett, warf die Decke zurück und schlüpfte in ihre Hausschuhe, bevor sie ihr Zimmer verließ und ihre Nonna aufsuchte. Chiara fand sie in der Küche, eine schöne, hochgewachsene Frau, großartig frisiert, geschminkt und angezogen wie eine Diva mit ihrem bodenlangen Kaftan in schillerndem Blau. *Die Farbe des Meeres, wenn man ganz weit rausfährt und es so tief ist, dass man den Grund nur erahnen kann,* hatte sie es einmal beschrieben.

»Da bist du ja, *bella di nonna!* Hast du gut geschlafen?«, fragte sie und schenkte ihr frische Milch ein, während sich Chiara an den runden Küchentisch setzte.

»Ja. Wie immer, wenn ich bei dir bin, Nonna. Nur, warum hast du mich so früh geweckt?«, fragte Chiara. Normalerweise ließ Tommasina sie ausschlafen. Sie verbrachte viel Zeit bei ihrer Nonna, besonders im Sommer, da sie so zentral in der Stadt lebte, was Chiara die langweilige Anfahrt aus dem Hinterland ersparte, wo ihre Eltern sich ein Häuschen gekauft hatten. Sie hielt sich seit dem Abitur mit kleinen Jobs über Wasser.

»Ich habe dich geweckt, weil wir heute frischen Fisch

kaufen werden«, erklärte sie und grinste dabei so breit, dass man ihre Zähne sah. Tommasina liebte frischen Fisch, der noch nach Meer roch und schmeckte.

Chiara wartete, doch es kam nichts weiter. Es war nicht so, als könnte Tommasina den Fisch nicht allein kaufen gehen. Fischverkäufer waren quasi gleich um die Ecke zu finden. »*Va bene* ... Und was genau habe ich damit zu tun?«, erkundigte sie sich. Diego kam in die Küche. Seine Krallen verursachten auf den Fliesen kleine klackernde Laute. Er rollte sich zusammen und legte sich direkt auf Chiaras Fuß. Tommasina beobachtete das beiläufig und murmelte etwas von weiteren Hunden, die sie haben wollte, damit Diego sich nicht allein fühlte. »Ich möchte dir jemanden vorstellen«, sagte sie schließlich.

Chiara rollte mit den Augen. »*Mio Dio*, Nonna, das kommt gar nicht infrage!«, stellte sie gleich klar und schob ihr Glas Milch beiseite – Tommasina servierte sie immer in leeren Nutella-Gläsern, da sie eine ganze Kollektion davon besaß.

Die Tatsache, dass Nonna so viele Paare hier in der Via dell'Amore sah und kennenlernte, die heiraten würden, ließ sie ständig davon träumen, die Hochzeit eines ihrer Enkelkinder zu organisieren. Chiaras Bruder Graziano, der ein paar Jahre älter war, wurde aber verschont ... er war ja ein Mann, und Männern war es anscheinend erlaubt, sich Zeit zu lassen. Und so bekam Chiara alles ab. Dauernd wollte Nonna sie mit irgendjemandem bekannt machen. Doch Chiara war knapp über zwanzig, sie war nicht auf der Suche nach todernsten Beziehungen, schon gar nicht nach einer, die zur Hochzeit führen würde. Sie wollte mit ihren Freundinnen ausgehen und die bewundernden Blicke der jungen Männer auf sich spüren. Sie wollte jede Nacht mit einem anderen tanzen und verführerisch an kühlen Getränken nippen. Sie wollte in dunklen Gassen knutschen, dicht an die Hauswand gedrückt, oder vielleicht in einem Hauseingang, vor indiskreten Blicken geschützt. Ja, sie wollte Schmetterlinge im Bauch spüren, aber heiraten noch lange nicht.

»Ach, Chiara, *ti prego*! Er ist so ein netter junger Mann ...«, begann Tommasina zu betteln, wobei sie die Augenbrauen so zusammenzog, dass sie aussah wie eine übertrieben traurig gezeichnete Figur aus einem Zeichentrickfilm.

Chiara schob Diego von ihrem Fuß, der sich – klar! – aus Protest auf ihren anderen Fuß legte. Sie überlegte fieberhaft, wie sie aus dieser Nummer wieder herauskam. Andererseits kannte sie ihre Nonna gut genug, um zu wissen, dass jegliche Diskussion zwecklos war. Man brachte sie schneller dazu, sich anderen Dingen zu widmen, indem man ihr ihren Willen ließ.

»Na, von mir aus!«, erwiderte Chiara schließlich und blickte gen Himmel.

Vor Begeisterung machte Tommasina ein Tänzchen, was ihren Kaftan zum Schwingen brachte. Ihre Haare – hochgesteckt, toupiert und rabenschwarz – bewegten sich hingegen keinen Millimeter. Nonnas großes Vorbild war Moira Orfei, die Zirkuskönigin. Zum Glück war sie jedoch in Sachen Make-up weit zurückhaltender.

»Sehr schön! Ich freue mich. Und jetzt geh, und mach dich hübsch!«

Hübsch fühlte Chiara sich an diesem Morgen nicht. Sie fand sich sogar äußerst selten so richtig hübsch. Eher akzeptabel. Gut, ihre langen schwarzen Locken waren sicherlich ein Pluspunkt, doch sie war nicht wirklich groß geraten. Und mager war sie auch. Nur ihre Brust war – wie sagte Nonna doch so schön? – mediterran, was so viel hieß wie rund und voll. Eine interessante Kombination, mit der Chiara so ihre Probleme hatte.

Um ihre Nonna glücklich zu machen, hatte sie ein leichtes kurzes Sommerkleid mit nettem Blümchenmuster angezogen, war in flache Sandalen geschlüpft und hatte die Haare locker hochgesteckt. Drei lange Ketten hingen an ihrem Hals, denn Schmuck liebte sie ganz besonders. Meist machte sie ihn selbst. Das bereitete ihr nicht nur Spaß, sondern sorgte auch für Entspannung. Sie hatte sich vorgenommen, irgendwann einen Kurs zu belegen, um das mal richtig zu lernen. Doch Chiara kam nicht aus ihrem ungeordneten Leben mit Gelegenheitsjobs heraus. Im Moment ließ sie sich vom Strom treiben.

Als sie auf der Via dell'Amore standen, war es so früh, dass die Sonnenstrahlen sie sogar noch erreichten. Sie fühlten sich wundervoll an auf der Haut. Chiara seufzte. Sie liebte den Sommer und nahm sich vor, dieses Jahr öfter ans Meer zu gehen. Vielleicht schaffte sie sogar einen Ausflug nach Capri … Doch nun musste sie zunächst diese Sache mit Nonna hinter sich bringen. Sie wollte gar nicht wissen, wen sie heute kennenlernen sollte. Es interessierte sie nicht. Sie würde nett lächeln und den stummen Fisch spielen.

Die Via dell'Amore hingegen schien erwartungsvoll zu vibrieren und dem Besuch vieler Paare entgegenzufiebern. Die Läden waren schön herausgeputzt, die Vitrinen auf Hochglanz poliert, wie jeden Morgen. Vor den Eingängen zu den Geschäften hatten die Ladenbesitzer gefegt und teilweise mit Putzwasser dafür gesorgt, dass die Pflastersteine sauber waren. Jeder Tag war ein Neubeginn, auf den sie sich alle freuten. Natürlich ging es ums Geschäft, aber das nur zum Teil. Viel mehr ging es um *amore*. Immer wieder *amore*.

Chiara sog die besondere Atmosphäre in der ihr so vertrauten Gasse ein, erfreute sich an den Farben der bunten Auslagen und der Wäsche, die unbeeindruckt an den Leinen der Balkone hing und sich im leichten Wind bewegte. Verschiedenste Düfte erreichten sie. Waschmittel aus der trocknenden Wäsche. Und Basilikum, wahrscheinlich sogar aus Nonnas Topf am Balkon. Es roch auch nach Süßem, Warmem. Dieser besondere Geruch musste aus Nonnas Pasticceria kommen, die gleich in der Nähe lag. Die Unterhaltungen rechts und links von ihnen plätscherten dahin. Ohne große Anstrengung hätte Chiara jeder einzelnen folgen können, wenn sie es nur gewollt hätte – so laut waren sie.

Hier, wo sie stand, gleich beim Eingang zu Nonnas Haus, befand sie sich am Anfang der Gasse. Von hier aus konnte sie beinahe bis zum anderen Ende blicken. Die Hauswände auf beiden Seiten bildeten einen zauberhaften Rahmen, und die Sonnenstrahlen machten die Magie erst so richtig komplett, indem sie auf ganz natürliche Weise Akzente setzten und Teile und Ecken erhellten, die durch das Licht ganz besonders aussahen. Hätte Chiara die Essenz der Via dell'Amore einfangen sollen, dann wäre jetzt der perfekte Moment gewesen.

Der erste kleine Laden befand sich direkt gegenüber von Nonnas Haus. Wenn jemand weiße Brautschuhe suchte, dann war man bei Cosimo richtig. Bei ihm fand man Damen-, Herren- und Kinderschuhe für wichtige Anlässe, auch in anderen Farben als Weiß. Das Schöne an seinem Geschäft war, dass es von außen klein und niedlich wirkte, nach innen aber so tief hineinging, dass man meinte, einen mit Schuhen gesäumten Weg zum Mittelpunkt der Erde gefunden zu haben. Die Schuhe waren von toller Qualität, wie Chiara selbst wusste. Doch das Beste am Geschäft war Cosimo, der nicht mehr ganz junge Besitzer. Er hatte einen angeborenen Charme, dem niemand so recht widerstehen konnte. Er stand an diesem Morgen an seine Ladentür gelehnt und rauchte eine Zigarette. Chiara winkte ihm zu, er warf ihr eine Kusshand zu und lächelte so breit, dass die Sonne für einen Moment zu erblassen schien. In Richtung Nonna Tommasina deutete er galant eine Verbeugung an, mit dieser gewissen Ehrfurcht, die jeder in der Via ihr entgegenbrachte. Sie senkte auch nur leicht den Kopf wie eine Königin. Mit etwas Fantasie erinnerte ihre Frisur sogar ein bisschen an eine Krone.

Während sie weitergingen, kamen sie am sehr viel größeren Brautmodeladen von Pamelas Eltern vorbei. Er lag etwa dreißig Schritte von Cosimo entfernt, war modern, luftig, verspiegelt, hell. Pamela war in etwa so alt wie Chiara, sie verstanden sich gut. Im Gegensatz zu Chiara wusste Pamela bereits sehr genau, was sie in Zukunft tun wollte: den Laden ihrer Eltern übernehmen. Sie war ehrgeizig genug, das auch bald zu schaffen. Sie arbeitete schon voll mit, kannte sich vermutlich bereits besser aus als ihre eigene Mutter.

Tommasina hakte sich bei Chiara unter, und sie stolzierten durch die Via dell'Amore, als läge ihnen die ganze Welt und nicht nur diese Gasse zu Füßen. Chiara begann, sich zu entspannen, der Tag versprach ein ganz wunderbarer zu werden. Sie ließ sich tragen von der Magie der Liebe, die hier überall zu spüren und vielleicht sogar zu sehen war. Die ersten Paare trafen ein, Hand in Hand, verliebt, aufgeregt und voller Zuversicht.

Tommasina zeigte mit dem Kinn auf ein Paar, das dabei war, ihre Pasticceria zu betreten, die von Chiaras Papà geleitet wurde. Pamelas Brautmodeladen lag gegenüber. Chiara und Tommasina waren noch immer auf das Paar konzentriert, er war um einiges älter als die Frau, die er an der Hand hielt.

»Ob sie ihn des Geldes wegen heiratet?«, flüsterte Tommasina ihrer Enkelin zu.

»Ich hoffe, sie heiratet ihn, weil sie ihn liebt. Vielleicht ist er ihr Held. Vielleicht mag sie einfach keine jungen Männer«, mutmaßte sie.

Chiara hatte die große Liebe zwar noch nicht erlebt, aber sie war bereit, sie zu verteidigen und daran zu glauben. Sie konnte es nicht leiden, wenn irgendwer sich zynisch oder abwertend über dieses Gefühl äußerte.

»Und vielleicht hat er ein dickes Bankkonto«, sagte Tommasina und lachte.

Chiara rollte mit den Augen. Doch wirklich widersprechen konnte sie ihrer Nonna nicht.

Kapitel 4

Die Liebe ist wie ein gemeinsames Lied,
das nie aufhört, seinen Zauber zu verströmen.

Neapel, heute

Der voll besetzte Flieger kam nach einem gewohnt spektakulären Anflug holpernd auf der Landebahn an, die sich eingekeilt zwischen den dicht bevölkerten Vororten Neapels und den Pforten zur Stadt befand. Capodichino war kein besonders großer Flughafen. Schön? Na, auch das war eher Geschmackssache. Magisch war er. Das auf jeden Fall. Chiara war schon so oft nach Neapel heimgekehrt, doch es war noch immer ein Spektakel, wenn der Flieger seine Flügel hin und her schwang und der Vesuv sichtbar wurde, jenseits des Meeres. Es war wie ein Eintauchen in die Stadt nach einem tiefen Atemzug. *Schwupp.* Keine Anfahrt notwendig. Hier war man gleich mittendrin.

Als das Flugzeug zum Stehen kam, konnte Chiara sich dem Zauber, der eine Vorfreude auslöste, nicht entziehen.

Obwohl ihre Nonna sie ein bisschen dazu gezwungen hatte, war Chiara doch glücklich, jetzt hier zu sein.

Sie wartete geduldig, bis die ersten Passagiere, die es besonders eilig hatten, sich neben-, unter- und miteinander durch den engen Flugzeugflur zum Ausgang geschoben hatten, und nahm dann selbst ihren Trolley aus dem Gepäckfach über ihrem Kopf. Sie hatte nicht viel mitgenommen, vielleicht in der Hoffnung, so Tommasina gegenüber behaupten zu können, dass sie bald wieder zurück nach Mailand musste. Chiara nickte den Flugbegleiterinnen zu, die lächelnd am Ausgang standen, aber es ganz offensichtlich kaum erwarten konnten, selbst an die frische Luft zu kommen.

Aber die Luft war alles andere als frisch, stellte Chiara fest, sobald sie im Freien stand. Es war heiß, immerhin Mitte Juni, der Sommer beinahe in seiner intensivsten Phase. Doch lag da so etwas Unverkennbares in der Luft ... wie eine leichte, kaum hörbare Musik ... oder wie ein zu erahnender Duft ... Vielleicht war es aber auch eher eine Schattierung, wie eine ganz besondere Farbe ... Chiara konnte es nur schwer beschreiben, aber sie hätte, auch ohne hinzusehen, sagen können, dass sie in ihrer Stadt angekommen war.

Langsam stieg sie die Stufen des Flugzeugs hinunter. Die Sonne tat gut auf der Haut. Auch das Lachen um sie herum, das von den Urlaubern kam, die angereist waren, um die schönste Zeit des Jahres im Süden zu verbringen, sorgte für gute Laune.

Herrlich ...

Chiara genoss jeden Schritt und kam langsam an, atmete ganz tief ein: Sie war *a casa* – zu Hause.

Sie folgte den Hinweisschildern, auf denen groß *Uscita* stand, lief an den Gepäckbändern vorbei und verließ den Zollbereich durch die automatischen Türen. Sie schob sich vorbei an Chauffeuren, die mit Namensschildern auf ausländische Gäste warteten, und trat schließlich hinaus ins Freie. Sie gönnte sich ein Taxi – laut genug wurden die Fahrten angepriesen – und erntete ein Lächeln von ihrem Fahrer, als sie ihm mitteilte, dass sie in die Via dell'Amore wollte.

»Vi *sposate*, Signorì?«, fragte der Fahrer und benutzte bei der Frage danach, ob sie heiratete, die ihr so bekannte Höflichkeitsform, was Chiara freudig bemerkte und stolz machte. Er fuhr los, blickte sich nur flüchtig um, löste bei den anderen Fahrern damit ein Hupkonzert der Extraklasse aus, was aber weder ihn noch Chiara im Entferntesten juckte.

»Keine Hochzeit für mich, nein. Ich lebe dort«, behauptete sie der Einfachheit halber. Sie steckte ihre langen Locken hoch. Im Taxi war es heiß.

»Wie schön! Ich habe damals meinen Anzug dort gekauft. Meine Frau ihr Brautkleid ...« Der Fahrer begann, von seiner Hochzeit zu erzählen, die vor mehr als dreißig Jahren stattgefunden hatte.

Das kannte Chiara nicht anders. Jeder fühlte sich sofort ermutigt, von seiner eigenen Hochzeit zu schwärmen, sobald sie die Gasse erwähnte. Sie fand das wundervoll, und es zeigte ihr, dass es sich nicht um irgendeine Einkaufsstraße handelte, sondern um einen Ort, an dem nur die Liebe zählte. Ja ... die Liebe ...

Chiara blickte durch das Autofenster nach draußen, unzählige Autos düsten an ihr vorbei. Von rechts, von links. Hupende Mofas, auf denen ganze Familien saßen. Um sie herum tausend Geräusche, zusammen mit der sich beinahe überschlagenden Stimme des Fahrers, der gerade von seiner Hochzeitstorte erzählte, die wahrscheinlich ihr Vater gemacht hatte. Ja, das kam zeitlich hin, damals hatten alle aus der Familie unter Tommasinas strenger Kontrolle mit in der Konditorei gearbeitet. Aus dem Autoradio tönte neapolitanische Musik, wenn Chiara nicht alles täuschte, von Daniele de Martino. Neomelodische Schlager waren in Neapel sehr beliebt. Die Lieder klangen nach Herzschmerz und so viel Gefühl, dass man es kaum ertragen konnte, selbst wenn es um heitere Themen ging. Meist sangen sie jedoch über *amore*, die zu Neapel gehörte wie das Meer und der Vesuv. Chiara hatte diese Leidenschaft vermisst, oh, sehr sogar. Und jeder, der eine neapolitanische Hochzeit feiern wollte, wusste, dass das nicht ohne neomelodische Musik ging. Das hatte sich auch in der Via dell'Amore herumgesprochen. In der Tat hatte Giosuè, der sonnengebräunte Eventmanager, vor einigen Jahren ein kleines Büro in der Gasse eröffnet. Bei ihm konnte man gleich die Livemusik bestellen, die einem am besten gefiel. Viele Paare richteten sich bei der Planung sogar nach den verfügbaren Daten ihrer Lieblingsstars.

Chiara fand das verrückt. Sie war kein großer Fan dieser Musik und würde ihre Hochzeit ganz sicher nicht auf den Tag legen, an dem irgendein Sänger gerade noch Kapazitäten frei hatte. Da sie aber wahrscheinlich niemals heiraten würde, war das sowieso egal.

Der Fahrer hatte keine Probleme, sie bis in die verkehrsberuhigte Zone im Altstadtzentrum zu fahren, doch ab einem bestimmten Punkt wurde es selbst ihm zu eng, sodass er schließlich anhielt, seinen rechten Arm auf die Beifahrersitzlehne legte und sich zu ihr umblickte. Er hatte noch immer ein breites Lächeln auf dem Gesicht. »Es war mir ein Vergnügen, Signorì!«, sagte er und hörte nicht auf zu grinsen.

Chiara versuchte, einen Blick auf das Taxameter zu erhaschen. Das gelang ihr auch, nur waren die Zahlen darauf nicht klar zu lesen, was sie nicht sonderlich wunderte. »Mir auch. Schön, von ihrer Hochzeit zu hören …« Obwohl sie ein Kind Neapels war, fühlte sie sich kurz überfordert und angespannt. Der Fahrer konnte nun praktisch jeden Preis von ihr verlangen.

»Danke fürs Zuhören.« Er schien ehrlich froh.

Chiara räusperte sich. »Was bin ich schuldig?«, fragte sie schließlich und zählte innerlich das Bargeld, das sich etwa in ihrem Portemonnaie befand.

»Nun steigen Sie schon aus, Signorì. Das geht auf mich«, erklärte er mit einer Gestik, die keine Widerrede duldete.

»Aber …« Sie schluckte jeglichen Protest hinunter. »Ich meine … *grazie* …«, sagte sie verlegen, sammelte ihre Sachen ein und stieg aus. Der Fahrer hupte und machte ein spektakuläres Wendemanöver. Dann war er weg. Und Chiara stand am Beginn der Via dell'Amore, blickte auf das geschäftige Gässchen und fühlte sich geborgen. Endlich.

...

Olga blickte sich im Ganzkörperspiegel in der geräumigen Umkleidekabine an, drehte und wendete sich. Ja, das war noch immer ihr Kleid! Sie wischte sich eine Träne aus dem Augenwinkel. Die fürsorgliche Brautmodenverkäuferin reichte ihr diskret ein Taschentuch.

»Vielen Dank, Signora«, hauchte Olga gerührt.

»Pamela«, stellte die Frau richtig.

Olga nickte, strich mit der Hand über den reinweißen Stoff, fühlte die Spitze unter ihren Fingern. »Ich wollte nicht rührselig werden ...«, sagte Olga nun mit festerer Stimme.

»Aber wenn man das nicht wird, dann ist es vielleicht auch nicht das richtige Kleid«, erwiderte die Verkäuferin mit einem freundlichen Lächeln. Ihre Blicke trafen sich im Spiegel. Olga erkannte in den Augen der Verkäuferin so etwas wie Anteilnahme. Sie war nun schon zum dritten Mal hier, und Pamela hatte nie gefragt, warum die Brautmutter bei den Anproben nicht dabei war. Doch nun verspürte Olga den Wunsch, über ihre Mamma zu sprechen.

»Meine Mutter ist vor drei Jahren verstorben«, erklärte sie deshalb. »Ich wünschte, ich könnte sie hier haben. In diesem Moment, wenigstens für ein paar Minuten.« Was sie nicht erzählte, war, dass sie bei der Hochzeitsvorbereitung auch nicht auf ihren Vater zählen konnte, der strikt gegen eine Ehe mit Mattia war. Und das nur, weil er nicht aus einer wohlhabenden Familie stammte.

»Ich bin mir ganz sicher, dass sie hier ist ...«, sagte Pamela mit einfühlsamer Stimme und legte ihr sanft eine Hand auf die Schulter.

Olga atmete tief ein. »Oh ja. Das ist sie. Und ich habe schließlich meine Freundinnen dabei, und den ganzen weiblichen Teil der Familie meines Verlobten.«

»Eine ganze Schar davon«, unterstrich Pamela schmunzelnd. Sie sah mit ihrem babyrosa Hosenanzug und ihren streng zu einem hohen Pferdeschwanz zurückgekämmten perfekt gesträhnten Haaren professionell und attraktiv aus.

»Zu viel Publikum?«, fragte Olga lachend.

Pamela machte eine wegwerfende Handbewegung. »Man kann nie genug jubelndes Publikum bei der Anprobe dabeihaben.«

»Sicher, dass sie nicht stören?«

»Meine Assistentin versorgt die heiteren Gemüter gerade mit Häppchen und Prosecco«, gab Pamela zu.

»Das bezahle ich natürlich.« Sofort fühlte sich Olga für ihre Freundinnen und die Familie verantwortlich. Sie erkannte darin einen Charakterzug ihrer Mamma, hatte ihn wahrscheinlich von ihr geerbt. Und zum Glück nicht nur diesen. Sie war ihrer Mutter sehr ähnlich, von ihrem Vater hatte sie nur den sturen Kopf.

»Das Bespaßen der Fangemeinde ist im Preis inbegriffen, keine Sorge.«

Olga nickte dankend und konzentrierte sich wieder auf ihr Spiegelbild. Sie hatte das Kleid mit Schleppe etwas enger machen lassen müssen, und jetzt umarmte der kostbare Stoff ihren Körper geradezu. Der ganze Vorbereitungsstress hatte die Kilos zum Purzeln gebracht, worüber Olga sich nicht beklagte. Sie hatte gefühlt ein ganzes Leben lang mit leichtem Übergewicht gekämpft und wollte nichts weiter als perfekt für ihren Mattia aussehen. Was nicht nötig gewesen wäre, da er sie mit all ihren Kilos geradezu vergötterte. Das beruhte auf Gegenseitigkeit. Sie liebte ihn so sehr, dass es bisweilen fast körperlich wehtat. Noch nie hatte sie ein auch nur annähernd intensives Gefühl erlebt.

Er war es.

Er war es vom ersten Augenblick an gewesen.

Nie ein Zweifel, nie ein Streit.

Olga glaubte nicht daran, dass Zoff einer Beziehung guttat. Und sie war dankbar, dass ihr Zukünftiger das ebenso sah.

»Dann sage ich *grazie mille*!«, sagte Olga nach einer Weile. »Und ich bedanke mich auch für die einwandfrei umgesetzten Änderungen am Kleid. Es sitzt perfekt.«

»Und das ist das Einzige, was für mich wirklich zählt.« Pamela machte eine kurze Pause, die Olga einen Augenblick lang etwas szenisch und sehr gewollt erschien, und fuhr dann fort. »Bist du bereit, es deinen Freundinnen zum letzten Mal vor der Hochzeit zu zeigen?«

Olga nickte. »Ja, das bin ich.«

»Sehr schön. Dann kann die Show ja beginnen ...« Pamela öffnete die Tür der Umkleidekabine, die eigentlich fast die Größe eines Zimmers hatte und mit hohen Spiegeln ausgestattet war. Sogar eine kleine Sitzecke war vorhanden.

Olga hätte ihr Hochzeitskleid wahrscheinlich problemlos überall auf der Welt kaufen können. Sie arbeitete im Unternehmen ihres Vaters, das sich auf Import-Export spezialisiert hatte, verdiente genug Geld. Doch es hatte für sie nie infrage gestanden, alles, was sie für ihre Hochzeit brauchte, in der Via dell'Amore zu besorgen. Davon hatte sie schon immer geträumt. Zusammen mit ihrer Mutter ... Olga schob den düsteren Gedanken beiseite, das Leben ging weiter. Deshalb straffte sie die Schultern und trat auf die Tür zu, die Pamela für sie offen hielt.

Obwohl das Kleid eng anliegend war, konnte Olga sich darin frei bewegen. Sie brauchte keine Hilfe, wie sie das oft bei anderen Bräuten erlebt hatte. Das hatte sie immer ein bisschen abgeschreckt. Für sie war es wichtig, dass sie sich wohlfühlte, das Kleid bequem saß. Dann erst kam der ästhetische Aspekt, das Aussehen, all das Oberflächliche. Natürlich wollte sie auch schön sein, vor allem für Mattia, doch war das für sie nicht der erste Punkt auf der Prioritätenliste.

Olga schritt durch die Tür in den kleinen Flur und ging direkt weiter zum eigentlichen Ladenraum, in dem ein Teil für die Familie der Bräute und Bräutigame reserviert war. Zwei große Sofas mit Beistelltischen standen bereit. Und an diesem Tag waren sie besetzt mit Olgas Freundinnen und Mattias Mutter, Schwester und Cousinen. Sie waren schon dabei gewesen, als sie das Kleid ausgesucht hatte, doch jetzt passte es perfekt. Sie war gespannt auf deren Reaktion, doch musste sie auch zugeben, dass es *das* Kleid bleiben würde, selbst wenn sie alle die Nase rümpfen würden. So viel Selbstvertrauen hatte sie allemal.

Doch schnell war klar, dass sie gar nicht erst in Verlegenheit kommen würde, denn alle Anwesenden verstummten und starrten sie mit aufgerissenen, verzückten Augen an.

Olga stellte sich vor die beiden Sofas und drehte sich im Kreis. »Na, was denkt ihr?«, fragte sie in die Runde.

Ihre Schwiegermutter Elena stellte ein hohes Glas auf dem Beistelltisch ab und nahm ein Taschentuch aus ihrer Handtasche, um sich die Nase zu putzen.

Olga konnte nicht mehr sagen, wer zuerst aufsprang, aber im Nu standen Freundinnen und Familie um sie und umarmten sie abwechselnd und gleichzeitig, wild und sanft, bis Pamela eingreifen musste und sie daran erinnerte, dass sich Make-up-Flecken nicht gut auf dem weißen Stoff machen würden. Also setzten sich die Frauen wieder hin, widerwillig, aber folgsam. Nur Elena blieb, nahm ihre Hand, sah ihr in die Augen. »Das Kleid ist zauberhaft, Olga. Aber eine wundervolle Seele wie du könnte auch im Müllsack heiraten und würde noch immer grandios darin aussehen.«

»Ach, Elena ...« Olga umarmte die Frau, die definitiv sehr dazu beigetragen hatte, dass Mattia der besondere Mann werden konnte, der er heute war.

»Ich hätte mir keine bessere Frau für meinen Sohn wünschen können.«

»Danke. Das bedeutet mir viel.«

Olga war ehrlich gerührt von diesen Worten und dachte darüber nach, dass ihr Mattia wohl niemals etwas Ähnliches von ihrem Vater zu hören bekommen würde. Sie bedauerte das zutiefst, vor allem, weil sie wusste, dass ihr zukünftiger Ehemann diese Distanz, die ihr Vater wahrte, absolut nicht verdiente.

Mit gemischten Gefühlen zog Olga das Kleid später mithilfe von Pamela aus, wollte es bezahlen und mitnehmen, doch die Ladenbesitzerin bat darum, es noch behalten zu dürfen, um es für die Hochzeit aufzufrischen. Achselzuckend überließ Olga es ihr und verabschiedete sich von allen, die sie begleitet hatten. Es war ein ganz normaler Wochentag, die Frauen hatten zu tun. Deshalb war Olga auch allein, als sie vor den geschlossenen Türen der Goldschmiede stand, aus der sie eigentlich ihre Eheringe, für die Mattia nach alter neapolitanischer Tradition bezahlt hatte, hatte abholen wollen. Sie musste wohl oder übel gehen. Ohne Brautkleid und ohne Ringe, was sich seltsam anfühlte. Sehr seltsam.

Kapitel 5

Wenn es der Richtige oder die Richtige ist,
dann macht jeder Unsinn plötzlich Sinn.

Heimkehren war diesmal für Chiara ganz anders als sonst. Anders, ja, doch es war nur so ein Gefühl. Sie zog ihren Trolley durch die Via dell'Amore, der erschrocken über die Pflastersteine holperte, und musste dabei glücklich aussehenden Paaren ausweichen. Sie selbst war von der Liebe enttäuscht worden. Oder besser von dem Mann, den sie geliebt hatte. Und von der Frau, die sich zwischen sie gestellt hatte. Aber das war eine lange Geschichte. Ja, sie hatte die Seite von *amore* kennengelernt, die wehtat. Trotzdem wunderte sie sich nicht, dass die Menschheit noch immer daran glaubte.

Chiara sog die Luft ein. Alles hier war ihr so vertraut, sie glaubte sogar, sich daran zu erinnern, welche Pflastersteine uneben waren. Unzählige Male war sie wegen ihnen gestolpert und hatte sich die Knie aufgeschlagen. Ihre Kindheit war eine glückliche gewesen, ihr Spielplatz die Via dell'Amore. Mit einem Gefühl von Nostalgie dachte sie an die unzähligen langen Tage, die sie gemeinsam mit ihrem Bruder und Pamela vor den Ladentüren hier verbracht hatte, mit einem Fuß in ihrer Pasticceria oder im Brautmodenladen, immer zusammen, immer ein Team. Ein ganzer Schwall an Erinnerungen, getränkt mit Düften, Farben und Heiterkeit, ergoss sich über Chiara, und sie hätte sich am liebsten geschüttelt wie ein Hund, um die Tropfen dieser Eindrücke in alle Richtungen zu schleudern.

»Chiara!«, rief jemand erfreut.

Sie blickte sich um und sah Cosimo, der vor seinem Schuhladen stand. Wie immer trug er Krawatte und Weste – egal bei welchem Wetter. Er winkte ihr zu, warf seine Zigarette auf den Boden, trat sie aus und kam auf sie zu. »*Buongiorno!*«, grüßte sie ihn erfreut und ließ sich von ihm auf die Wangen küssen.

»Chiara ...«, wiederholte er und schien ungläubig. »Ich wusste gar nicht, dass du kommst.« Er hielt sie an beiden Händen, sah sie an, sagte nichts, aber sein Gesicht sprach Bände. Er war entzückt. Und, ganz egal, wie alt er war, Cosimos bewundernde Blicke waren immer eine Wohltat. Er schaffte es mühelos, dass man sich dann fühlte wie die schönste Frau auf der ganzen Welt.

»Wenn Nonna Tommasina ruft ...« Chiara hob die Augenbrauen und beide Arme, nachdem sie ihre Hände aus seinen genommen hatte. Wer Tommasina kannte, der brauchte keine weitere Erklärung und wusste sehr wohl, wie autoritär sie sein konnte.

Und in der Tat machte Cosimo eine Kopfbewegung, die sein volles Verständnis ausdrücken sollte. »Du bist wegen der Goldschmiede hier?« Es war mehr eine Feststellung als eine Frage.

»In der Tat. Weißt du, wie es Paolo geht?«, erkundigte sie sich.

»Ich habe ihn neulich besucht.« Cosimo blickte betreten zu Boden.

»Ich verstehe …« Und irgendwie gab es nicht viel mehr zu sagen. Sie alle liebten den gutmütigen, geduldigen, meist komplett verplanten, aber absolut talentierten Goldschmied Paolo sehr. Es war eine Schande, dass es immer die Guten traf. Und trotzdem: Wer hätte das gedacht, dass er mal so plötzlich und unerwartet einen Schlaganfall erleiden würde.

»Das wird schon wieder. Wir müssen nur fest dran glauben. San Gennaro hat schon viel unwahrscheinlichere Wunder vollbracht.«

Ja. San Gennaro, der Schutzpatron von Neapel, der, gemeinsam mit der Madonna, von jedem Neapolitaner, der etwas auf sich hielt, mindestens einmal pro Stunde erwähnt, angehimmelt oder um etwas gebeten wurde.

Cosimo bekreuzigte sich schnell.

»Dann wollen wir mal hoffen, dass Paolo bald wieder selbst in seiner Goldschmiede stehen wird«, sagte Chiara. Als ein Kunde den Laden betrat, verabschiedete sie sich von Cosimo und bat darum, ihr Gepäck kurz bei ihm stehen lassen zu dürfen.

Chiara ging weiter, nickte Peppino zu, der jeden Tag vorbeikam, um hier eine mögliche Braut zu finden. Es war zwecklos, ihm zu erklären, dass man erst in die Via dell'Amore kam, wenn man schon jemanden zum Heiraten hatte. Das interessierte ihn nicht. Er war davon überzeugt, früher oder später eine Frau abzubekommen. Chiara bewunderte seine Beharrlichkeit.

Giosuè eilte an ihr vorbei, trug wie immer einen Anzug und eine Aktentasche, kam ein paar Schritte zurück, gab ihr einen Kuss auf die Wange, drückte ihr einen Pappbecher mit irgendetwas Warmem in die Hand – das alles, während er sich über Kopfhörer laut mit jemandem unterhielt. Chiara vermutete, dass es sich um einen Sänger oder eine Sängerin handelte, die er mit ins Sortiment nehmen wollte. Manchmal, wenn sie in Mailand in ihrer Sitzecke saß, dachte sie über jeden einzelnen Ladenbesitzer der Via dell'Amore nach, weil sie sie vermisste. Sie fragte sich dann oft, wie es ihnen ging. Und wenn ihre Gedanken bei Giosuè haltmachten, dann kam immer wieder die Frage auf, ob er homo- oder doch eher metrosexuell war. Nicht, dass es wichtig war, aber es war so eine Sache, über die man in der Gasse rätselte. Und je mehr man darüber rätselte, umso mehr machte Giosuè ein Geheimnis daraus. Sie blickte ihm hinterher, wie er flink einen Fuß vor den anderen setzte mit seinen langen Beinen, die in hautengen Hosen steckten.

»Chiaraaaa!«

Dio mio! Nonna Tommasina hatte sie wohl entdeckt. Noch war Chiara nicht klar, aus welcher Richtung die Stimme kam. Doch sie war unverkennbar.

Chiara schlenderte mit Tommasina und Diego, der natürlich stets dabei war, durch Gassen und Durchgänge, in denen es keine Regeln gab. Hier, im Herzen der Stadt, trug Neapel Narben. Und man liebte oder hasste die Altstadt, nur gleichgültig konnte sie niemandem sein. Das nicht.

Für Chiara waren die stillen Durchgänge wie Poesie, wie ein Spiel zwischen Licht und Schatten, wie ein Labyrinth. Hauswände, die bröckelten, Gassen, in denen so viel Raum für Authentizität war, dass sie wie eine Welt für sich erschienen. Man brauchte Orientierungssinn, sonst war man verloren. Und fragte man nach dem Weg, dann bekam man nie die gleiche Antwort. So als wäre der Weg aus dem Wirrwarr eine Sache der Interpretation.

Nun, den Weg von der Via dell'Amore zur kleinen Piazza del Pescatore kannten Chiara und Tommasina im Schlaf. Im Zweifelsfall hätte es aber auch gereicht, die Nase in die Luft zu strecken und dem Geruch nach frischem Fisch zu folgen.

Die Piazza war überschaubar groß und tat sich unerwartet auf, inmitten von aneinandergebauten Häusern, die weit in den Himmel reichten und Lebensraum boten für unzählige Familien. Bunt war der Marktplatz. Und einfach gehalten. Der frische Fisch – im Morgengrauen gefangen, innerhalb von wenigen Stunden ausverkauft – war in Plastikeimern oder -schüsseln auf Tische gestellt worden, die sich unter Sonnenschirmen befanden. Kaltes Wasser floss aus Schläuchen in die Behälter mit *vongole* oder Muscheln, die sich sehr lebendig öffneten und schlossen und auch gerne mal spuckten. Rund um den kleinen Fischmarkt befanden sich unzählige Läden, in denen es Lebensmittel, aber auch Tausende andere Dinge für den täglichen Gebrauch gab. Es herrschte reges Treiben, Signore mit großen Taschen und sommerlichen Kleidern huschten von einem Laden zum nächsten, bis ihre Einkaufstaschen so voll waren, dass der Arm, an dem sie hingen, rote Striemen aufwies.

Jedoch waren die zwei für den Fisch gekommen. Deshalb ließ sich Chiara von ihrer Nonna, die sich bei ihr untergehakt hatte, direkt ins Geschehen schieben. Es war wie ein Fest der Sinne. Der Fisch roch nach Meer, das Wasser, das aus den Schüsseln und Eimern tröpfelte, erinnerte an die Bewegung der Wellen und formte unter den Tischen Pfützen und polierte die Pflastersteine, die glänzten wie schwarze Haut. Aus den Pfützen tranken Katzen, die aber sicher nicht nur wegen des Wassers hier waren. Sie wussten genau, dass sie sich die Bäuche mit frischen Fischinnereien vollschlagen konnten, denn hier bekam man den Fisch bereits ausgenommen, sofern man das wollte. Diego beäugte eine Weile lang eine der Katzen, ging mutig auf sie zu, fing sich einen gelangweilten Klaps ein und kam nonchalant wieder zu ihnen zurück, schaute aber um sich, so als wollte er herausfinden, ob jemand die Szene beobachtet hatte, was Chiara äußerst amüsant fand.

Polipo, seppie, alici, scorfani und wie sie alle hießen, die Früchte des Meeres. Wohin Chiara auch sah, überall wurde frischer Mittelmeerfisch angeboten.

»*Friscu, friscu*, Signò!«, pries ein älterer Mann mit kurzen Hosen und einem weißen Unterhemd seine Ware an. Seine

Haut war von der Sonne gegerbt, so dunkel und zäh, dass er nur ein Fischer sein konnte, der sein halbes Leben auf einem Boot verbracht hatte. »Was darf's denn heute sein, Tommasina?«, fragte der Mann sie direkt.

Chiara blickte sich unauffällig um. Sechs Tische waren voll beladen mit Fisch. Die Sonne begann, sich bemerkbar zu machen. Es würde ein heißer Sommertag werden. Einer dieser Tage, den man nur am Meer verbringen konnte. Ihre Gedanken wanderten, machten sich selbstständig. Sie beobachtete die Kundschaft, die hungrigen, geduldigen Katzen, die Verkäufer. Laut, freundlich, zuvorkommend. Und flink, so flink.

Als sie sich gerade sicher fühlte und davon ausging, dass Tommasina sie wohl heute mit niemandem verkuppeln konnte, näherte sich jemand auf einer Vespa. Ein junger Mann stellte das Gefährt gekonnt vor einer Hauswand ab und brachte dem Verkäufer einen blauen Eimer. Was sich darin befand, konnte Chiara nicht sehen.

»Das Übliche, Antonio«, erklärte Tommasina. Ihre Stimme brachte Chiara zurück ins Hier und Jetzt, und sie konnte sich in etwa vorstellen, was das Übliche war: gemischte Meeresfrüchte, die Nonna für köstliche Pasta brauchte. Manchmal half Alfonsa dabei, die das auch besonders gut konnte. Chiara bekam Hunger.

»Wird gemacht! *Subito*. Wenn du möchtest, kannst du auch ein paar von diesen schönen Riesengamberi mitnehmen. Checco hat sie gerade gebracht.« Antonio hielt ihnen den Eimer entgegen, in dem sich beeindruckende Krustentiere befanden. Chiara liebte *gamberi*.

»Die sehen toll aus«, fand Chiara.

»Dann nehme ich die auch gleich. Für meine Enkelin ist mir nichts zu teuer«, erklärte Tommasina.

»Ach, das ist deine Enkelin? Sie dürfte wohl in etwa so alt sein wie mein Enkel Checco ...«

Noch bevor Chiara ihn irgendwie davon abhalten konnte, pfiff Antonio einmal laut, was Diego so sehr erschreckte, dass er kurz wie gelähmt aussah, und siehe da, Checco kam auf sie zu. Chiara war das peinlich, und sie versuchte, einen Hinweis darauf zu finden, ob das abgesprochen war. Ob Checco derjenige war, den ihre Nonna ihr vorstellen wollte. So oder so, es war einfach unangenehm ... Sie blickte auf ihre Zehen, die – das merkte sie jetzt erst – neu lackiert werden mussten.

Tommasina rammte ihren Ellenbogen in Chiaras Seite. Einmal. Zweimal. Gar nicht auffällig, nein. Chiara blickte schließlich auf, irgendwie musste sie ihre Nonna davon abhalten, ihre Seite weiter zu malträtieren. Und dann blieb die Zeit stehen, mitten im Herzen Neapels. Checco lächelte sie an, strahlte, zeigte seine Grübchen, kniff die wundervollen Augen leicht zusammen, weil die Sonne ihm direkt ins Gesicht schien. Sie erkannte trotzdem, dass er eine Augenfarbe hatte, die an das Meer erinnerte, wenn der Grund ganz klar war und es beinahe durchsichtig erschien.

»*Ciao*«, sagte er und fuhr sich mit der Hand durch seine wuscheligen Locken, die abstanden und ihn ein bisschen wirken ließen wie der *Musizierende Engel* von Rosso Fiorentino.

Chiara wollte so etwas wie ein *Come stai?* erwidern, doch

ihre Stimme weigerte sich vehement, ihre Kehle zu verlassen, blieb stecken und brachte sie zum Husten. Er grinste sie amüsiert an, und vielleicht ahnte sie schon vage, dass diese Grübchen zu ihrem Verhängnis werden würden. Sie hatte noch niemanden kennengelernt, der damit so umwerfend aussah. Überhaupt sah alles an ihm umwerfend aus. Seine braun gebrannte Haut, seine von der Sonne gebleichten Haare, seine Arme, die sehnig und muskulös waren und von denen Chiara sich bereits vorstellte, wie sie ihre Taille umfassten, sein Gesicht, das fein geschnitten war. Er stand nur da, schön wie eine Vision. Sie konnte den Blick nicht von ihm abwenden.

Jemand zupfte an ihrem Kleid, was sie als störend empfand. Sie war versucht, diesen jemand wegzuscheuchen, doch dann fiel ihr ein, wo sie sich befand. Und mit wem.

»Nonna?«, brachte sie hervor, ihr Blick noch immer auf Checco gerichtet, der aber auch nicht wegschaute.

»Hast du einen Sonnenstich?«, fragte Tommasina übertrieben besorgt. Es war ja klar, dass Chiara keinen hatte.

»Es ist aber auch heiß heute«, mischte Antonio sich ein. »Soll Checco sie mit der Vespa nach Hause fahren?«, wollte er direkt von Tommasina wissen, als hätte Chiara das Sprechen noch nicht gelernt.

»Das ist nicht …«, versuchte Chiara, sich einzubringen. Dann ging das Gespräch wieder zurück zu Tommasina und Antonio, und noch bevor sie wusste, wie ihr geschah, saß Chiara hinter Checco auf der Vespa und ratterte mit ihm durch die Gassen der Altstadt.

Er fuhr langsam, und es fühlte sich mehr wie ein Spaziergang an als wie eine Fahrt. Chiara war sich der körperlichen Nähe zu Checco bewusst, doch war sie bemüht, sich zusammenzureißen und sich so wenig wie möglich an ihm festzuhalten. Diese Art von Anziehungskraft war ihr vollkommen neu. Eigentlich brauchte sie immer Zeit, um aufzutauen und sich neuen Bekanntschaften gegenüber zu öffnen. Mit Checco hatte sie das nicht, und sie fürchtete, aufdringlich zu wirken. »Es tut mir leid«, suchte sie irgendwann das Gespräch und hoffte, er würde sie über das Rattern hinweg hören. Sie hatte keine Ahnung, wo genau sie waren, sie hatte nicht aufgepasst und sich nur klammheimlich an seiner Nähe erfreut. »Du hast sicher Besseres zu tun, als mich herumzukutschieren.«

Er bremste an einer Gassenkreuzung, vor ihnen lag so etwas wie eine kleinere Piazza, auf die überraschend die Sonne schien, die irgendwo ihren Weg durch die Gebäude gefunden hatte, die den Platz umsäumten. Er stieg ab und zog die Vespa auf den Ständer, während Chiara noch saß. »Was um alles in der Welt lässt dich annehmen, dass ich nicht lieber hier mit dir als irgendwo anders bin?«, wollte er wissen und lachte sie verschmitzt an. Die Piazza war verlassen, vernachlässigt, aber dennoch so unbeschreiblich schön, wie nur Orte aussehen konnten, die eine ganze Weile lang vergessen worden waren.

Die Konzentration war futsch, sie wusste schon wieder nicht, was sie sagen sollte. Wo war nur ihre Schlagfertigkeit hin, auf die sie so stolz war? Er war gerade erst vom Vespasitz aufgestanden, und schon vermisste sie die Wärme seines Körpers. Das konnte noch heiter werden!

»Du kennst mich doch gar nicht«, stammelte sie und versuchte, ihre Beine mit dem kurzen Kleid zu bedecken, was ihr natürlich ordentlich misslang.

»Ich muss dich nicht kennen, um zu wissen, dass du wunderschön bist«, sagte er todernst und sah sie aus seinen Wahnsinnsaugen an. Er hielt ihr seine Hand hin. »Komm, ich wette, du warst noch nie an einem meiner liebsten Orte hier in der Altstadt.«

Sie war bei seinem Kompliment errötet – das spürte sie. Deshalb war sie ganz froh, dass sie ein paar Schritte gehen konnte. Chiara folgte ihm, egal wohin. Hand in Hand. Und es fühlte sich natürlich an. So als hätte es nie etwas anderes gegeben als Chiara und Checco Hand in Hand. Sie hielten vor einem Gebäude, einer Kirche, wie Chiara überrascht erkannte. Die Stufen zur großen Holztür waren verdreckt, aber man konnte unter der dunklen Schicht hellen, kostbaren Marmor entdecken. Die Tür hing schief in den Angeln, weit geöffnet. Chiara wäre nie im Leben eingefallen, da hineinzugehen. Offensichtlich war es eine nicht mehr benutzte, verlassene Kirche. Doch wie es im Leben manchmal so war, verbarg sich hinter dem eher abschreckenden Eingang ein kleines Paradies.

Das Dach des Gebäudes war teilweise eingefallen. Es war schattig, doch ein paar Sonnenstrahlen, die durch die offenen Stellen im Dach eintraten, erhellten ein Eck. Staub wirbelte im Licht. Es war ruhig – nein, das war nicht das richtige Wort, friedlich traf es besser. Nur das stetige Gurren einer Taube unterbrach die Stille, die sich magisch anfühlte. Von der Kirche war tatsächlich nicht mehr viel übrig. Es standen nur noch die Außenwände, die Seiten-schiffe hatten wie durch ein Wunder fast ohne Schaden überlebt, die Säulen standen in Reih und Glied. Doch kein Fenster und keine Dekoration war mehr vorhanden, bis auf ein ovales Bild der Madonna, hoch über der Stelle, wo einst ein Altar gestanden haben musste. Chiara näherte sich ehrfürchtig, mit Blick nach oben, jeder Schritt ein knirschendes Herantasten. Sie wusste nicht, was es war, das dieses alte, zerfallene Gebäude so besonders machte, aber sie spürte es. Ganz tief drinnen.

»Schön, nicht?«, fragte Checco, der ihre Hand noch im-mer nicht losgelassen hatte, und reckte sein Kinn zum Bild der Muttergottes.

»Die Madonna ist immer schön. Ich zumindest kenne keine hässliche Madonna. Aber diese hier ... meine Güte, sie wirkt in diesem Umfeld wie eine Vision ...« Sie fand die Worte nicht, schämte sich auch ein bisschen, hier von einer Vision zu sprechen. Vielleicht hatte sie sich zu sehr gehen lassen, sie wollte Checco gegenüber nicht seltsam erschei-nen. Oder gar übertrieben.

Doch Checco nickte. »Ganz genau. Besser hätte ich es nicht sagen können.«

Sie blickten noch eine Weile auf das hübsche Bild, das einfach nur eine junge Frau zeigte, in typischem Gewand, Hände zum Beten gefaltet, liebliches Gesicht. Und doch war da so viel mehr. Der Schmerz jeder Mutter, die jemals ein Kind verloren hatte, zeigte sich so deutlich auf dem Antlitz der Figur, dass man weinen mochte.

Sie setzten sich auf die Stufen, die zur Vierung führten.

Es war nicht viel zu sagen, was aber beiden nicht unangenehm zu sein schien. Chiara nahm all die ungewöhnliche, raue Schönheit in sich auf und wunderte sich, wie leicht es dem Unkraut zu fallen schien, hier, mitten in der Altstadt, in einer verlassenen Kirche zu wachsen.

»Bist du oft hier?«, erkundigte sie sich schließlich.

»Nicht mehr so oft wie früher. Wir haben hier als kleine Jungs Verstecken gespielt. Und dann irgendwann bin ich allein gekommen, wenn ich nachdenken musste.«

Chiara versuchte, sich den jungen Mann, der neben ihr saß, als Kind vorzustellen, und wusste auch so, dass er unheimlich niedlich ausgesehen haben musste. »Nachdenken? Worüber denn zum Beispiel?«

Er zuckte mit den Achseln. »Darüber, ob ich wirklich in die Fußstapfen meines Nonnos treten und wie er Fischer werden wollte. Oder darüber, wie ich einem Mädchen, das ich gerade erst kennengelernt habe, sagen kann, dass ich mich augenblicklich in es verliebt habe, ohne dabei wie der letzte Aufreißer zu klingen ...«

Chiara ließ die Worte auf sich wirken, verstand natürlich, dass er sie meinte. »Was, wenn mir genau das Gleiche passiert wäre?«

Er kam näher an sie heran. Sie konnte den Duft seines Duschgels riechen.

»Das wäre einfach wunderbar.«

Er schob ihr mit einem Finger eine Haarsträhne aus dem Gesicht. Dann nahm er ihr Kinn in die Hand, zog sie an sich und drückte seine Lippen auf ihre.

Ihr erster Kuss. Niemand spielte Musik, es läuteten

keine Glocken, kein Konfettiregen und schon gar kein Feuerwerk, nur die Madonna schaute auf sie, und vielleicht war gerade deshalb in diesem Moment alles perfekt.

Kapitel 6

Liebe ist wie ein Sommerregen. Du kannst davor weglaufen,
aber, oh, was würdest du verpassen!

Neapel, heute

Chiara stand vor Paolos kleiner Goldschmiede, die sich auf der Seite der Gasse befand, auf der auch Cosimo und Pamela ihre Läden hatten. Fast direkt gegenüber ging es zur Pasticceria, die jetzt von Chiaras Bruder Graziano geleitet wurde. Er konnte sich kaum retten vor Aufträgen. Und in Neapel galt die Regel, dass es keine Hochzeitstorte geben durfte, die nicht mindestens dreistöckig war. Er hatte Angestellte, war aber ein Perfektionist und verbrachte ganze Tage und halbe Nächte im Laden, um immer perfekte Endprodukte liefern zu können. Es musste ihm wohl Spaß machen. Chiara erschien er stets zufrieden, wenn sie mit ihm sprach, und das war die Hauptsache. Für Chiara jedenfalls war das mit dem Backen und Dekorieren nie eine Option gewesen. Sie hatte schlichtweg kein Talent dazu. Tommasina hatte nach einem Versuch von Chiara, einen annehmbaren Kuchen zu backen, behauptet, noch nie eine so schiefe Torte in ihrer Pasticceria gesehen zu haben. Und sie hatte recht damit. Und Chiara hatte sich sehr schnell damit abgefunden. Süßspeisen waren einfach nicht ihre Welt, was nicht bedeutete, dass sie sie nicht gerne aß. Sie atmete tief ein und konnte riechen, dass ihr Bruder bestimmt wieder alle Öfen mit den unverschämt guten Leckereien gefüllt hatte, die er aus dem Ärmel schütteln konnte wie kein anderer. Sie freute sich darauf, ihn gleich zu umarmen und sich von ihm füttern zu lassen.

Doch jetzt stand sie hier, vor der kleinen Goldschmiede in Neapel, und ihr wurde ganz warm ums Herz. Sie musste sonderbar aussehen für die vielen Passanten, die an ihr vorbeigingen und in die nächsten Läden eilten, um nur das Beste für ihre Hochzeiten zu bestellen, anzuprobieren oder gleich zu kaufen. Der Gedanke verschwand aber schon sehr bald. Was blieb, war dieses Gefühl der Wärme, vollgespickt mit Kindheitserinnerungen, die sie letztendlich in die richtige Richtung gelenkt hatten. Dank Paolo war sie heute selbst Goldschmiedin. Er hatte ihr stets erlaubt, mit kleinen Resten von Gold herumzuexperimentieren. Er hatte immer ein offenes Ohr für ihre Ideen gehabt. Trotzdem war sie jetzt natürlich etwas überfordert mit der neuen Situation. Sie konnte ja unmöglich ihr Leben in Mailand aufgeben ...

Die Goldschmiede hatte, zusammen mit Giosuès Agentur, den kleinsten Ladenraum in der Via dell'Amore. Das Gebäude, in dem sich die Goldschmiede befand, war hingegen eines der schönsten, weil es restauriert und als eines der wenigen mit Naturstein gebaut war. Eine schwere Holztür mit dickem Schloss sorgte dafür, dass die wertvolle Ware sicher war. Das Vordach bot Schatten, wenn die Sonne es allzu gut meinte und die Fensterfront zum Glühen bringen wollte. Ein Holzschild rechts neben der Tür trug die simple Aufschrift *Gioielli* – Schmuck.

Der Ladenraum war quadratisch und einfach eingerichtet: rechts und links Vitrinen, vor der Wand gegenüber der Eingangstür die Werkbank, in einem Abstellraum dahinter die Tresore. Und das war es auch schon. Paolo hatte immer gesagt, dass der Schmuck ohne viel Drumherum viel besser zur Geltung kam. Und er hatte recht, wie Chiara fand.

Irgendetwas kitzelte Chiara am Fuß. Es war Diego, der seine Kumpanen Ciro und Fabio mitgebracht hatte. Er leckte ihren Zeh. Und sie wünschte, sie könnte dem Kater Ernesto in Mailand zeigen, wie sehr sie von den Haustieren ihrer Nonna geliebt wurde.

Kurz darauf spürte sie eine Hand auf ihrer Schulter. »Schön, dass du da bist, *bella di nonna*«, sagte Tommasina.

Chiara legte ihren Kopf auf Tommasinas Hand, drehte sich dann aber um und umarmte sie. »Es ist gut, wieder hier zu sein. Für eine Weile«, setzte sie gleich hinzu.

»Ich weiß, Chiara.« Tommasina seufzte. »Eine Schande, nicht wahr?« Sie zeigte auf Paolos Laden.

»Ja … die Via dell'Amore ist um eine Attraktion ärmer geworden.«

»Noch nicht.« Tommasina hielt einen Schlüssel hoch. »Paolos Familie ist froh, wenn du dich um alles kümmerst. Der ist für dich.«

Chiara nahm ihn, hielt ihn fest.

Vielleicht hatte sie sogar ab und an davon geträumt, hier in der Via dell'Amore Eheringe für Paare herzustellen, wobei ihr Verlobungsringe eigentlich mehr zusagten, weil sie meist mit Steinen gewünscht wurden und es für sie eine tolle Herausforderung war, sie in eine hübsche Fassung zu stecken. Aber wie es manchmal mit Träumen passierte, war es nie dazu gekommen ... Und jetzt hatte sie einen Alltag, der gar nichts mehr mit der Via dell'Amore zu tun hatte. So war es, daran würde sich auch so bald nichts ändern.

»Glaubst du, ich bin dieser Aufgabe gewachsen?« Chiara wurde sich der Verantwortung bewusst, die nun plötzlich auf ihren Schultern lastete.

»Diese Frage kann wohl nur rhetorisch sein, oder?«

Diego bellte Fabio an, der wohl zu fest an seinem Ohr geknabbert hatte. Tommasina beugte sich zu ihrem Hund und tätschelte seinen Kopf. Chiara fiel auf, dass die Bewegungen ihrer Nonna über die Jahre weniger geschmeidig geworden waren. Die Zeit verging viel zu schnell und vor allem nicht spurlos. Es tat Chiara leid, dass sie ihre Familie ein bisschen vernachlässigt hatte. Aber war das nicht immer so, wenn man erwachsen wurde und versuchte, in der Welt seinen Weg zu gehen?

Chiara half ihrer Nonna wieder auf, nachdem Diego sich beruhigt hatte und Fabio gutmütig ausgeschimpft worden war.

»Nun, eigentlich war sie ernst gemeint«, gab Chiara schließlich zu und griff das Gespräch wieder auf, dann wurde sie abgelenkt, weil ganz unverhofft laute Musik aus

Giosuès Agentur tönte, die ein Stück weiter vorne positioniert war. Die Passanten blickten sich um. Teils erschrocken, teils neugierig. Doch Giosuè hatte wohl erreicht, was er beabsichtigt hatte: die Aufmerksamkeit aller.

»Hör schon auf, Chiara. Natürlich bist du der Aufgabe gewachsen. Und jetzt lasse ich dich allein. Ich warte zum Mittagessen oben auf dich. Alfonsa kocht gerade für uns.«

»Ich komme schnell mit, bringe meinen Koffer, den ich bei Cosimo abgestellt habe, nach oben und mache mich kurz frisch.«

Tommasina lächelte und nahm ihre Hand. Dann gingen sie gemeinsam. Diego, Fabio und Ciro folgten brav. Wie Tommasina so königlich durch die Gasse schritt, mit schwingendem Kaftan, war sie ein Hingucker – und sie genoss es sichtlich. Sie freute sich, dass die Passanten sich nach ihr umblickten. Selbst Chiara konnte die Augen nicht von ihr abwenden. Chiara ging weiter, ließ Nonna Tommasina zurück, die noch spazieren wollte, und brachte den Koffer nach oben in die Wohnung. Doch dann konnte Chiara es auf einmal gar nicht mehr erwarten, Paolos Goldschmiede aufzuschließen, und ging zurück, nachdem sie sich erfrischt und ein paar Worte mit Alfonsa gewechselt hatte.

Der Schlüssel passte widerstandslos ins Schlüsselloch und erweckte den Eindruck, nur darauf gewartet zu haben, wieder benutzt zu werden. Er ließ sich mit Leichtigkeit drehen, die schwere Holztür sprang wie erleichtert mit einem Ächzen auf. Chiara schob die beiden Türflügel komplett auf und befestigte sie an der Hauswand. Nun schloss sie die viel leichtere Glastür auf. Paolo besaß keine Alarmanlage. So viel wusste Chiara noch. Er hatte immer gesagt, dass die Carabinieri es nie schaffen würden, rechtzeitig da zu sein. Und vielleicht hatte er damit sogar recht.

Chiara betrat den Ladenraum schließlich ein bisschen zögerlich. Paolos Abwesenheit war irritierend. Sie fühlte sich wie beim Spielen auf einem Spielplatz ohne die Erlaubnis der Eltern.

Hier in der Goldschmiede kannte sie jeden Winkel, jede Fliese, jede Vitrine. Auf der Werkbank lag das Werkzeug bereit, Zangen, Feilen und Hammer und noch so vieles mehr, als würden sie nur darauf warten, wieder eingesetzt zu werden. Chiara drehte sich einmal im Kreis. Das hier war so anders als ihr Arbeitsplatz im Glasraum in Mailand, dass es fast schon surreal wirkte.

Die Tür zum Ladenraum wurde so abrupt geöffnet, dass Chiara zusammenzuckte.

»Buongiorno«, rief ein junger Mann. »Ich bin so froh, dass endlich wieder offen ist.«

»Ja. Nun, eigentlich ...« Sie wollte ihm gerade erklären, dass sie noch gar nicht offiziell wieder eröffnet hatte und erst ein paar Tage brauchen würde, bevor sie so richtig anfangen konnte – mit einer Produktion oder der Annahme von Aufträgen und was noch alles auf sie zukommen würde. Aber da kam auch schon der nächste Kunde. Chiara fasste Mut. Sie war hier, um zu helfen. Dann konnte sie auch gleich damit anfangen. »Was kann ich denn für Sie tun?«

»Ich muss dringend den Verlobungsring abholen, den

ich für meine Freundin bestellt hatte. Morgen ist das Konzert, bei dem ich um ihre Hand anhalten wollte, und ...«

Chiara unterbrach ihn. »Der Besitzer ist leider erkrankt, wenn Sie etwas Zeit mitgebracht haben, werde ich versuchen, herauszufinden, wo der Ring ist.«

»Ich gehe nicht eher, bis ich den Ring habe.« Der Mann stellte sich mit verschränkten Armen vor sie. Und ihr blieb nichts anderes übrig, als zu nicken und zu hoffen, dass Paolo ihn bereits gemacht hatte.

Der andere Kunde hatte mehr oder weniger das gleiche Problem. Also straffte Chiara die Schultern und begab sich in den hinteren Teil des Ladens, wo die Tresore standen. Schwere, massive Dinger, die sich über einen Code öffnen ließen. Was war sie jetzt froh, dass sie das als Kind immer machen durfte, sie kannte den Code noch immer auswendig. Sie gab die Zahlen in den größten Safe ein und wartete auf das vertraute Geräusch der Entriegelung. Mit großem Krafteinsatz zog sie die Tür auf und hielt sich erschrocken eine Hand über den Mund: Was für ein Chaos! So viele Ringe, die mehr schlecht als recht in einfaches Papier gewickelt waren, auf dem etwas stand. Nur was? Paolos Schrift war zittrig und unklar, das Papier teilweise so zerknittert, dass die Buchstaben halb fehlten. Das kannte Chiara so von ihm gar nicht. Er war immer ein so ordentlicher Mensch gewesen. War er vielleicht schon vor seinem Schlaganfall gestresst gewesen? Es tat Chiara jetzt leid, dass sie ihn schon so lange nicht mehr besucht hatte. Aber wie hätte sie das wissen können ...

Olga lehnte sich zurück. Es war ein arbeitsreicher Tag gewesen. Sie kümmerte sich im Unternehmen ihres Vaters um die gesamte englischsprachige Klientel. Sie hatte ein eigenes Büro, könnte sich eine Sekretärin leisten, was sie aber bisher stets vermieden hatte. Sie hatte immer gerne alles selbst im Griff. Der Export italienischer Lebensmittel lief nach wie vor gut, war aber seit dem Brexit komplizierter geworden, was Olga jedoch nicht davon abhielt, ihre Produkte weiterhin den vielen Supermarktketten anzubieten, die sie belieferten. Ihr Job machte ihr Spaß, was mit ein Grund dafür war, warum sie überhaupt noch mit ihrem Vater zusammenarbeitete. Olga konnte ihm nur schwer verzeihen, dass er Mattia so kategorisch ablehnte. Eine Weile lang hatte sie gedacht, es würde dem Verhältnis der beiden guttun, wenn sie Mattia eine Arbeitsstelle im Unternehmen verschaffte. Das hatte aber wiederum ihr Verlobter abgelehnt, was Olga ihm nicht wirklich übel nehmen konnte.

Olga seufzte, ließ ihren Blick wandern, der durch die Fensterfront den Vesuv suchte. Ihr Büro befand sich in privilegierter Lage im Büroviertel von Poggioreale, der für alle hier nur CDN, abgeleitet von Centro Direzionale Napoli, hieß. Es gab hier verspiegelte Hochhäuser wie in jeder anderen Großstadt, aber wer hatte schon die Möglichkeit, von seinem Arbeitsplatz aus auf einen Vulkan schauen zu können? Ihr war bewusst, dass sie der harten Arbeit ihres Vaters viel zu verdanken hatte, aber war es wirklich so verkehrt, sich seine Unterstützung bei der Hochzeitsvorbereitung zu wünschen? Gerade weil ihre Mutter so früh verstorben war. Er musste doch wissen, wie schlimm das für Olga war. Denn eigentlich war Vittorio de Caro kein Unmensch. Er war sogar beliebt bei seinen Angestellten. Ein stets freundlicher Chef, der gute Laune verbreitete, wo auch immer er in Erscheinung trat. Nicht viele kannten hingegen seine Schattenseiten, sein Bestehen auf Gehorsam, das Verschwinden seines Lächelns, sobald man nicht das tat, was er vorschlug. Nun ja, vorschlug ... was er anordnete, stimmte eher.

Olga stand von ihrem Schreibtischstuhl auf, der sie federnd freigab. Sie ging zur Fensterfront und wünschte sich nicht zum ersten Mal die Verspiegelung der Fenster der anderen Gebäude weg. Sie wollte sehen, ob in den gegenüberliegenden Büros auch jemand ein bisschen verzweifelt war.

Sie schrak aus ihren Gedanken auf, als jemand an ihre Tür klopfte.

»Ja? *Avanti!*«, rief sie und wunderte sich, als ihr Vater den Raum betrat, nachdem er leise die Tür hinter sich geschlossen hatte. So war er immer. Er erweckte den Eindruck, keine Spuren hinterlassen zu wollen, was Olga manchmal etwas beunruhigte. Er war ja kein Verbrecher.

»Olga, *buonasera*. Dachte ich mir, dass ich dich noch hier finde ...«, sagte er und machte ein paar große Schritte auf ihren Schreibtisch zu, gegen den er sich leger lehnte. Sein Lächeln war strahlend wie immer. Ohne es steuern zu können, wurde ihr warm ums Herz. Er war noch immer ihr Papà. Sie liebte ihn trotz seiner Eigenarten. Er wurde nicht jünger, und sie wusste nur zu gut, was es bedeutete, einen Elternteil zu verlieren. Und sie war so bedürftig, dass sie jede noch so kleine Geste seiner Zuneigung in sich aufsog.

»Ja, du kennst mich. Solange nicht alles geregelt ist, bleibe ich im Büro.« Sie hatte sich daran gewöhnt, ein Workaholic zu sein. Auch Mattia akzeptierte diese Charaktereigenschaft. Instinktiv ging sie innerlich wieder in die Defensive. Sie hatte immer dieses Bedürfnis, ihren Verlobten in Schutz zu nehmen.

»Das ist meine Tochter ...«, posaunte Vittorio beinahe feierlich.

Darauf wusste sie nichts zu antworten. Sie sahen sich ein paar Sekunden lang schweigend an. Dann blickte sie weg.

»Kann ich irgendetwas für dich tun, Papà?«, fragte sie schließlich und ging vom Fenster aus zu ihrer Couch, auf die sie sich setzte, im Versuch, räumliche Distanz zwischen sich und ihren Vater zu bringen.

»Nein, nein. Ich wollte mich nur erkundigen, wie es mit den Hochzeitsvorbereitungen vorangeht.«

Olga blickte überrascht auf, aber Vittorio machte ein unschuldiges Gesicht, also erzählte sie von der Anprobe und von der Tatsache, dass sie sowohl das Kleid als auch die Ringe noch nicht hatte mitnehmen können.

»Weißt du, was? Dann hole ich sie für dich. Bis zur Hochzeit sind es ohnehin noch ein paar Wochen, und ich möchte mich beteiligen. Finanziell sowieso, aber auch an diesen kleinen Dingen. Darf ich?«

Sie musste schlucken, ihr kamen die Tränen, weil sie so sehr auf eine noch so kleine Geste von ihm gehofft hatte.

Und nun bot er sogar seine Hilfe an, diese wichtigen Aufgaben für die Hochzeit zu übernehmen.

Sie nickte, dann stand sie auf, ging auf ihn zu und ließ sich fest umarmen.

Sie konnte es kaum erwarten, ihrem Mattia davon zu erzählen.

Kapitel 7

Liebe auf den ersten Blick ist etwas ganz Wundervolles,
aber nicht zu vergleichen mit der Liebe auf den zweiten
und jeden weiteren Blick, der folgen wird.

Tommasina strahlte über das ganze Gesicht. Chiara war für sie etwas Besonderes. Sie sah in ihr so viel von sich selbst. Zum Beispiel diese wilde Entschlossenheit, ohne Rücksicht auf Verluste. Mit dem Unterschied, dass Tommasina sie einsetzte, um die Via dell'Amore am Leben und in Schuss zu halten, während Chiara leider allzu stur an Fehlentscheidungen festhielt. Tommasina schob das auf das junge Alter ihrer Enkelin und war zuversichtlich, dass sie noch lernen würde, diese Charaktereigenschaft zu ihrer Stärke zu machen. Als sie eben vor der kleinen Goldschmiede standen, hatte Tommasina ein ganz neues Leuchten in Chiaras Augen entdeckt. Und das ließ sie zuversichtlich in die Zukunft blicken.

»Signora Tommasina?«, rief jemand. Sie konnte die Stimme nicht gleich orten, da die Gasse zu dieser Tageszeit – es war beinahe zehn Uhr morgens – überlaufen war. Sie hielt kurz inne, um das Bild der vielen Menschen in sich aufzunehmen, die, teilweise Hand in Hand, von einer Ladentür zur nächsten schlenderten, um einen der schönsten Tage ihres Lebens so hübsch wie möglich zu gestalten. Egal, wie oft sie sich das vor Augen hielt, die Magie der Via dell'Amore war über die Jahrzehnte die gleiche geblieben.

Ach. Sieh da! Sie entdeckte, wer nach ihr gerufen hatte, musste aber erst Diego, Fabio und Ciro zurückpfeifen, die mit wackelndem Popo weitergelaufen waren, weil sie nicht bemerkt hatten, dass ihr Frauchen stehen geblieben war. Auf kurzen Beinchen hopsten ihre drei Lieblinge nun wieder zurück. Wenn doch im Leben alles so einfach wäre wie der Umgang mit ihren drei Lieblingen ...

Peppino, ja. Der hatte nach ihr gerufen. Der Junggeselle der Gasse. Er kam auf sie zu. Sie musste zugeben, dass er richtig gut aussah mit seinem Anzug. Nicht, dass sie das interessierte. Es war nur eine objektive Feststellung. Er war elegant, in seinem Wesen und seinem Aussehen.

»Ja?«, fragte sie und merkte selbst, wie ihre Augenbrauen nach oben gingen.

Er hatte sie inzwischen erreicht und verneigte sich. Natürlich war das übertrieben, aber es schmeichelte ihr irgendwie, was sie sich selbst nicht erklären konnte. Sie kannte Peppino schon seit Ewigkeiten. So wie ihn jeder hier kannte und von seinem Wunsch wusste, eine Partnerin zu finden. Doch jetzt fiel ihr zum ersten Mal auf, dass sie sonst nicht viel mehr über ihn wusste.

Diego, Fabio und Ciro starrten ihn ungeniert an, so wie sie jemanden anstarren würden, der sie mit Leckerlis lockte.

Manchmal wünschte sie, ihre Hunde wären etwas diskreter. Aber wie brachte man Haustieren Diskretion bei?

»Signora Tommasina, es tut mir leid, falls ich Sie störe, aber Sie kennen diese Gasse wie niemand sonst, und ich hätte eine Bitte an Sie ...« Er ließ den Satz gekonnt in der Schwebe, hatte zwar ehrfürchtig und höflich geklungen, dabei aber bestimmt und selbstsicher – wie auch immer er das angestellt hatte. Sie fragte sich, wie alt er wohl sein mochte.

»Um was geht es denn?« Ihre angeborene Neugierde war geweckt.

»Können wir das vielleicht bei einem *caffè* besprechen?« Er lächelte sie so nett an, dass sie sich quasi schon zustimmend nicken sehen konnte. Dann fiel ihr aber Chiara ein und das Mittagessen, das zwar Alfonsa kochte, über das Tommasina aber die Kontrolle behalten wollte, nein, musste. Die Haushaltshilfe war sozusagen eine Hilfe, die Hilfe brauchte.

»Das geht im Moment nicht ...«, setzte sie an.

»Dann vielleicht bei einem Abendessen? Heute Abend? Vorne im *Ammore*? Gegen neun?«

Das Restaurant der Via dell'Amore lag am anderen Ende der Gasse und wurde mit zwei m geschrieben, wie das im neapolitanischen Dialekt üblich war. Es war natürlich ein Lokal für Paare, eines von diesen romantischen, kleinen, die ihre Tische teilweise draußen auf der Gasse stehen hatten. Mit Kerzenlicht, karierten Tischdecken und Blümchen in kleinen Vasen.

Tommasina war so verwirrt von dieser unerwarteten Einladung, dass sie nur stammeln konnte. Die Gedanken überschlugen sich unschön in ihrem Kopf, sie versuchte, einen Satz auszusprechen, der wie eine höfliche Absage klingen sollte. Aber alles, was ihr einfiel, war sehr direkt und nicht so, wie sie es diesem doch sehr netten Herrn, der erwartungsvoll vor ihr stand, vermitteln wollte.

Er wartete, nickte aber schließlich. Noch bevor sie ihn davon abhalten konnte, sagte er: »Schön, dann hole ich Sie pünktlich zu Hause ab. Bis später.« Dann ging er.

Verdattert blieb Tommasina zurück. Was war denn das? War Peppino von Sinnen? Ja, wahrscheinlich war er verwirrt. Sie war sich plötzlich ganz sicher, dass er schon bald wieder vergessen haben würde, was er zu ihr gesagt hatte. Er würde sie bestimmt nicht abholen. Tommasina schüttelte verwundert den Kopf. Über Peppino, aber auch ein bisschen über sich selbst, weil sie nicht gleich ein klares Nein ausgesprochen hatte.

»Kommt, lasst uns nach Hause gehen!«, sagte sie zu ihren Hunden, die sich auf den warmen Pflastersteinboden gelegt hatten und sich nun gähnend mit ihr auf den Weg machten.

...

Chiara kniete vor dem großen Tresor und entdeckte sogar im untersten Fach noch mehr unsortierte Ringe. Sie hatte alles, was sie gefunden hatte, vorne auf die Werkbank gelegt, um sich einen Überblick zu verschaffen. Es war ein einziges Chaos. Sie setzte sich auf den Hocker und kratzte sich am Kopf. Es war nicht ihre Art, aufzugeben, noch bevor sie sich einer Herausforderung stellte, aber in diesem Fall war sie versucht, die kleine Goldschmiede gleich wieder zu schließen und sich in den ersten Flieger zurück nach Mailand zu setzen, wo sie inzwischen hingehörte. Ihre Kollegen Fulvio und Anita mochten zwar vieles sein, aber unordentlich waren sie nicht. Ganz im Gegenteil. Und auch Paolo war es nicht gewesen, zumindest nicht in der Zeit, als sie als junges Mädchen bei ihm ein und aus gegangen war.

Sie konnte das hier nicht machen. Auf gar keinen Fall. Entmutigt nahm sie ein in Papier gewickeltes Paar Eheringe in die Hand. Vorsichtig öffnete sie das kleine Päckchen. Es waren schwere Ringe, schön, glänzend und klassisch, mit einem kleinen Diamanten für die Braut. Teurer Schmuck. Was auch gut war, denn im Idealfall sollten speziell diese Ringe ein ganzes Leben lang halten. Wie war das? Bis dass der Tod euch scheidet? Na eben. Sie nahm wieder das Papier in die Hand und versuchte, die Schrift zu entziffern. *O e M a Ca*, und dann ein Datum, der achtundzwanzigste Juni. Das war in etwa zwei Wochen.

O und M. Das waren bestimmt Initialen von einem Brautpaar, das diese Ringe bestellt haben musste. Zwei Menschen, die sich liebten und den Mut hatten, Ja zueinander zu sagen. Nicht mal eben so für eine Woche, einen Monat, ein Jahr, sondern für das ganze Leben. Zwei Menschen, die sich auf den großen Tag freuten. Menschen, die sich mit Herzklopfen an einem Altar oder Pult oder sonst irgendwo treffen würden, um sich eines der wichtigsten Versprechen überhaupt zu geben. Diese Gedanken berührten Chiaras Herz, und spätestens in diesem Moment wusste sie, dass sie nicht kneifen konnte. Sie war hier, und sie würde alles tun, um wieder Ordnung in das Chaos zu bringen, zeitlich begrenzt natürlich. Doch jetzt musste sie zunächst einmal Schmuckschachteln oder ähnliche Verpackungen finden, das mit dem Papier war einfach nicht ideal. Also verschwand sie wieder im hinteren Bereich des Ladens, wo auch Kartons und Kisten standen, die sie nacheinander öffnete und durchsuchte und dann wieder schloss und hinstellte und ... sie verlor irgendwann das Gefühl für die Zeit.

»Hallo?«, hörte sie eine Stimme aus dem Ladenraum.

Ihr fiel plötzlich siedend heiß ein, dass der ganze kostbare Schmuck noch auf der Werkbank lag. Unbeaufsichtigt. Panisch sprang sie auf und ging in den Ladenraum, wo sie aber erleichtert in ein ihr bekanntes Gesicht blickte.

Graziano, ihr Bruder.

Sie rannte um die Werkbank herum auf ihn zu und sprang an ihm hoch. Er fing sie gekonnt auf, wirbelte sie einmal herum, gab ihr einen dicken Kuss auf die Wange und setzte sie wieder ab.

»Warum um alles in der Welt muss ich eigentlich zu dir kommen?«, fragte er gespielt eingeschnappt.

»Ich wollte hier nur ganz kurz nach dem Rechten sehen. Ich wäre dann schon in die Pasticceria gekommen. Nur hat mich hier ein einziges Chaos empfangen«, erklärte sie.

»So schlimm?« Er zog die Schultern hoch, sah dabei einen Augenblick so aus wie der kleine Junge, der er einmal gewesen war.

Ihnen wurde dauernd erzählt, dass sie sich ähnlich sahen, wobei Graziano vehement behauptete, derjenige zu sein, der besser aussah, womit er vermutlich sogar recht hatte. Chiara sah keine große Ähnlichkeit, bis auf die Haare – beide dunkel, beide lockig. Er trug sie aber aufgrund seines Berufs ganz kurz. Sie verstanden sich noch immer gut, waren aber wegen ihres hektischen Lebens und ihrer Arbeit viel weniger in Kontakt als noch zu Beginn ihrer Zeit in Mailand.

»Ach, das wird schon werden, ich muss mich erst einmal eingewöhnen und Ordnung schaffen«, fasste sie zusammen.

»Kannst du das überhaupt? Ordnung schaffen?«, erwiderte er und musste dabei schmunzeln.

»Na, auf jeden Fall besser als du«, konterte sie und lachte. Sie merkte erst jetzt, wie sehr sie Graziano vermisst hatte. Und dieses Geplänkel zwischen ihnen, bei dem jeder das letzte Wort haben wollte.

»Du würdest staunen, wie ordentlich ich in der Pasticceria geworden bin«, sagte er nun viel ernster.

»Daran zweifle ich nicht. Du bist ein großartiger Konditor, und ich bin mächtig stolz auf dich.«

Graziano machte Würggeräusche. »Hör schon auf mit der Schleimerei!«, rief er gespielt ernst.

Sie boxte ihm in den Oberarm, was ihr wahrscheinlich mehr wehtat als ihm.

»Du bist doof!«

»Das stimmt wohl leider«, gab er lachend zu. »Aber jetzt komm erst mal mit rüber in die Pasticceria, du musst schließlich etwas essen. Später kannst du hier noch immer Ordnung schaffen.«

Der Gedanke an warme Hörnchen war verlockend, das

musste sie zugeben. Also packte sie rasch den Schmuck weg, schloss ab und folgte ihrem Bruder. Sie hakte sich bei ihm unter und bemerkte die neugierigen Blicke, die die Passanten auf Graziano warfen, da er seine Konditorkleidung trug. Er sah gut aus in seiner dunklen Jacke mit der langen seitlichen Knopfleiste und der helleren Hose mit Muster, *weil man die Flecken darauf nicht so deutlich sieht*, wie er immer sagte.

»Schön, dass du wieder da bist«, flüsterte er ihr zu. Und sie lehnte sich an ihn, denn es war gut, hier zu sein. Jede Minute, die verstrich, machte es deutlicher.

»Sprichst du noch immer nicht mit ihr?«, fragte Graziano und zeigte mit dem Kinn auf Pamelas Brautladen, als sie daran vorbeigingen, um zur Pasticceria zu gelangen. Chiara lenkte sich mit dem Geräusch ab, das ihre Sandalen auf den Pflastersteinen erzeugten. *Klack, klack.* Tatsächlich beruhigte sie das Aufschlagen ihrer Absätze ein wenig, aber das Gefühl, Pamela nie wieder sehen oder gar erwähnen zu wollen, blieb. Und das war nicht gut – nicht nach so vielen Jahren. Chiara musste abschließen mit der Vergangenheit. Manchmal glaubte sie sogar, es geschafft zu haben, doch dann reichte ein Lied, ein Geruch, eine Erinnerung, um die alten Wunden wieder aufzureißen.

»Nein, natürlich nicht«, gab sie fast empört zurück.

»Ich meine ja nur«, verteidigte sich Graziano.

»Du sollst gar nichts meinen, sondern zu mir halten und basta.«

»Das tue ich doch.«

Und dabei wollte Chiara es belassen.

Sie hatten die Pasticceria erreicht, Graziano ließ ihr den

Vortritt. Süßer Duft schwappte ihr entgegen, als sie den Raum betrat, und sofort spielten sich all die Kindheitserinnerungen vor ihrem inneren Auge ab. In der Tat erschien ihr der Raum größer, als sie ihn abgespeichert hatte, was aber auch daran liegen mochte, dass Graziano bei einer Generalrenovierung vor einigen Monaten alles umgestellt und die Wände endlich weiß gestrichen hatte. Er hatte ihr das über einen Videoanruf schon im Detail gezeigt, aber die neue Atmosphäre live zu erleben, das war schon etwas anderes. Es fühlte sich fast so an, als würde sie einen Film erneut ansehen und dabei plötzlich eine ganze Reihe an neuen Schauspielern entdecken.

»Gefällt es dir?«, wollte er wissen und klang dabei ein bisschen schüchtern.

»Allemal besser als das Pastell davor«, schoss es aus ihr heraus, und sie mussten beide lachen. Die Farbauswahl von früher hatten sie nämlich noch ihren Eltern zu verdanken gehabt, die, aus welchem Grund auch immer, richtige Pastellfarben-Fans waren. Selbst das Häuschen, in dem sie jetzt lebten, hatte in jedem Raum einen anderen sanften Ton.

»Das Rezept für die *cornetti* ist aber noch immer das gleiche. Möchtest du trotzdem ein Hörnchen?«, neckte er sie.

»Ja, unbedingt!«

Chiara ging mit ihrem Bruder mit in die Backstube, vorbei an dem Tresen, in dem allerlei süße Backwaren aufgereiht waren, die eine versierte Verkäuferin an die Kundschaft verkaufte. Auch wenn Grazianos Hauptgeschäft die Hochzeitstorten waren, hatte er doch stets Gebäck für den täglichen Bedarf der Laufkundschaft im Sortiment.

Hinten in der Backstube war es gewohnt warm, geordnet und duftend. Chiara grüßte in die Runde, ließ sich ein warmes *cornetto* in die Hand drücken und ging mit ihrem Bruder wieder zurück in den Verkaufsraum, wo einige kleine, runde Tische standen. Sie setzten sich, unterhielten sich, lachten, und Chiara ließ sich das Hörnchen schmecken. Wie gut das tat. Hier fühlte sie sich aufgehoben, das war ihre Welt. Und doch irgendwie nicht mehr. Sie dachte an ihr Zimmer in Mailand, an ihre Arbeit, sogar an Ernesto und Alessia, die ihr im Moment so weit weg und unerreichbar erschienen wie eine ferne Galaxie. Wie verwirrend das Leben doch manchmal sein konnte!

Dass irgendetwas nicht stimmte, merkte Chiara daran, dass Graziano sich unmerklich versteifte. Sie kannte ihn gut genug, um zu wissen, dass etwas passiert war, aber sie saß mit dem Rücken zur Eingangstür, wusste nicht, was vor sich ging. Noch bevor sie sich umdrehen konnte, sagte jemand: »Ehi, Graziano.« Chiara kannte diese Stimme gut. So gut, dass sie, ohne hinzusehen, wusste, welche Person hinter ihr stand. »Hast du ein paar ...«, fuhr die Stimme fort und hielt dann inne. Das war wahrscheinlich der Moment, in dem die Person Chiara erkannt hatte.

Chiara blickte auf die Brösel, die als einziger Rest des *cornetto* auf dem kleinen Tisch verteilt waren. Was für eine unangenehme Situation. Sie wollte das nicht, stand also auf, gab ihrem Bruder einen Kuss auf die Wange. »Wir sehen uns später«, murmelte sie. Dann ging sie, vorbei an Pamela, die wie versteinert dastand, hinaus ins Freie.

Kapitel 8

Heiraten ist wie fliegen, mit dem Versuch, möglichst lange in der Luft zu bleiben. Und wenn man an Flughöhe verliert, dann hofft man, sich beim Fall zumindest nicht das Genick zu brechen.

Neapel, sieben Jahre zuvor

»Wohin schleppst du mich denn nun?«, fragte Chiara und hörte selbst, dass sie wie ein nörgelndes Kind klang.

Checco schüttelte lachend den Kopf und zog sie weiter die Via dell'Amore entlang. Er hatte sie eben bei Tommasina abgeholt, die natürlich von einem Ohr zum anderen gegrinst hatte, weil ihr Versuch, für Chiara einen Freund zu finden, dieses Mal nicht fehlgeschlagen war. Ganz im Gegenteil. Seit einer Woche glaubte Chiara zu fliegen. Sie war so verliebt wie noch nie in ihrem Leben. In Checcos Lächeln, in sein Gesicht, seine Augen, sein Wesen. Alles. Sie war komplett und total, also buchstäblich bis über beide Ohren verliebt, ignorierte jede innere Stimme, die sie zur Vorsicht mahnte. Bei Checco waren halbe Sachen ein Ding der Unmöglichkeit. Er schien in jeder Situation und Hinsicht perfekt für sie zu sein.

»Warte es einfach ab, du Neugierige!«, neckte er sie, ließ ihre Hand dabei nicht los. Es hatte kein offizielles *Wir sind jetzt zusammen* gegeben. Sie waren einfach ein Paar, seit sie sich das erste Mal beim kleinen Nachbarschaftsfischmarkt kennengelernt hatten. Von da an hatten sie sich auch jeden Tag gesehen. Checco war morgens auf dem Meer, half seinem Großvater beim Fischen, ab dem Mittag war er bis abends frei, dann musste er in einer Pizzeria als Kellner aushelfen. Zum Glück nicht jeden Abend. Heute hatte er zum Beispiel frei.

»Ich warte so ungern. Und ich mag keine Überraschungen«, nörgelte sie weiter, aber inzwischen schlug ihr Herz Kapriolen, denn das hatte sie so noch nie gehabt, dass sich ein Mann bemühte, ihr eine Freude zu bereiten. Das höchste der Gefühle war ein Eis beim Spazieren gewesen, das sie mal spendiert bekommen hatte. *Du bist viel mehr wert*, hatte Tommasina auch deshalb oft mit ihr geschimpft. Vielleicht war Chiaras Moment jetzt mit Checco gekommen ...

»Jeder mag Überraschungen«, fand er hingegen und blieb abrupt stehen.

Sie blickte sich verwirrt um und verstand. »Du willst mit mir ins *Ammore?*«, fragte sie mit zitternder Stimme.

»Gut geraten!«, sagte er und zog sie an sich, sah ihr tief in die Augen. Die Gasse war nur schwach beleuchtet, was die besondere Atmosphäre noch verstärkte. Sie war an Romantik kaum zu überbieten. Es war Zeit, die Läden zu schließen. Feierabend. Immer weniger Kundschaft huschte von A nach B. Im Ristorante *Ammore* brannten schon die Kerzen auf den Tischen. Irgendwo spielte Musik, ein zartes Gitarrensolo. Zauberhaft. »Ich war noch nie hier essen. Weißt du, was man über das *Ammore* sagt?«, wollte er mit ernstem Gesicht wissen.

Chiara prustete los und hielt sich gleich darauf erschrocken eine Hand vor den Mund. Konnte sie sich denn nicht ein bisschen zurückhalten! Sie schimpfte stumm mit sich selbst. »Du meinst die Sache, dass man, wenn man als Liebespaar ins *Ammore* geht, irgendwann heiraten wird? So ein Unfug!« Sie machte eine wegwerfende Handbewegung, wollte damit auch die Aufregung wegwischen, die sich sofort eingestellt hatte, als er diesen Aberglauben erwähnte, mit dem das Restaurant sich rühmte.

»Du glaubst nicht daran?« Er war sichtlich erstaunt. »Dann werde ich dir wohl das Gegenteil beweisen müssen«, stellte er mit sanfter Stimme fest und gab ihr einen leichten Kuss auf die Stirn.

Sie bekam sofort weiche Knie, wie immer, wenn seine Lippen sie berührten. »Wir kennen uns doch erst seit einer Woche«, sagte sie eher zu sich selbst.

Heiraten.

Um Himmels willen ... das war ein so ferner Gedanke.

Und doch spürte sie, wie ihr allein schon bei der Vorstellung die Röte ins Gesicht stieg.

»Ja. Das mag wohl stimmen. Komm, lass uns rein und was Leckeres essen.«

»Gerne!«

Sie bekamen einen Platz draußen. Die Tische waren mit

rankenden Pflanzen, die aus gigantischen Töpfen wuchsen, vom Rest der Gasse abgetrennt, bildeten aber keine Wand, die sie komplett abschirmen würde. Man sah von beiden Seiten hindurch, sodass der Anschein einer friedlichen Nachbarschaft erweckt wurde. Ihr Tisch befand sich direkt neben einem der Töpfe, und Chiara konnte die Blumenerde riechen. Das Restaurant war beinahe voll besetzt, doch die Stimmen waren nur gedämpft zu hören. Der einzige Kellner hätte vermutlich gestresst aussehen müssen, doch mit seinem legeren weißen Hemd und der schwarzen Hose wirkte er vielmehr wie jemand, der ein paar Freunde eingeladen hatte. Er schien bester Laune zu sein, was Chiara sehr freute, da sie sich von übel gelauntem Personal oft eingeschüchtert fühlte. Der Kellner, der sich als Umberto vorstellte, brachte die Speisekarten.

»Hier steht alles ausführlich beschrieben, ansonsten kann ich Ihnen auch etwas empfehlen?«

Nun, sie ließen sich natürlich von ihm beraten. Ihr Vertrauen wurde mit Ravioli belohnt, die eine Ricotta-Feigen-Nuss-Füllung hatten, die sie beide gleichermaßen begeisterte.

»Die koche ich mal für dich nach«, erklärte Checco mit vollem Mund, aus dem Dampf wich, weil die Ravioli noch so heiß waren. Ein wenig Ricotta war an seiner Lippe hängen geblieben, und Chiara musste sich zusammenreißen, um ihn ihm nicht wegzuküssen.

»Du kannst kochen?« Erstaunlich. Die Männer um die zwanzig, die sie kannte, konnten es jedenfalls nicht.

Er blickte sie mit zusammengekniffenen Augen an. »Ich liebe es, in der Küche zu stehen.«

»Damit hast du gerade einhundert Punkte verdient. Ich würde ja von mir behaupten, dass ich dich nicht verhungern lassen würde, aber wenn du den Küchendienst übernimmst, bin ich umso glücklicher.« Chiara wischte mit etwas Brot ihren Teller von der leichten Soße sauber. *Fare la scarpetta*, wie man sagte. Sie machte das immer, fand, dass es nur halb so gut schmeckte, wenn dieser Teil fehlte. Und sie beobachtete mit Erleichterung, dass Checco genau das Gleiche tat.

Mit ihm war sowieso alles so einfach, ganz instinktiv. Sie musste sich nicht verstellen, konnte sie selbst sein, denn er schien sie so zu mögen, wie sie war.

»Nachspeise?«, fragte er, als Umberto die Teller eingesammelt hatte.

Sie teilten sich Profiteroles, tranken noch einen *digestivo* und verließen das Restaurant nur wenig später. Er hatte darauf bestanden, zu bezahlen. Draußen bedankte sie sich noch einmal, und er blieb stehen, was sie erst nach ein paar Schritten bemerkte.

»Komm her«, sagte er leise und zog sie an sich, legte seine Arme um ihre Hüften, sah sie an, mitten auf der Via dell'Amore. »Fühlst du das auch, dass das mit uns was ganz Großes ist?« Er wirkte nun ein bisschen verlegen, so als fürchte er ihre Antwort.

Doch sie konnte nur nicken und ihre Stirn auf seine Brust legen. Er griff in ihr Haar und massierte mit den Daumen ihren Nacken. Gänsehaut breitete sich auf ihrem Rücken und ihren Armen aus. Das Gefühl war so intensiv, dass sie glaubte, unter Strom zu stehen. Ihr Körper, ihre Sinne spielten verrückt. Das war gigantisch. Unglaublich. Unerklärlich. Wundervoll.

Sie merkte, dass er leicht zitterte, und blickte zu ihm auf. Sie mussten nichts sagen, sie verstanden sich auch so.

»Ah, die beiden Turteltäubchen!«, rief jemand und brach den Zauber, was Chiara tief bedauerte. Sie war noch nicht bereit, sich von ihm zu lösen, doch musste sie wohl oder übel nachsehen, wer sich eingemischt hatte.

Ah, Pamela …

»Hey!«, grüßte ihre Freundin sie. Chiara hatte die beiden schon miteinander bekannt gemacht. Sie hatte keine Geheimnisse vor Pamela. Zwar waren sie grundverschieden, aber dennoch gute Freundinnen. Sie tuschelten gerne und träumten gemeinsam von einer aufregenden Gegenwart und einer glorreichen Zukunft.

Pamela kam auf sie zu, gab ihr Küsschen auf die Wangen, tat dann dasselbe bei Checco.

»Ich hoffe, ich habe euch bei nichts Wichtigem unterbrochen …«, sagte Pamela und wirkte dabei ein bisschen zerknirscht.

Doch. Eigentlich hatte sie genau das getan. Aber wer würde das schon zugeben?

»Sollen wir noch ein bisschen am *lungomare* spazieren?«, schlug Chiara vor, statt auf das einzugehen, was Pamela zuvor geäußert hatte.

Damit waren alle einverstanden, und der Abend wurde schön, auch wenn Chiara sich etwas mehr Zeit mit Checco allein gewünscht hätte.

Chiara zitterte am ganzen Körper. Pamela war noch immer ein wunder Punkt. Ja, Chiara sollte wirklich über den Dingen stehen nach so langer Zeit, aber was sollte sie machen, wenn es noch immer wehtat.

Sie stapfte mit dem Fuß auf und zwang sich zur Ruhe. Pamela sollte nicht diese Macht über sie haben. Chiara atmete noch ein paarmal durch und öffnete heute schon zum zweiten Mal die Tür zum Wohnhaus von Tommasina, die nur selten abgeschlossen wurde. Jetzt konnte sie sich auch viel besser auf das ihr so wohlbekannte Umfeld konzentrieren, nachdem sie in der Goldschmiede nach dem Rechten gesehen hatte.

Das Treppenhaus war nicht besonders schön, wie in den meisten Wohnhäusern in Neapel. Aber es war der Ort, an dem sie aufgewachsen war, und dass er nicht der schönste auf der Welt war, das hatte sie erst gemerkt, als sie langsam erwachsen geworden war. Sie stieg die Treppen hinauf zur Haustür von Tommasina, nahm dabei die wohlbekannten Geräusche und Gerüche auf, klopfte schließlich an und hörte Bellen, Rumpeln, Stimmen, dann wurde aufgemacht. Alfonsa, die sie zuvor schon herzlich begrüßt hatte, stand vor ihr. Chiara überlegte nicht lange und umarmte die kleine Frau noch einmal fest, was die Hunde, die herbeigeeilt waren, besonders aufregte. Sie bellten, hüpften und beruhigten sich erst wieder, als Chiara sich zu ihnen gebückt hatte, um sie zu streicheln.

»Komm rein, komm rein, *bellissima!*«, rief Alfonsa. »Tommasina sitzt in der Küche.« Dann kam sie näher heran und flüsterte: »Meine Güte, deine Nonna ist ganz schön aufgebracht!«

Chiara schlüpfte aus ihren Sandalen in Hausschlappen, die immer in einem Schränkchen im Eingangsbereich bereitstanden, und ging in Richtung Bad, um sich die Hände zu waschen. Sie konnte ohnehin sicher sein, dass Alfonsa ihr folgen würde. Und siehe da, die Haushaltshilfe ihrer Nonna stand auch schon in der Tür.

»Erzähl schon! Was ist passiert, dass sie sich so aufgeregt hat?« Chiara war dieses Bad so vertraut. Die Farbe der Fliesen, der Geruch nach Seife, die weichen Handtücher – alle mit demselben Blümchenmuster. Das Haarspray von Tommasina stand stets am gleichen Platz, auf dem Fenstersims, die Bürste daneben. Auf manche Dinge war Verlass. Auf andere weniger ...

»Peppino hat sie ins *Ammore* eingeladen, und sie schimpft und schimpft. Was hat sich der Kerl nur dabei gedacht? Und: Ich bin eine ehrbare Frau!« Alfonsa imitierte Tommasina so präzise, dass Chiara kichern musste, doch sie musste auch gestehen, dass sie nicht ganz mitkam. Welcher Peppino? Und wie kam er dazu, Tommasina ausführen zu wollen? Hatte ihre Nonna einen Freund? Alfonsa klärte sie auf, und dann wusste Chiara auch, um welchen Peppino es ging. Nur wäre sie nie darauf gekommen, dass er für die Einladung verantwortlich gewesen sein könnte. Das war ja interessant! Nun hatte selbst ihre Großmutter einen Verehrer.

Chiara setzte sich schließlich zu Tommasina und ließ sich von dem endlosen Schimpfen einlullen. Es war ihr ganz recht, ihrer Nonna zuzuhören und ihr Gehirn auszuschalten, denn sie hatte nicht die Energie, jetzt noch weiter an Pamela zu denken. Und schon gar nicht würde sie Checco erlauben, wieder Protagonist ihrer Gedankenwelt zu werden. Und hier waren sie auch schon: die zwei Gründe, warum sie es vermied, nach Neapel zu kommen. Was damals passiert war, tat noch immer weh. Chiara konnte das offenbar nicht, Dinge verarbeiten. Sie ignorierte sie lieber, solange es ging. Nur funktionierte es auf Dauer nicht.

Alfonsa servierte leckeres Essen, setzte sich selbst dazu. Sie aßen *Gateau di patate* nach einem neapolitanischen Rezept, das neben gestampften Kartoffeln, gewürfelten Salamistücken, Mozzarella, geriebenem Parmesan und Eiern auch eine Schicht Brotkrümel vorsah, die obendrauf kam und sich im Ofen in eine knusprige Kruste verwandelte.

»Keine macht *Gateau* so gut wie du, Alfonsa«, schwärmte Chiara.

»Das Rezept hat sie ja auch von mir«, erklärte Tommasina, was dazu führte, dass Chiara und Alfonsa einen amüsierten Blick wechselten.

»Ach, deshalb schmeckt es also so gut«, tat Chiara überrascht. Sie wollte ihrer Nonna den Gefallen tun. »Es ist so gut, bei euch beiden zu sein«, sagte sie, nur für den Fall, dass sie es nicht wussten. Sie lehnte sich im Stuhl zurück. Mailand war gerade nur ein ganz weit entfernter Gedanke. »Nur, was machen wir jetzt, wenn du heiratest, Nonna? Lebst du dann bei deinem Mann, verkaufst du diese Wohnung vielleicht sogar?« Es war zu amüsant, sie zu necken.

Und in der Tat machte Tommasina ein empörtes Gesicht, was Chiara und Alfonsa zum Lachen brachte.

Ach, Chiara liebte es. Manche Dinge taten dem Herzen gut, und Besuche bei Nonna gehörten definitiv dazu.

Nach dem Mittagessen spülte Chiara ab und gab Alfonsa so die Möglichkeit, eher nach Hause zu gehen. Tommasina machte ihr Nickerchen mit den Hunden. Im Fernsehen lief irgendein Privatsender. Er zeigte eine Seifenoper, die gefühlt älter sein musste als Chiara selbst. Sie beschloss, auf ihr Zimmer zu gehen, das Alfonsa hergerichtet hatte. Chiara setzte sich auf das Bett, es war heiß. Im Sommer war die Stadt unnachgiebig. Sie konnte sich vorstellen, dass sich ein guter Teil der Bevölkerung am Meer befand. Vielleicht sogar Checco. Ob er wohl noch immer seinem Nonno beim Fischen half? Ob er noch manchmal an sie dachte?

Fragen über Fragen. Es fühlte sich an, als hätte sie eine Matroschka aus Fragen geöffnet, die immer noch kleinere in sich trug und damit ins Unendliche ging.

Checco.

Sie wünschte, sie würde ihn nicht so sehr vermissen.

Kapitel 9

Liebe nur, wenn du weißt, dass du geben kannst,
ohne nehmen zu wollen.

Olga und Mattia hatten sich bei einer Party auf Capri kennengelernt. Deshalb hatte für sie auch sofort festgestanden, dass sie auf der Insel heiraten würden, als sie mit der Hochzeitsplanung begonnen hatten. Zum Glück waren sie sich auch einig, was die Ausmaße ihres Festes anging. Sie wollten beide eine kleine Feier, eine kleine Gruppe von Freunden und der engsten Verwandtschaft. Es war keine Frage des Geldes, sie hatten beide gut gespart. Sie wollten nur einfach keine entfernten Bekannten bespaßen und an einem so wichtigen Tag um sich haben.

Natürlich war Vittorio auch das ein Dorn im Auge gewesen. Er wollte seine Geschäftspartner dabeihaben. Doch das war für Olga und Mattia ausgeschlossen. Sie hatten sich in eine wundervolle, exklusive Location verliebt, die sich am Steilhang befand, von dem man auf die Faraglioni-Felsen blickte. Obwohl sie beide das Meer beinahe jeden Tag sahen, hatte sie der Ausblick doch sprachlos gemacht. Das Wasser sah von der Terrasse des Restaurants ihrer Wahl so unglaublich aus, dass sie sogar beschlossen hatten, die Trauung selbst dort zu halten.

Heute hatten sie einen Besuch im *Mare e Sogni* gebucht, um noch die letzten Details zu besprechen. Vielleicht hätten sie das Gespräch sogar telefonisch führen können, aber wer sagte schon Nein zu einem Ausflug auf die exklusive Insel? Olga und Mattia jedenfalls nicht. Und auch ihr Trauzeuge Checco hatte mit Freude zugesagt, als sie ihn gebeten hatten, doch mitzukommen.

Olga liebte diesen Kerl fast wie einen Bruder, den sie nie gehabt hatte. Checco war der beste Freund, den man sich vorstellen konnte. Ein positiver Mensch voller Lebensfreude mit einem sonnigen Gemüt und ganz viel Leidenschaft für all das, was er anpackte. So hatte er zum Beispiel das kleine Fischfang-Geschäft seines Nonnos in ein größeres, ertragreiches Unternehmen verwandelt. Nicht nur Neapel riss sich um seinen frischen Fisch. Längst lieferte er in die Provinz und flächenübergreifend in die benachbarte Gegend bis nach Salerno.

Zu dritt saßen sie im Innenraum des Tragflügelboots, das sie innerhalb von vierzig Minuten vom Festland auf die Insel transportierte. Sie unterhielten sich. Im wahrsten Sinne des Wortes, über Gott und die Welt. Das war immer so, wenn sie zusammen waren, alle drei auf derselben Wellenlänge, obwohl sie Checco erst kannte, seit sie mit Mattia zusammen war. Olga selbst hatte keine Freundin, die ihr so nahestand wie Checco Mattia, deshalb hatte sie als Trauzeugin ihre zukünftige Schwägerin ausgesucht, die ein wunderbarer Mensch war. Auf deren Unterstützung würden sie immer zählen können, dessen waren sich sowohl Olga als auch Mattia mehr als sicher.

»Ich freue mich schon so auf eure Hochzeit!«, sagte Checco, der seine Beine über die Lehne des vorderen Sitzes gestreckt hatte.

Ja, so war er. Herzensgut und lieb.

»Danke, *uagliò*. Das wissen wir zu schätzen. Wir sind auch sehr froh, dich an unserer Seite zu haben«, erklärte Mattia, worauf Olga heftig nickte. »Du gewinnst jetzt schon den Preis als bester Trauzeuge des Jahrhunderts!«, fügte sie hinzu.

»Ach, Unsinn. Ich habe doch gar nichts gemacht bis jetzt«, erwiderte er bescheiden, wie er war.

»Soso? Gar nichts? Was ist mit dem Bowling-Abend, den du organisiert hast, damit Mattia dort um meine Hand anhalten konnte? Und was sagst du über die kleine Feier, die du dann zu unserer Verlobung gegeben hast? Hm?« Olga fielen spontan tausend Gründe ein, die Checco zu einem ganz besonderen Freund machten.

Doch er winkte verlegen ab. »Das war wirklich kein großes Ding.«

»Er ist zu bescheiden ...«, sagte Mattia über Checcos Kopf hinweg zu Olga.

»Absolut. Ich finde ja, er sollte damit aufhören. Er darf Komplimente ruhig annehmen«, machte Olga das Spiel mit.

Checco nickte und grinste. »Jaja ... schon gut.«

Sie lachten, wie so oft. Olga liebte diesen Ausgleich zu ihrem meist harten Job, in dem sie stets konzentriert sein musste, weil ein Fehler schnell mal einige Zehntausender kosten konnte. In ihrem Privatleben wollte sie den Alltag locker und leicht gestalten. Diese Balance war ihr gut gelungen, wie sie fand.

Das Tragflügelboot drosselte das Tempo, zog die Flügel ein und manövrierte sich elegant in den überschaubar großen Hafen, bis es sicher stand. Sie gingen von Bord und mischten sich unter die unzähligen Touristen, die im Hafen von einer ganzen Schar an Anbietern empfangen wurden, die ihnen irgendeinen Service aufschwatzen wollten. Die meisten Besucher gingen aber weiter zur kleinen Seilbahn, die hochfuhr in den oberen Teil von Capri.

Die Insel war nicht riesig, es fehlte an Platz, trotzdem war dieser Ort für Olga geradezu magisch. Sie war hier oft mit ihrer Mutter gewesen, die die Insel mit ihren Zitronenbäumen, Buchten, Felsen, Geschäften, Lokalen, Restaurants und Unterkünften genauso sehr geliebt hatte. Capri stellte so etwas wie eine Verbindung zu ihrer Mutter dar. Deshalb war Olga umso glücklicher, hier zu heiraten.

Sie hatten es eilig, weil sie schon bald verabredet waren, aber sie mussten natürlich oben auf der Piazzetta haltmachen und den Ausblick auf den Hafen und das Meer genießen. Es war ein wundervoller Sommertag mit klaren, definierten Farben und Linien. Das Wasser war glatt und von einem unglaublichen Blau, so intensiv. Das Meer erschien von hier oben unendlich, wunderbar. Es ging kein Wind, alles stand still. Olga hatte den Eindruck, dass sogar die Zeit stillstand. Sie nahm Mattias Hand, und er blickte zu ihr, lächelte. Sie brauchten keine Worte, nicht in diesem Moment, denn auch ihre Liebe war unendlich.

Wie lange sie so dastanden, konnte Olga nicht mehr sagen, aber irgendwann merkte sie, dass Checco verschwunden war.

»Wo ist er denn hin?«, fragte sie Mattia.

Er zog die Schultern hoch. »Keine Ahnung. Vielleicht war ihm das hier zu romantisch ...«

»Möglich. Wie kann ein feiner Kerl wie er keine Freundin haben?« Sie hatten das Thema oft angesprochen, doch Checco hatte dazu immer nur geschwiegen. Olga wusste, dass er vor langer Zeit seine große Liebe gefunden hatte. Und Mattia hatte ihr ein paar Details erzählt, aber sie hatte keine richtige Vorstellung von dem Ganzen, nahm sich deshalb vor, erneut das Gespräch mit Checco zu suchen. Irgendwann.

Sie entdeckten ihn auf einer Sitzbank, gingen auf ihn zu. Er spielte mit seinem Handy, was nicht das war, was man mitten im Herzen von Capri tun sollte. Er steckte es weg, als er sie auf sich zukommen sah, stand auf.

»Na? Habt ihr euch am Ausblick sattgesehen?«, fragte er gut gelaunt wie eh und je.

»Wir schon, aber was ist mit dir?«, erkundigte sich Olga fürsorglich.

»Ich habe die Zeit genutzt, um euch zu fotografieren«, erklärte er, fischte wieder sein Handy aus der Tasche und zeigte ihnen einige Aufnahmen, die wundervoll waren. Er hatte sie so fotografiert, dass die Leute um sie herum nur verschwommen sichtbar waren. Olga und Mattia erschienen wie die einzigen realen Wesen in einem Traumland. Sie standen nebeneinander, berührten sich nur am kleinen Finger. Und im Hintergrund dieses gigantische Blau.

Die Fotos waren einzigartig und begeisterten das zukünftige Brautpaar. Und so vergaß Olga schnell, dass sie Checco eigentlich nach seinen Herzensangelegenheiten hatte fragen wollen. Stattdessen unterhielten sie sich auf dem Weg zum Restaurant über den Stand der Hochzeitsvorbereitungen. Sie gingen durch die Gassen Capris und erfreuten sich an den Düften, Farben und Geräuschen, die so anders waren als in Neapel. Egal, wo Olga sich auf Capri befand, sie wusste immer, dass sie auf einer Insel war, selbst wenn sie das Meer nicht sehen würde. Vielleicht lag es an der Luft, oder am Himmel, der sich anders reflektierte. So genau konnte sie das nicht sagen.

»Anzug, Kleid, Ringe?«, fragte Checco, als würde er mental eine Liste abarbeiten, und brachte Olga damit wieder ins Hier und Jetzt.

»Der Anzug passt wie angegossen und hängt bei meinen Eltern im Schrank«, ließ ihn Mattia wissen, der das extra so eingefädelt hatte, damit Olga ihn vor der Hochzeit nicht zu Gesicht bekam. Auch sie sollte ihr Überraschungsmoment haben. Und sie freute sich so sehr darauf, hatte sich den Augenblick unzählige Male vorgestellt. Sie konnte es kaum erwarten.

»Und wie steht es mit deinem Kleid und den Ringen? Soll ich mich zumindest um die Ringe kümmern?«, hakte Checco weiter nach, der sich offensichtlich nützlich zeigen wollte.

Olga druckste herum, doch dann entschloss sie sich dazu, die Wahrheit zu sagen. »Mein Vater hat sich angeboten, beides abzuholen.«

Mattia blieb stehen und machte einen erstaunten Gesichtsausdruck. Checco schien es ähnlich zu gehen, und Olga wünschte, sie hätte es zumindest ihrem Verlobten gegenüber schon erwähnt.

»Dein Vater?«, wiederholte Mattia.

»Ja ... ich ...«, stammelte Olga. Sie wusste selbst, wie unglaublich und falsch das klang, wo er doch der größte Gegner dieser Hochzeit war. Sie wollte beiden erklären, dass sie das brauchte. Dass sie ihren Vater für diese Sache brauchte, wenn er sich schon anbot und damit quasi ein Friedensangebot gemacht hatte. Doch als sie Mattias verwirrten Blick bemerkte, fehlten ihr die richtigen Worte.

Checco kam ein paar Schritte auf sie zu, irgendwo in den Gassen von Capri, in denen es nach Zitronen roch, die überall üppig wuchsen. Er legte ihr eine Hand auf die Schulter.

»Das ist doch fantastisch! Ein Friedensangebot ... ich finde das toll«, rief Checco mit einer Begeisterung, die ganz offensichtlich nur vorgeheuchelt war. Olga war ihm aber dankbar dafür – sehr sogar.

»Wenn du glücklich damit bist, dann ist ja alles in Ordnung«, fand auch Mattia, der ihr einen Kuss gab.

Sie gingen weiter, Mattia lief vorneweg, sodass Olga Checco ein stummes *grazie* zuflüstern konnte. Er zwinkerte ihr zu und lächelte.

...

Chiara hatte sich einen Ordner besorgt, Karteikarten, Schreibzeug, Klarsichthüllen, Stifte. Sie glaubte, dass es viel leichter war, Ordnung zu schaffen, wenn man das richtige Werkzeug hatte. Motiviert betrat sie daher nach dem Essen und einer kurzen Pause, die Tommasina angeordnet hatte, wieder die Goldschmiede. Diesmal fühlte sie sich dem Chaos schon viel wohler gesonnen. Nichts würde sie aus der Ruhe bringen, das nahm sie sich fest vor. Sie schloss sich ein, da sie ohnehin keine Kundschaft empfangen konnte, setzte sich an die Werkbank, suchte eine Playlist aus ihrer Sammlung. Die richtige Musik war wichtig. Wenn es etwas gab, worüber sie mit Checco nicht einer Meinung war, dann Musik. Sie hatten immer die Augen gerollt über den Musikgeschmack des anderen. Checco war ein Anhänger der neomelodischen Sparte, während Chiara sich nie wirklich damit anfreunden konnte. Sie mochte internationale Songs, mit Stimmen, die nicht danach klangen, als hätte sich jemand etwas eingezwickt. Chiara fielen spontan zig Situationen ein, bei denen sie sich gegenseitig auf den Arm genommen hatten, deswegen. Ja … und danach hatten sie so lange gelacht, bis sie sich die Bäuche halten mussten.

Sie vermisste das so sehr. Sie vermisste ihn. Noch immer. Und sie wusste einfach nicht, wie sie aus diesem Loop herausfinden sollte. Das Vermissen war in Mailand gut kontrollierbar. Sie hatte dort ihr Leben, viel Ablenkung, Freunde und nicht zuletzt ihre Arbeit. Hier in Neapel war das anders, hier erinnerte jedes Eck, jede Gasse an ihre Zeit mit Checco. Und es waren so viele schöne Erinnerungen dabei. Nur ganz wenige hässliche. Dafür waren die hässlichen aber umso einschneidender gewesen und hatten unsichtbare Narben hinterlassen.

Chiara seufzte, ärgerte sich über sich selbst. Sie war doch nicht hier, um sich noch weiter über diese alte Geschichte aufzuregen! Sie musste endlich vorankommen, mit ihrem Leben, aber vor allem erst mal mit der Goldschmiede.

Sie gab sich einen Ruck, schaute auf die Gasse, die sie vom Hocker an der Werkbank aus so gut sehen konnte. Menschen huschten vorbei, blieben auch mal stehen und blickten neugierig hinein, woraufhin sie auf den handgeschriebenen Zettel deutete, den sie angebracht hatte mit dem Hinweis, dass sie in Kürze öffnen würde. Von einem bestimmten Winkel konnte sie zur Pasticceria hinüberblicken. Sie mochte das neue Ladenschild, das Graziano hatte anbringen lassen. Sie mochte es, dass er sich an den Stil des vorherigen gehalten hatte. In der Tat sah es aus wie aus einer anderen Zeit. In großen roten Lettern stand *Pasticceria* darauf, knapp darunter der Familienname Di Blasi und das Gründungsjahr 1952. Was Graziano hatte hinzufügen lassen, war ein gemalter Kuchen. Wunderhübsch.

Und wieder hatte Chiara sich von ihren Gedanken ablenken lassen. Sie setzte sich erneut an die Werkbank, der Hocker war nicht der bequemste, aber er hatte exakt die richtige Höhe. Ein guter Kompromiss, wie sie fand. Sie machte die kleine Tischlampe an, die einen Teil der Werkbank erhellte. Das Holz war alt, unzählige Flüssigkeiten hatten Flecken hinterlassen. Sie fuhr mit der Hand darüber, die Oberfläche war alles andere als glatt, doch sie liebte diesen Tisch, hatte er doch Charakter, ganz anders als die modernen Werkbänke, an denen die Goldschmiede in Mailand bei MM-Gioielli arbeiteten. Nach und nach öffnete sie die kleinen Schubladen auf der rechten Seite unter der Tischplatte. Sie waren gefüllt mit Werkzeug, das sie jetzt aber noch nicht brauchte. Sie musste auch erst wieder vertraut werden damit, wobei das eigentlich immer der Teil der Arbeit gewesen war, der ihr am meisten Spaß gemacht hatte. Das Erschaffen von Schönem war ihre ganz große Leidenschaft.

Sie hatte viel investiert, um gut zu werden. Und sie meinte gar nicht mal Geld, sondern vielmehr das Opfer, das sie auf sich genommen hatte, mit der Sehnsucht nach ihrer Stadt und Familie im Herzen zu leben. Sie hatte viel verloren, aber auch eine ganze Menge gefunden, wie zum Beispiel ihr Talent für das Schmuckdesign. Ja, vielleicht war alles so, wie es sein musste.

Entschlossen stand sie wieder auf, entnahm dem Tresor im hinteren Bereich des kleinen Ladens das erste Paar Ringe und begann, sich die Schmuckstücke genauer anzusehen und bestenfalls dem Papier, mit dem sie eingewickelt waren, die spärlichen Informationen zu entnehmen. Irgendwo musste sie anfangen. Paolo hatte ganz wundervoll gearbeitet, das Gold war so glatt, es fühlte sich herrlich an, fast geschmeidig. Zwei Eheringe. Sie wog sie, nahm die Maße, schrieb alles auf, hier hatte sie zumindest einen Nachnamen, daher konnte sie nur hoffen, dass diejenigen, die die Ringe bestellt hatten, sich bei ihr melden würden. Schließlich steckte sie den Schmuck in eine Schachtel und diese dann mit allen Informationen in eine Klarsichthülle.

Das fühlte sich schon viel besser an. Sie rief sich in Erinnerung, dass große Resultate stets mit kleinen Schritten begannen.

Kapitel 10

Wenn die Braut sich nicht traut,
hat's der Bräutigam versaut.

Tommasina hatte sich wie jeden Abend auf ihren Balkon gesetzt, von dem aus sie die gesamte Via dell'Amore überbli-
cken konnte. Sie war sehr früh Witwe geworden, ihr Mann
war bei einem Arbeitsunfall umgekommen. Sie hatte die
Liebe ihres Lebens auf tragische Weise verloren und das Gefühl gehabt, auch sterben zu wollen. Einsam hatte sie sich
jedoch nur selten gefühlt, denn die Via dell'Amore hatte ihr
in jeder Hinsicht Geborgenheit gegeben. Und ganz langsam, Schritt für Schritt, hatte sie zurück ins Leben gefunden. Die Arbeit in der Pasticceria, ihr Sohn, dann die Enkelkinder und immer wieder diese Gasse, die ihre Welt war.
Selbst heute noch reichte ein Blick, wie jetzt, zu dieser Tageszeit, wenn es nicht mehr richtig Tag, aber auch noch
nicht Nacht war. Wenn die Lichter in den Ladenräumen einen magischen Schein nach draußen warfen und die Passanten wie bunte Akzente in einem perfekten Gemälde
wirkten. Die Musik fehlte, sagte Tommasina sich nicht zum

ersten Mal. Zum Glück hörte man ab und an aus Giosuès Agentur eine Melodie, aber, wie gesagt, in der Via dell'Amore fehlte die Musik ...

Tommasina lehnte sich im Stuhl zurück, ihre treuen Hunde zu ihren Füßen, der Duft des Basilikums aus dem großen Topf in ihrer Nase. Es war ein geradezu perfekter Abend, warm, mit einem angenehmen Wind, der Leben in alles zu hauchen schien. In die Wäsche, die noch draußen hing, in die vielen Blumen und Pflanzen, die auf den Balkonen standen oder den Weg säumten, in die Markisen oder Sonnenschirme. Herrlich! Das Leben war gut. Und Tommasina wusste, dass sie noch so viel geben konnte, um diese Gasse weiterhin als erste Anlaufstelle für die Paare Neapels zu bewahren.

Tommasina war klar, dass sie es manchmal übertrieb. Das bekamen oft ihre Enkelkinder zu spüren. Graziano, der sich zum Glück in der Pasticceria so wohlgefühlt hatte, dass er sie schließlich übernahm, und Chiara ... ja, ihre kleine Chiara.

Hatte Tommasina vielleicht zu viel verlangt, indem sie ihre Enkelin quasi zur Heimkehr gezwungen hatte? Chiara ging es gut in Mailand, sie hatte eine hervorragend bezahlte Arbeitsstelle, eine Wohnung mit dieser Alessia und dem Kater ... wie hieß er noch gleich? Sein Name wollte Tommasina nicht einfallen. Aber eines stand fest, es ging ihr gut in Mailand.

Tommasinas Überzeugungen bezüglich Chiara hatten sich nicht immer als richtig herausgestellt. Was Checco anging, zum Beispiel. Sie war sich so sicher gewesen, dass die beiden eine glückliche und lange Beziehung führen würden. Eine Beziehung für die Ewigkeit. Es hatte auch sehr lange danach ausgesehen, doch dann kam alles anders. Alles kaputt, nicht mehr reparierbar. Das war damals schmerzvoll für alle gewesen. Selbst für Tommasina. Deshalb hatte sie sich geschworen, nie wieder Einfluss auf das Liebesleben ihrer Enkelin zu nehmen. Sie hatte sich auch strikt daran gehalten, obwohl es ihr nicht leichtgefallen war.

Manchmal hatte Tommasina den Eindruck, dass sie zu viel von Chiara verlangte. Aber das passierte nur, weil sie deren gesamtes Potenzial sah. Chiara war einfach eine Wucht. In vielerlei Hinsicht. Talentiert, hübsch – obwohl sie stets von sich dachte, es nicht zu sein –, lustig, ironisch. Ach, die Liste war lang ...

»Signora Tommasina!«, rief jemand. Herausgerissen aus ihrer Gedankenwelt, zuckte sie zusammen. Was wiederum die Hunde zum Bellen brachte. Sie liebte Diego, Fabio und Ciro, aber ihre aufgebrachte Stimme – mal drei – war in etwa so angenehm wie ein Hupkonzert mitten in Neapels dichtestem Verkehrschaos.

Der Versuch, die Winzlinge zu beruhigen, schlug fehl. Und die Leute schauten schon. Tommasina wusste noch immer nicht, wer dieses Chaos angerichtet hatte. Sie stand vom Stuhl auf, beugte sich über das Geländer des Balkons, was den Hunden den Rest gab.

Jemand winkte von unten, und Tommasina brauchte ein paar Augenblicke, um zu realisieren, dass es Peppino war. Mit einem gigantischen Blumenstrauß in der Hand.

Peppino. Den hatte sie ganz vergessen. Gleich nach dem

Mittagessen, und nachdem sie mit Alfonsa über seine Dreistigkeit geschimpft hatte, hatte sie nicht mehr über ihn nachgedacht. Sie war sich ohnehin sicher gewesen, dass er die Einladung zum Ristorante *Ammore* nicht ernst gemeint haben konnte.

Tja.

Sie hatte sich offenbar getäuscht.

»Kommen Sie nach oben!«, rief sie ihm zu. Die Passanten begannen zu glotzen. Sie musste ihn von der Gasse wegbekommen. Sie hatte hier einen Ruf zu verlieren. Doch sie ertappte sich auch gleichzeitig dabei, die Szene, von außen betrachtet, beinahe romantisch zu finden.

Sie eilte zur Tür, die Hunde folgten und begriffen nicht, was vor sich ging. Als sie öffnete, stand er bereits mit diesem enormen Strauß vor ihr, der so stark duftete, dass ihr beinahe schwindelig wurde. Betörend geradezu.

Die Szene war so ungewohnt, dass sogar die Hunde verstummten.

»Kommen Sie schon rein!«, sagte Tommasina und merkte selbst, wie unfreundlich sie klang. Sie wurde so, wenn sie überfordert war. So unausstehlich und arrogant.

Es fühlte sich seltsam an, Peppino in ihre Wohnung zu lassen, sie kannte ihn schließlich kein bisschen, obwohl sie ihn quasi jeden Tag sah und wiederum nicht sah. Er war wie ein Chamäleon, das sich dem Umfeld so perfekt anpasste, dass man es nicht bemerkte.

»Vielen Dank, Signora.« Er verneigte sich vor ihr und reichte ihr dann die herrlichen Blumen. Der Strauß war schwer, sicherlich von Teresa zusammengesteckt, die ihren

Blumenladen im etwas abgeschiedenen Teil der Via dell'Amore jenseits des Ristorante *Ammore* hatte und die pausenlos für die Blumendekoration von Hochzeiten gebucht wurde. Sie schleppte so viele Blumen an, dass nicht selten die gesamte Gasse danach roch. »Sind Sie bereit für das Essen im *Ammore*?«, fragte er höflich.

Wie gelang es ihr, ihm ebenso höflich einen Korb zu geben? »Hören Sie, vorhin haben Sie mich ehrlich gesagt überrumpelt, sodass ich nicht in der Lage war, Ihnen eher abzusagen. Ich mache es kurz: Das wird nichts.« Sie hatte ohne Atempause geredet. Womit sie nicht gerechnet hatte, war, dass Peppino aussah, als hätte sie ihn geohrfeigt. Tommasina war kein Sensibelchen, aber der Anblick des tief enttäuschten Peppino ging ihr so nahe, dass sie schlucken musste.

»Ich verstehe«, stammelte er.

Sie kam sich so dumm vor, wie sie dastand mit den Blumen und der offenen Haustür, einem Mann gegenüber, der nett war und nichts Falsches gesagt oder getan hatte. Sie war bereit, das Gesagte zurückzunehmen und mit ihm zu diesem Abendessen zu gehen. Was war schon dabei? Sollten die Leute doch reden! Doch er senkte den Kopf und ging wortlos davon.

Tommasina stand noch eine ganze Weile wie erstarrt da und blickte in den nun leeren Flur. Erst als Diego, oder vielleicht war es diesmal Fabio, der abends hungriger war als alle anderen, an ihrem Bein leckte, schloss sie die Tür. Dann suchte sie nach einer Vase, die groß genug war, fand aber keine, weshalb sie den Strauß in einen Plastikeimer stellte.

Mit einem ganz, ganz schlechten Gewissen ging sie zurück an ihren Platz auf dem Balkon, doch es wollte sich kein wohliges Gefühl mehr einstellen. Nichts konnte das ändern, nicht einmal der Mond, der sich an diesem Sommerabend beinahe silbern zeigte.

Und wo blieb Chiara überhaupt? Sicherlich arbeitete sie noch immer ohne Pause in der Goldschmiede. Und auch das ließ Tommasinas schlechtes Gewissen auf Hochtouren laufen und plagte sie, bis sie beinahe Magenschmerzen bekam. Vielleicht war es an der Zeit, sich zurückzuziehen. All ihre Selbstsicherheit geriet ins Wanken, und zwar sehr heftig. Als hätten Diego, Fabio und Ciro es gespürt, wie sie sich fühlte, legten sie sich ganz nah an ihre Füße. So anstrengend die Chihuahuas manchmal auch waren, sie gaben ihr so viel Liebe, dass sie sie niemals missen wollte.

...

Chiara merkte erst, dass es schon richtig spät war, als jemand an die Glastür klopfte. Sie wies an diesem Tag zum wiederholten Male auf den Zettel hin, der an der Scheibe haftete, doch dann erkannte sie, dass Giosuè draußen stand und mit einem Pappbecher auf sie zeigte. Sie grinste und fragte sich, ob das eine neue Mode war, dann stand sie auf und machte ihm auf. Er kam herein, drückte ihr den Becher in die Hand.

»Ich dachte, du könntest etwas zu trinken gebrauchen ...«, sagte er und schaute sich im Laden um.

Sie hatte tatsächlich Durst und nippte am Becher. Eistee. Sehr lecker. »*Grazie mille.* Der ist jetzt genau richtig.«

Er zog die Schultern hoch und hatte bereits den ganzen Raum mit seinem Aftershave-Duft gefüllt. Nicht unangenehm. Chiara bekam trotzdem Kopfschmerzen davon.

»Keine Ursache ...«, er steckte die Hände in die Hosentaschen, »ich merke gerade erst, dass ich noch nie in der Goldschmiede gewesen bin. Ich laufe zwar seit Jahren täglich daran vorbei, aber drinnen war ich noch nie.«

»Hierher kommt man erst, wenn es richtig ernst wird«, versuchte Chiara, einen Witz zu machen.

Giosuè tat ihr den Gefallen und lachte. Chiara wusste eigentlich nicht besonders viel über ihn, außer, dass er eine Vorliebe für Sonnenbankbräune und Anzüge zu haben schien. Er hatte seine Agentur zu der Zeit eröffnet, in der sie schon in Mailand gewohnt hatte. Trotzdem kannten sie sich natürlich, die Via dell'Amore war ein kleiner Mikroorganismus für sich. Und sie waren wohl in etwa im gleichen Alter, das verband sowieso immer.

»Gott bewahre! Ich bin gegen die Ehe als Institution ...«, deutete er an.

»Was wir hier in der Via dell'Amore aber am besten nicht laut aussprechen, wenn wir nicht wollen, dass der Blitz uns trifft und in Asche verwandelt, nicht wahr?«

»Du bist ja richtig witzig«, erkannte er verwundert.

Das fand sie nun wiederum lustig. »Ja, was dachtest du denn, dass ich über keinen Humor verfüge?«

Er zog wieder die Schultern hoch, sodass sein Hemd an

den Oberarmen spannte. »Eigentlich habe ich bisher rein gar nicht an dich gedacht«, erwiderte er sehr direkt.

»Es lebe die Ehrlichkeit!« Chiara fand dieses Gespräch mehr und mehr amüsant.

»Was ist das jetzt? Übernimmst du den Laden?« Er lehnte sich an die Werkbank, und sie setzte sich wieder auf den Hocker.

Es war nett, mit jemandem zu reden. Chiara unterhielt sich gerne mit ihm. Ein bisschen Ablenkung konnte außerdem nicht schaden.

»Ich schaffe Ordnung und helfe erst mal aus. Der Rest wird sich zeigen. Mein Leben ist in Mailand.«

Giosuè nickte. »Ich verstehe ... Wie kommst du voran?«

»Nicht so gut, um ehrlich zu sein.«

»Wo liegt denn das Problem?« Er fuhr mit dem Finger über die Holzoberfläche des Tisches.

»Ich habe keine Kundeninformationen und eine Menge angefertigten Schmuck hier, bei dem ich aber nicht weiß, für wen er ist. Ich hatte schon überlegt, bei den anderen Läden nachzufragen und die wenigen Informationen, die ich habe, zu vergleichen. Wenn Ringe für die Hochzeit bestellt werden, dann ist es naheliegend, dass noch in anderen Läden der Gasse etwas gekauft wird. Ich werde mich wohl mit meinem Bruder zusammensetzen und das mal prüfen.«

Giosuè nickte. »Oder mit mir. Ich schreibe mir immer alles ganz genau auf. Gut möglich, dass du Informationen bei mir findest, die dir weiterhelfen.«

»Ja. Klar. Warum nicht?« Chiara fühlte sich zwar etwas überrumpelt von seinem Angebot, konnte aber auf die

Schnelle keinen Grund finden, der dagegensprach, es anzunehmen. Er bot nur seine Hilfe an, deswegen musste sie noch lange nicht in die Defensive gehen.

»Gut. Dann morgen? Bei einem Frühstück vorne an der Bar?« Er machte ein unschuldiges Gesicht und sah nicht so aus, als hätte er irgendwelche Hintergedanken.

»*Va bene*, in Ordnung. Und danke dir.«

»Keine Ursache, schließlich müssen wir hier in der Via dell'Amore zusammenhalten.«

Sie musste fast lachen, er sprach ja schon so wie Tommasina. »Das müssen wir wohl, ja.«

Er lächelte sie an, winkte zum Abschied und ging zur Tür. »Bis morgen dann«, sagte er und öffnete sie, um rauszugehen. In der Tür drehte er sich noch einmal zu ihr um. »Und willkommen zurück in Neapel.«

Sie nickte und lächelte. Und schon war er fort. Etwas verwirrt schaute sie ihm nach. Sie traute ihrem Urteilsvermögen nur bedingt, besonders in so einer Situation. Einerseits hatte sie das Gefühl, dass er mit ihr geflirtet hatte. Andererseits hatte sich alles so harmlos und normal angefühlt, dass sie sich auch getäuscht haben konnte. So oder so, sie hatte kein Interesse. Nicht an ihm, nicht an irgendjemand sonst. Es ging ihr gut allein. Sie hatte keine Nerven für das, was eine Beziehung mit sich brachte. Dieses Sichfallenlassen, dieses volle Vertrauen in jemanden, nur um dann grob enttäuscht zu werden. Nein danke. *No, grazie.*

Für heute hatte sie genug gearbeitet. Sie war zufrieden mit dem, was sie bisher geschafft hatte, und war zuversichtlich, die Goldschmiede schon bald wieder öffnen zu können. Sie packte ihre Sachen zusammen und den Schmuck zurück in den Tresor, löschte das Licht, schloss sicher ab. Draußen blickte sie in beide Richtungen der Via dell'Amore. Es war nicht mehr viel an Kundschaft unterwegs, nur noch einige wenige Nachzügler. Die Schaufenster der Läden waren erleuchtet, damit Spaziergänger die Ware besser sehen konnten. Alles war perfekt inszeniert und haargenau so, wie man sich eine italienische Gasse vorstellen würde. Also räumlich begrenzt, rechts und links von hohen Hauswänden gesäumt, die in den Himmel ragten. Hier in der Via dell'Amore hatten die Wände keine einheitliche Farbe und sorgten für einen bunten Rahmen. Und das Leben pulsierte durch die kleine Straße, selbst jetzt noch, kurz nach Feierabend und mit weniger Publikum, zeigte diese Via, dass sie lebendig war.

Chiara seufzte und ließ ihre Sinne wandern. Es fühlte sich gut an, eins zu sein mit ihrer Umgebung. Sie blickte auf die Armbanduhr. Es war einundzwanzig Uhr. Eigentlich Zeit, sich hinzulegen, zumal sie schon so lange auf den Beinen war. Doch andererseits hatte sie Lust darauf, noch ein wenig zu spazieren, am liebsten zur Promenade, die aber gut einen Kilometer entfernt lag. Sie wägte kurz ab, entschied sich dann aber für die Bar vorne an der Via dell'Amore. Sie musste nachdenken, entspannen und vielleicht auch einfach nur den Abend genießen.

Kapitel 11

Lieben kann jeder. Für immer ist nur für wenige.

Die Bar *Per sempre* war gut besucht. Das war sie eigentlich immer. Mit einem Blick erkannte Chiara, dass nur Paare draußen saßen, was sie aber nicht sonderlich störte. Sie war daran gewöhnt, in dieser Gasse dauernd mit der großen Liebe konfrontiert zu werden. Manchmal hatte sie den Eindruck, dass eine Art Filter auf der Via dell'Amore lag, wie bei Instagram, sodass man hier alles wie unter einem Herzchenregen sah. Sie liebte das und war davon überzeugt, dass die Via dell'Amore selbst in einem Krieg noch Liebe aus allen Poren verströmen würde.

Die Bar lag etwa fünfzig Schritte von der Goldschmiede entfernt. Gegenüber befand sich Giosuès Agentur, was die Pappbecher, die er ihr zweimal in die Hand gedrückt hatte, eventuell erklärte. Chiara setzte sich an einen freien, runden Tisch. Er wackelte, was sie irritierte, aber auf dem Pflasterstein wohl nicht zu vermeiden war. Sie bestellte einen Limoncello Spritz und eine Tüte Chips bei Giacomo, der ein Gigant war, den aber alle verniedlichend Giacomino nannten, was Chiara stets amüsierte. Der große Mann gab ihr zwei dicke Schmatzer auf die Wangen und murmelte so etwas wie: »Geht auf mich!«, was sie wieder innehalten ließ, weil sie diese Art von Gastfreundschaft nach so langer Zeit in Mailand gar nicht mehr gewöhnt war. Aber es fühlte sich gut an, ein bisschen verwöhnt und verhätschelt zu werden, von all diesen Menschen, die sich nach Familie anfühlten.

Chiara lehnte sich zurück, streckte die Beine von sich, genoss den angenehmen Wind, der mit ihrem Rock spielte. Sie nippte an ihrem Getränk und genoss das intensive Zitronenaroma. Die Lichterketten, die unter den Sonnenschirmen hingen, bewegten sich hin und her und warfen einen heiteren Schein auf die Tische. Chiara öffnete die Chipstüte und begann, abwechselnd Chips zu futtern und vom Getränk zu nippen. Das fühlte sich so gut an. Vor allem war sie froh, dass sie allein war und mit niemandem ein Gespräch führen musste. Manchmal mochte sie es ganz gern, einfach nur zu schweigen und dem Geschnatter der anderen zu folgen, die um sie herumsaßen. Eines der Paare stritt gerade um das Menü seiner Hochzeit. Sie mochte Fisch, er Fleisch. Sie wollte Erdbeeren in der Torte, er hasste Beeren jeglicher Art. Weshalb sie wohl heirateten, wenn sie sich über nichts einig waren? Chiara fragte sich das oft, warum man heiratete, wenn man sich dadurch in ein Leben voller Kompromisse katapultierte. Sie glaubte nicht an diese Regel, die besagte, dass Gegensätze sich anzogen. Oder besser, dass die Gegensätze auch zusammenblieben. Vielleicht stimmte es, dass sie erst mal stark voneinander angezogen wurden, aber irgendwann wurden diese Unterschiede wahrscheinlich auch zum Trennungsgrund.

Aber was wusste Chiara schon von der Liebe?

Es tat so gut, den Gedanken freien Lauf zu lassen und einfach nur den Abend zu genießen, dabei ungesundes Zeug zu essen und sommerliche Cocktails zu schlürfen, hier, mitten auf der schönsten Gasse der Welt. Manchmal, wenn sie in Mailand in ihrem Zimmer saß, träumte sie sich hierher. Zu dieser einzigartigen Atmosphäre, zum Duft des Sommers, zum neapolitanischen Setting. Dass sie nun hier war, fühlte sich an wie ein Spaziergang in ihrem eigenen Traum, also surreal und irgendwie verschwommen, aber mit einem einzigartigen Glücksgefühl belegt.

»Darf ich mich zu dir setzen?«, fragte sie jemand.

Chiara brauchte einen Moment, um überhaupt zu begreifen, dass sie gemeint war, so tief war sie in ihre Gedankenwelt getaucht.

Als sie aber erkannte, wer sie angesprochen hatte, wollte sie ganz schnell wieder zurück in ihre Träume. Oder besser gleich nach Mailand, wahlweise aber auch auf einen anderen Planeten.

Chiara hasste inzwischen, was sie einmal so sehr gemocht hatte. Sie hasste Pamelas Schönheit, ihre Vorliebe für Rosatöne, ihre glatten Haare, die sie stets perfekt gesträhnt in einem so verdammt schönen weichen Goldton hielt, dass Chiara weinen mochte. Sie hasste ihr Gesicht, das harmonisch und bildhübsch war. Einfach alles.

»Du bist ziemlich dreist, weißt du das?« Sie trank aus, packte ihre Sachen zusammen und stand auf.

»Nun lass uns doch reden …«, sagte Pamela beharrlich.

Chiara ging wortlos an ihrer einst besten Freundin vorbei und machte sich auf den Weg nach Hause.

Pamela folgte ihr, was Chiara pathetisch fand, und aufdringlich, nicht zuletzt unerhört.

»Bist du für immer zurück? Oder nur kurz?« Pamela hörte nicht auf, auf sie einzureden, mit Fragen, irgendwelchen Erklärungen und Versprechen, die Chiara alle nicht hören wollte, deshalb flüchtete sie quasi in die Goldschmiede und sperrte sich ein. Zum Glück hatte Pamela diese Geste wohl verstanden, denn sie gab sich geschlagen, hob die Schultern und ging.

Neapel, sechs Jahre zuvor

Es war einer dieser glühend heißen Tage, an denen die Stadt zu schmelzen schien. Chiara hatte sich mit Pamela auf ihr Zimmer bei Tommasina zurückgezogen. Sie lagen beide auf dem Boden, die Fliesen sorgten für ein wenig Abkühlung, sodass es ihnen egal war, dass die Knochen auf dem harten Untergrund bald schmerzten. Der alte Standventilator ratterte vor sich hin, und Chiara war sich nicht sicher, ob es nicht noch wärmer geworden war, seit sie ihn angeschaltet hatte.

»Ich werde diesen Abend leider nicht mehr miterleben«, stöhnte Pamela und fächelte sich Luft zu, hob dabei ihren typischen Pferdeschwanz hoch, sodass der Hauch ihren Nacken erreichte. »Du wirst doch dafür sorgen, dass meine Beerdigung nett wird?«

Chiara rollte mit den Augen. Nur Pamela konnte sich wünschen, dass es auf ihrer Beerdigung *nett* werden würde! »Mit rosa Blümchen und so?« Ihre Frage troff vor Ironie.

»Sì, sì, sì!«, ereiferte sich Pamela aber sofort.

Chiara grinste in sich hinein. Das mit der Ironie begriff ihre Freundin nur selten.

Diego und seine zwei neuen Kumpane Ciro und Fabio hechelten vor sich hin. Die Temperaturen waren unerträglich. Chiara hatte nicht die Energie, ein Gespräch zu führen, aber das war in Ordnung. Sie und Pamela kannten sich schon immer und waren sich vertraut genug. Es war nicht notwendig, dass sie etwas sagten, sie konnten auch einfach nur so daliegen und gemeinsam den Hochsommer in der Stadt ertragen. Chiara blickte an die Decke, die sie im letzten Sommer goldgelb gestrichen hatte, während die Wände hellblau waren. Wie das Meer und die Sonne. Sie hatte sich etwas gewünscht, das sie und Checco repräsentieren sollte. Und er nannte sie immer seine Sonne, während er mit dem Meer eins war.

Im Zimmer stand noch ein Doppelbett mit teurer Bettwäsche aus Tommasinas Mitgift. Herrliche bestickte Baumwolle, und Chiara liebte es, diese Wäsche benutzen zu dürfen. Es war wundervoll, darin zu schlafen, und manchmal borgte sie sich sogar Nachthemden aus der Mitgift ihrer Nonna aus. Wundervolle Teile, die auch ihr wie angegossen passten.

Der kleine Schreibtisch und der Kleiderschrank waren zugegebenermaßen etwas altmodisch, aber Chiara hatte sie weiß angestrichen und mit bunten Blumen bemalt, sodass sich dieses Zimmer wie ihres anfühlte.

Graziano platzte so unvermittelt hinein, dass sowohl Chiara als auch Pamela aufschraken und erleichtert zurücksanken, als sie feststellten, dass es nur er war.

»Wie wäre es mit Klopfen?«, kläffte sie ihren Bruder an.

»Wie wäre es mit einem Bett oder Stühlen?«, konterte er und stand mit einem schiefen Gesichtsausdruck in der Tür, der auf ulkige Weise an den neapolitanischen Schauspieler Totò erinnerte.

»Was willst du überhaupt?« Manchmal war Graziano unerträglich. Er glaubte, der Boss zu sein. Chiara bewies ihm oft genug das Gegenteil.

Pamela kicherte leise.

»Hast du Geld?«, fragte er nun sehr viel verhaltener.

»Was? Du platzt einfach so in mein Zimmer, um mich schon wieder um Geld zu bitten? Kannst du nicht mal sparen?« Immerhin bekam er von Tommasina Geld für die Hilfe in der Pasticceria.

»Ach, Chiara, lass es uns kurz und schmerzlos machen. Du weißt es doch auch, dass du mir was leihen wirst. Warum jedes Mal so ein Tamtam daraus machen?«

»Wo er recht hat …«, murmelte Pamela.

»Du stehst auf seiner Seite? Vielen Dank auch!« Das war ja eine tolle Unterstützung, die sie von ihrer Freundin bekam.

Doch sie hatten beide recht, denn Chiara nahm ihre Tasche und zog einen Schein aus ihrem Geldbeutel. Widerwillig reichte sie ihrem Bruder das Geld, der ihr einen übertriebenen Kuss auf die Wange drückte und sie dann mit Leichtigkeit hochhob. Er bedankte sich und verließ das Zimmer.

»Was für ein *idiota*!«, schimpfte Chiara und ließ sich wieder auf die kühlen Fliesen sinken.

Pamela setzte sich auf. »Wenigstens hast du einen Bruder. So schön ist das als Einzelkind nämlich auch nicht.«

Chiara hatte sich noch nie darüber Gedanken gemacht, wie einsam Pamela sich wohl manchmal gefühlt haben musste, zumal ihre Eltern nicht gerade die lockersten Neapolitaner auf diesem Planeten waren.

»Tut mir leid ...«, entschuldigte sich Chiara.

Pamela stand nun endgültig auf und strich sich ihren Minirock glatt. »Es war schon immer so, Chiara. Du hast all das, was ich mir wünsche«, erklärte Pamela.

Chiara stammelte und wusste nicht, was sie dazu sagen sollte.

»Außer deine Locken, die möchte ich nie im Leben«, fügte Pamela aber dann hinzu, und Chiara fragte sich, ob ihre Freundin das nun ernst gemeint hatte oder nicht.

»Weißt du, was?«, schlug Pamela schließlich vor. »Wir gehen jetzt einfach zu uns in den Laden und machen die Klimaanlage an. Ich halte diese Hitze nicht mehr aus.«

»*Madonna santa, ti ringrazio.* Ich dachte schon, du sagst das nie!« Chiara stand mit dem Rest von Elan auf, den sie noch in sich hatte, und folgte ihrer Freundin zum Brautmodenladen.

Pamela hatte ihren eigenen Schlüssel, momentan war der Laden geschlossen, alle hielten Siesta, nichts anderes war möglich. Chiara mochte dieses Geschäft sehr, es hatte einen Teppichboden, was sie immer irre fand. Allein das Staubsaugen jeden Morgen war ein Aufwand, den Chiara nicht vermisste. Doch sie musste zugeben, dass der weiche Boden dem Ganzen eine sehr gehobene Note verlieh. So musste es sich anfühlen, wenn man über Wolken lief, dachte sie bei jedem Schritt, und Chiara fragte sich nicht zum ersten Mal, ob diese Doppeldeutigkeit, von wegen Wolke sieben, gewollt war oder nur in ihrem Kopf existierte.

Pamela ging ihr voraus, schloss von innen ab und steckte sich den Schlüssel in die Rocktasche. Sie verschwand irgendwo im hinteren Bereich des Ladens, und kurz darauf spürte Chiara schon das angenehm kühle Lüftchen der Klimaanlage.

Während sie auf Pamela wartete, schaute sie sich im Laden um. Die weißen Kleider hingen da wie Zuckerwatte und hatten eine geradezu magische Wirkung auf sie. Wie sie wohl darin aussehen würde? Ihr Blick blieb an einem aufgebauschten Traum aus Tüll und Spitze hängen, und sie ging wie ferngesteuert darauf zu und strich ganz zart über den Stoff, der sie ein bisschen an der Handinnenfläche kitzelte.

»Es ist wunderschön, nicht wahr?«

Chiara fuhr erschrocken herum, hatte Pamela nicht kommen gehört. Wie auch? Der Teppich schluckte jeden Laut. »Oh, ja … auffällig zwar, aber richtig, richtig schön.« Sie bemerkte jetzt erst, wie wertvoll das Korsett verarbeitet war. Bestickt mit wahrscheinlich Tausenden von winzigen Perlen.

»Willst du es mal anprobieren?«, sagte Pamela in einem

Ton, als hätte sie gerade gefragt, ob sie Lust auf einen Spaziergang oder irgendetwas anderes Banales hatte.

Chiara lachte, in der Annahme, dass es sich um einen Scherz handeln musste. Es war ein ungeschriebenes Gesetz, dass man die Kleider nur anprobieren durfte, wenn eine Hochzeit geplant war. Eine Anprobe einfach aus einer Laune heraus brachte Unglück, das wusste jeder. Außerdem waren die Kleider teuer und empfindlich – Pamelas Eltern sahen es selbstverständlich nicht gern, wenn man damit herumspielte. Pamela blieb jedoch ernst. »Komm schon, die Leute machen das hier Tag für Tag. Es ist nichts dabei«, lockte ihre Freundin sie weiter und nahm das Kleid bereits von der Stange, an der es hing.

»Meinst du das ernst?« Noch immer kam Chiara nicht mit. Der Nachmittag ging gerade in eine unerwartete Richtung. Und sie hatte das Gefühl, etwas Unrechtes zu tun, obwohl sie hier nur Zuschauerin war.

»Brautkleider sind eine ernste Angelegenheit. Niemals würde ich mir damit einen Spaß erlauben. Also, kommst du oder nicht?«

Chiara fielen ganz viele Gründe dagegen ein, doch der einzige Grund, der dafürsprach, nämlich ihre Neugierde, wie sie darin aussehen würde, war stärker als jeglicher Widerspruch. »Ach, verdammt, lass es uns tun!« Sie konnte kaum glauben, dass sie das eben gesagt hatte. Sobald der Entschluss jedoch gefasst war, pochte ihr Herz wie wild. Vielleicht konnte sie sogar ein Foto aufnehmen und Checco zeigen, wo er doch immer wieder über das Heiraten sinnierte. Ha! Damit würde sie ihm einen gehörigen Schrecken einjagen.

Chiara folgte Pamela in das große Umkleidezimmer, und dann wurde sie plötzlich ein bisschen verlegen. Sie war auch gleichzeitig gerührt.

»Spürst du es? Wie ernst alles auf einmal wird, wenn man dabei ist, ein weißes Kleid anzuprobieren?«, schwärmte Pamela, und Chiara wusste plötzlich ganz sicher, dass ihre Freundin eines Tages eine exzellente Eigentümerin sein würde. Denn nur, wer diese Welt so sehr liebte wie sie, würde auch erfolgreich sein. »Ich habe das schon unzählige Male miterlebt, welche Magie sich hier drinnen abspielt.«

»Wobei es doch eigentlich nur ein weißes Kleid ist ...«

»Genau.« Pamela hängte das Gewand an eine Stange und öffnete diverse kleine Knöpfe auf der Rückseite. »Du kannst dich schon entkleiden, bin gleich fertig.«

Chiara wurde vor Aufregung ganz zittrig, vielleicht war es aber auch einfach nur die Klimaanlage. Sie kam kaum heraus aus ihrer Kleidung, humpelte auf einem Bein und fühlte sich alles andere als elegant. Pamela kam ihr schließlich zu Hilfe. »Eigentlich helfe ich den Bräuten mit meiner Mutter ins Kleid. Beim Ausziehen der eigenen Kleidung hat bisher noch niemand Unterstützung gebraucht.«

Chiara musste lachen, was die allzu ernste Atmosphäre aus dem Umkleideraum verjagte. Mit einem Mal waren sie wieder nur zwei Freundinnen, die zusammen Spaß hatten, und der Traum in Weiß nichts weiter als Stoff.

»Hallo?«, rief jemand.

Sie schauten sich an und begannen, hysterisch zu lachen, Chiara steckte noch immer mit einem Bein in den Shorts fest. Pamela machte Zeichen, sie solle still sein. Doch das gab Chiara den Rest, sie lachte so stark, dass ihr die Tränen kamen. Und natürlich fand Chiaras Mutter sie schließlich.

»Ist es das, was ich denke, dass es ist?«, fragte sie scharf, als ihr Blick endlich aufgehört hatte, den Raum zu scannen.

Chiaras Lachen verstummte, und Pamela schaute auf ihre Fußspitzen, wie ein kleines Mädchen und nicht, als wäre sie über zwanzig. Diese Macht hatte ihre Mutter über sie.

»Es war meine Idee, alles meine Schuld.« Chiara nahm das Ganze auf sich. Sie wollte nicht, dass es Ärger für ihre Freundin gab.

Pamelas Mutter atmete scharf ein. »Ich bin sehr enttäuscht von dir, Chiara. Diese Kleider kosten ein Vermögen. Und jetzt geh bitte nach Hause.« Eingeschüchtert verließ Chiara den Laden. Auf dem Weg nach draußen sagte ihr eine innere Stimme, dass ihre Freundin sie eben ganz schön im Stich gelassen hatte und nur allzu froh darüber gewesen war, sich nicht selbst opfern zu müssen. Das war vielleicht das erste Mal, dass sie ihre Freundschaft kritisch betrachtete.

Kapitel 12

Weil ich dich liebe,
ist jedes Zimmer,
jeder Raum ein Zuhause,
in dem du auch bist.

Neapel, heute

Chiara hatte vergessen, wie anhänglich Diego war, sie hatte auch vergessen, wie es sich anfühlte, mit seinem Hinterteil im Gesicht aufzuwachen. Nein, das stimmte so nicht ganz, vergessen hatte sie das nicht, sondern eher verdrängt.

»Ach, Diego!«, schimpfte sie und setzte ihn vorsichtig auf den Boden.

Er kläffte einmal beleidigt, setzte sich aber dann ergeben an das Bettende.

Chiara streckte sich und genoss das wohlige Gefühl, sich nicht beeilen zu müssen. Es war, als hätte sie bei Tommasina alles besser im Griff. Es fühlte sich wundervoll an, sie im Haus rumoren zu hören. Oder vielleicht war das sogar Alfonsa, die bereits ihre übliche Routine begann. Ein Blick auf die Armbanduhr verriet ihr, dass es früher war als gedacht. Erst acht Uhr. Trotzdem war sie ausgeruht wie nach einer Woche Urlaub. Diese Wirkung hatte Neapel auf sie.

Sie warf die leichte, gehäkelte weiße Decke zurück, schlüpfte in ihre Hausschuhe und ging gleich in die Küche. Tommasinas Gesicht erhellte sich sofort, Alfonsa stand am Herd, lächelte sie aber an, als sie sie kommen hörte.

»Da ist sie ja, unsere Goldschmiedin!«, rief Alfonsa begeistert und drückte ihr einen Kuss auf die Wange.

Chiara wandte sich dann an Tommasina und umarmte sie fest. »Hast du gut geschlafen, *bella di nonna?*«, erkundigte sie sich bei ihrer Enkelin.

»Bestens, danke!« Chiara setzte sich an den Tisch, blickte sich um, als könnte sie nicht glauben, wirklich hier zu sein.

Die Küche war wie viele Teile der geräumigen Wohnung etwas altmodisch. Gleichzeitig hatte Tommasina es geschafft, sie wie neu aussehen zu lassen. Die Oberflächen glänzten noch wie am ersten Tag, das lackierte Holz hatte keinerlei Schäden. Selbst der Tisch hatte keine Kerben, auf den gepolsterten Stühlen befand sich noch immer der Plastikschutz. Es war Chiara ein Rätsel, wie Nonnas das immer schafften, dass ihre Häuser aussahen wie in den Siebzigerjahren eingerichtet und dann unter eine Art Glashaube gesteckt, wo die Zeichen des Alters sie nicht erreichen konnten.

»Ich mach dir gleich einen *caffè*, *bella*, ja?«, bot Alfonsa an.

»Oh, das ist lieb, aber nicht notwendig. Ich frühstücke gleich mit Giosuè unten in der Bar«, erklärte sie.

Bei diesen Worten blickte Tommasina interessiert auf. Doch bevor sie etwas sagen konnte, beschwichtigte Chiara sie bereits. »Nichts Romantisches, Nonna. Er hilft nur bei der Arbeit.«

»Soso ...«, machte Tommasina nur.

Das verwunderte Chiara etwas, zumal sie anderes von ihr gewohnt war. Wenn Tommasina so etwas wie eine neue Liebe auch nur witterte, ging sie auf wie eine Pfingstrose nach dem Regen. Doch diesmal schien sie sich mit Chiaras Antwort zufriedenzugeben. Vielleicht war sie gedanklich woanders. Chiara fiel ein, dass ihre Nonna am Vorabend mit Peppino ausgehen sollte. »Wie war es eigentlich mit Peppino im Ristorante *Ammore*?«, erkundigte sie sich daher.

Tommasina blickte bei der Frage etwas gehetzt auf, schüttelte den Kopf. »Wir waren nicht weg«, sagte sie sehr lapidar.

Das ließ Chiara aufhorchen. Sie betrachtete ihre Nonna etwas genauer und bemerkte Augenringe und zerzaustes Haar. Sie sah aus wie nach einer schlaflosen Nacht. »Alles in Ordnung?«, fragte Chiara fürsorglich und legte ihre Hand auf die Hand ihrer Nonna. Sie fühlte sich gebrechlich an. Und Chiara wurde erneut bewusst, dass die Zeit Spuren hinterließ und Tommasina zwar Stärke und Kraft aus jeder Pore verströmte, aber eben auch alt wurde. Ihr Herz krampfte sich zusammen. Sie liebte diese Frau so sehr.

Tommasina tätschelte ihre Hand. »Natürlich, *bella di*

nonna. Alles bestens.« Und jegliche Gebrechlichkeit schien wie weggeblasen.

Chiara wollte wissen, warum es nicht geklappt hatte mit dem seltsamen Rendezvous, sie spürte aber auch, dass das nicht der richtige Moment war, um nachzuforschen.

»Er hat ihr Blumen gebracht«, erwähnte Alfonsa aber dann wie beiläufig.

Tommasina schnalzte abfällig mit der Zunge. Und Chiara erkannte endlich, was der betörende Duft in der Küche war, den sie fälschlicherweise für ein neues Reinigungsmittel von Alfonsa gehalten hatte. Die Haushaltshilfe zeigte auf den Plastikeimer, der in einem Eck der Küche stand.

Chiara war ehrlich beeindruckt. So ein Strauß war nicht billig. »Die sind aber schön!«, fand sie, stand auf, schnappte sich eine gelbe Blume und steckte sie sich ins Haar.

Doch Tommasina rollte nur mit den Augen, weshalb Chiara ihr einen Kuss auf die Wange drückte und sich verabschiedete. Schließlich war sie hier, um Paolos Goldschmiede wieder zum Laufen zu bringen. Und je eher sie das schaffte, umso schneller konnte sie wieder zurück nach Mailand und zu ihrer Routine ... Das war es doch, was sie wollte, oder?

Sie duschte schnell und nahm sich in ihrem Zimmer etwas Zeit, um sich ein schönes Outfit auszusuchen. Nur für den Fall, dass sie wieder auf Pamela traf. Es war nicht so, dass sie dieser Frau irgendetwas beweisen musste, aber es fühlte sich sicherlich besser an, wenn sie sich ihr wenigstens nicht unterlegen fühlte, was das Aussehen anbelangte.

Chiara zog ein kurzes Kleid aus dem Trolley, das ihren

Körper wunderbar umschmeichelte, wenn man dem Glauben schenken konnte, was Alessia behauptete, der sie es oft genug vorgeführt hatte. Es war weiß und vorne am Dekolleté mit Schnüren versehen, die sie nach Belieben fester oder loser zuziehen konnte. An diesem Morgen schnürte sie sie fest zu. Wenn sie schon ein schönes Dekolleté hatte, dann konnte sie es auch zeigen. Sie steckte ihr Haar hoch, was ihren langen Hals hübsch zur Geltung brachte, und schlüpfte in ihre Sandalen, die ein wenig Absatz hatten, was nicht schaden konnte, da sie etwas klein geraten war. Und dann kam der Moment der Accessoires. Chiara liebte ihren Schmuck, der hübsch und geordnet auf ihrem Nachttisch lag. Zuerst streifte sie sich ihre vielen Ringe über, die sie auch am Daumen trug. Jeder Ring erzählte eine Geschichte, einen Moment ihres Lebens. Wie der feine mit rosafarbenem Stein an ihrem rechten Zeigefinger, den Checco besonders geliebt hatte.

Ach, Checco ...

Chiara seufzte und begann, sich ihre vielen Ketten umzuhängen. Mit Anhänger, ohne, lang, kurz. Zehn an der Zahl. Danach schminkte sie sich leicht und war bereit für den Tag.

Als sie das Wohnhaus verließ, wurde sie von Sonnenstrahlen begrüßt, die ihre Nase kitzelten. Es roch nach Putzmittel und irgendwie feucht. Ein Müllentsorger fegte Zigarettenstummel und anderen Abfall weg und rollte mit seinem Eimer weiter. Gegenüber putzte Cosimo die Glastür zu seinem Laden und musste sie wohl darin gespiegelt gesehen haben, denn er drehte sich erfreut um und winkte ihr mit dem Lappen, sie winkte zurück und spürte zum ersten Mal seit Langem wieder so etwas wie Lebensfreude und Heiterkeit, wenn sie das Haus verließ. Auf dem Weg zur Bar ging sie kurz zu Graziano, um ihm einen schönen Tag zu wünschen, und er bestand darauf, dass sie eine neue Creme probierte. Zwar hatte er in der Konditorei alles umgestellt, viele Teile waren neu, und das meiste Personal kannte Chiara noch gar nicht. Trotzdem war das hier noch *ihre* Pasticceria, der Ort ihrer Kindheit, ihr Zuhause. Sie schnappte sich also einen Löffel, tauchte ihn in die dicke, samtige Creme, die so einladend nach Vanille roch, dass ihr beinahe schwindelig wurde. Sie schob den Löffel in den Mund und konnte zunächst weder sprechen noch richtig denken. Das war ein Geschmackserlebnis der besonderen Art. Sie schmeckte frische Eier, Milch, aber auch etwas Fruchtiges, abgesehen von der Vanille.

»Du bist richtig gut geworden, weißt du das?« Sie tauchte den Löffel erneut in die noch warme Creme, die er ihr in einem Schälchen serviert hatte.

»Ich war schon immer gut«, behauptete er mit einer gehobenen Augenbraue. Und es stimmte natürlich. Er war schon immer talentiert gewesen. Aber die Creme ... *mamma mia!* Die war richtig gut.

»Und arrogant!«, neckte sie ihn.

»Stimmt«, pflichtete er ihr bei und lachte.

Dann ging es aber in der Backstube so richtig los, die Kuchenböden wurden aus dem Ofen geholt, es kam Bewegung in das gesamte Personal, und Chiara fand, dass es an der Zeit war, selbst mit der Arbeit zu beginnen. Sie stellte das nun leere Schälchen in die Spüle und ging, doch dann blickte sie sich noch einmal um und beobachtete das Spiel der Konditoren einige Augenblicke lang entzückt. Sie sahen aus wie Tänzer, die zu einer Musik tanzten, die kein anderer hören konnte. Wundervoll, geradezu magisch. Chiara verstand, warum Tommasina so stolz auf Graziano war. Es hätte absolut kein Besserer das Familiengeschäft übernehmen können.

Draußen war es noch immer sonnig, die Gasse erweckte ein bisschen den Eindruck eines Supermarkts vor den offiziellen Öffnungszeiten, also noch ein bisschen leer, alles war noch sauber und rein, nur das Personal spazierte in den Gängen und bereitete sich auf den Ansturm vor. In Giacominos Bar *Per sempre* ging es trotzdem schon geschäftig zu. Er stand hinter der Theke und bediente die große Kaffeemaschine, sah dabei aus, als sei sein Arm selbst Teil des Geräts, so oft nahm er die Filterarme aus ihrer Halterung, nur um sie zu entleeren, frisch mit duftendem *caffè* zu füllen und dann wieder einzuschrauben. Für ihn war es eine Routine, für die Gäste ein Ritual, der Moment des Tages, auf den sie sich freuten. Chiara sagte *Buongiorno*, was Giacomino mit einem Lächeln quittierte, dann zeigte er mit dem Finger in einen hinteren Teil der Bar, wo sie Giosuè entdeckte, der in einer Nische saß.

Sie ging auf ihn zu, und er stand wie ein *gentiluomo* auf, sie bekam die obligatorischen Küsschen auf die Wangen, und dann setzte sie sich, während Giosuè sich anbot, *cornetti* und *cappuccini* an der Theke zu holen. Als sie auf ihn wartete, passierte etwas, mit dem sie nie gerechnet hätte. Checco betrat die Bar, stellte sich an die Theke, schaute aber nicht in den abgelegenen Teil des Raums, wo sie etwas versteckt saß. Zum Glück. Für Chiara blieb die Zeit stehen, sie erstarrte förmlich, hatte ihn nicht gesehen seit, ja, seit damals …

Alles, was sie spürte und hörte, war das Rauschen ihres Blutes, das Galoppieren ihres Herzens, das sich, trotz aller Ereignisse, noch so sehr nach ihm sehnte.

Er sah gut aus. Natürlich. Das tat er immer. Er trug eine weiße Leinenhose und ein hellblaues, kurzärmeliges Hemd. Sein Haar war etwas kürzer als sonst, was ihn erwachsener erscheinen ließ.

Sobald sie sich einigermaßen gefangen hatte, fragte sie sich, was er in diesem Teil der Stadt machte. Er sprach mit jemandem, doch sie konnte von ihrer Position aus nicht erkennen, mit wem. Chiara wusste, dass man nicht eben mal so in die Via dell'Amore kam, nur, um sich einen *caffè* bei Giacomino zu holen, es gab schließlich genug Bars im Viertel, in dem er wohnte. Oder gewohnt hatte. Es machte sie nervös, dass sie nicht sagen konnte, ob er überhaupt noch über dem Fischmarkt wohnte. Vielleicht organisierte er auch gerade seine eigene Hochzeit und holte hier in der Gasse etwas, was er für die Feier benötigte. Die möglichen Szenarien waren unendlich. Und Chiara musste sich geschlagen geben, denn sie war nicht mehr Teil seines Lebens, so wie er nicht mehr Teil ihres Lebens war. Zumindest nicht mehr aktiver Bestandteil, denn wenn sie ehrlich war, dann fühlte es sich für sie noch immer so an, als gäbe es da eine Verbindung, die vielleicht nicht sichtbar, aber für sie doch sehr real war.

Giosuè kam zurück, Chiara war sehr dankbar für die Ablenkung.

»*Stai bene?* Geht es dir gut?«, erkundigte er sich fürsorglich und ein bisschen irritiert, als er sich ihr gegenübersetzte.

Chiara musste sich ein paarmal räuspern, bevor sie überhaupt ein Wort über die Lippen brachte. Und selbst als sie es schaffte, klang es eher nach einem Krächzen. Sie trank gierig das Wasser, das immer zu Kaffee und *cappuccino* gereicht wurde, sah, dass Checco ging, und lief ihm beinahe hinterher, riss sich dann aber zusammen und gab dem armen Giosuè endlich eine vernünftige Antwort. »Ich bin die Hitze nicht mehr gewohnt«, schaffte sie es zu sagen, wobei sie sich übertrieben Luft zufächelte.

Er tat ihr den Gefallen, das zu glauben, ließ ihr die Zeit, den *cappuccino* zu trinken, holte dann aber seinen Laptop aus dem Rucksack und öffnete ihn. »Also, sollen wir die Daten vergleichen, die uns zur Verfügung stehen?«, fragte er nett und sah sie an.

Auch Chiara nahm den Ordner aus ihrer Tasche. »Auf jeden Fall!«

Er nickte. »Dann fang mal an, liebe Goldschmiedin.«

Chiara raffte sich auf, ließ immer mehr los von Checco, der gerade so nah gewesen war wie seit Jahren nicht. Sie blätterte im Ordner und konzentrierte sich auf das, was sie eigentlich nach Neapel zurückgebracht hatte. »Also, ich habe moderne Eheringe ohne Gravur. Alles, was ich habe, ist ein Anfangsbuchstabe und ein ganzer Name. *Salvatore* und D.«

Giosuè tippte etwas auf seiner Tastatur ein, wahrscheinlich eine simple Namenssuche, und blickte wenig später glücklich vom Bildschirm auf. »Ich habe hier etwas: Salvatore und Diana. Hochzeit Ende August, bei mir haben sie Roberta Bella gebucht. Willst du dir die Telefonnummern von beiden aufschreiben?«

Chiara war mit einem Mal sehr erleichtert. Giosuès Hilfe machte ihr Hoffnung. Sie fühlte sich nicht mehr ganz so verloren wie noch zu Beginn. Und sie konnte Tommasina immer mehr verstehen, wenn sie behauptete, dass alle zusammenhielten in der Gasse der Liebe. Bis auf eine große Ausnahme war Chiara mit ihr ganz einer Meinung.

Sie arbeiteten sich durch Chiaras Ordner und fanden mit diesem System etwa die Hälfte der Paare, die namentlich mit Giosuès Liste übereinstimmten. Das war ein großer Schritt nach vorne.

»Mit meinem Bruder werde ich noch weitersuchen. Es kann gut sein, dass die restlichen Paare keine Musik, aber dafür die Hochzeitstorte bestellt haben.« Chiara packte ihre Sachen zusammen. Sie verspürte plötzlich regelrecht den Drang, in die Goldschmiede zu gehen, um sich endlich an die Arbeit zu machen.

»Gut möglich«, fand auch Giosuè, der ebenfalls schon aufgestanden war.

Chiara bedankte sich für seine Zeit.

Gemeinsam verließen sie die Bar, dann gingen sie getrennte Wege. Die Via dell'Amore war nun definitiv erwacht und geschäftig. Und Chiara tauchte ein in den Trubel, was sich herrlich anfühlte.

Kapitel 13

Heirate nicht aus Einsamkeit,
sondern weil du bereit zum Teilen bist.

Eines der Paare hatte sich für den Tag angekündigt und wollte die bestellten Eheringe abholen. Und es dauerte nicht lang, da standen sie bereits bei ihr in der Goldschmiede. Mit der Schwiegermutter in spe im Schlepptau, die ihrer zukünftigen Schwiegertochter noch unbedingt eine Kette machen lassen wollte.

»Sehen Sie, Signorì, Diana mag meine Kette so sehr.« Die Frau zog ein wunderschön verarbeitetes Schmuckstück zwischen ihren üppigen Brüsten hervor. Chiara erkannte sofort, dass es sehr wertvoll war. Kein Accessoire, das man zum Einkaufen im Supermarkt tragen würde. »Diese kann ich ihr nicht geben, weil sie meiner Mamma gehörte und ich sehr daran hänge, aber vielleicht können Sie etwas Ähnliches für sie anfertigen.«

Diana wurde ganz verlegen und rot im Gesicht, was ihr zukünftiger Mann, Salvatore, bemerkte. Er legte ihr einen Arm um die Schulter. Als Chiara dies sah, wurde ihr warm ums Herz. Das waren sie, die kleinen Gesten, die eine Liebe ausmachten.

Peng.

Wie aus dem Nichts erwachten wieder ihre Erinnerungen an Checco, den sie – und das konnte sie noch immer kaum glauben – erst vor wenig mehr als einer Stunde gesehen hatte. Ihre Wege hatten sich wieder gekreuzt, was auch immer das bedeuten mochte.

»Du zahlst doch schon die Hälfte des Kleides, Mamma. Ein weiteres Geschenk braucht es wirklich nicht«, meldete sich Diana zu Wort. Es war ihr anzusehen, dass ihr Einwand sie große Überwindung gekostet hatte, und Chiara wünschte dieser jungen Frau, dass sie ein bisschen mutiger werden würde. Zwar war die Schwiegermutter durchaus nett, aber sie wirkte auch wie jemand, der sich gerne einmischte. Und wer brauchte schon die Schwiegermutter mit in der Ehe?

»Geschenke nimmt man an«, meinte nun der Bräutigam und gab Diana einen Kuss auf den Kopf.

Damit schien das Thema erledigt.

Chiara nahm ihren Zeichenblock aus der Tasche und skizzierte mit wenigen Strichen eine Kette mit den gleichen Kettengliedern, zeichnete sie aber deutlich graziler und kleiner, weil sie fand, dass ein so wuchtiges Schmuckstück nicht ideal an Diana aussehen würde. Den Knoten der Kette nahm sie aber dann wieder auf, der war wahnsinnig schön entworfen und eine Herausforderung für Chiara, nur packte sie in ihrer Zeichnung noch einen relativ großen Stein auf den Knoten und malte ihn extra aus, in Grün, damit die Braut merkte, dass Chiara sich von ihrer Augenfarbe hatte inspirieren lassen.

Natürlich war die Skizze auf die Schnelle nicht perfekt geworden, aber sie gab vielleicht eine Idee davon, wie die Kette in etwa aussehen könnte.

»So«, erklärte Chiara, »alles ein bisschen weniger schwer, einen Hauch moderner, aber noch immer so ähnlich, dass man sie verwechseln könnte.«

»Wundervoll!«, schwärmte die Schwiegermutter. »Wo haben Sie das gelernt?«

»In Mailand«, sagte Chiara knapp.

»Ach? Gibt es denn nicht hier auch eine renommierte Schule für Goldschmiede?«

»Doch«, gab sie zu. »Aber damals schien mir Mailand die klügere Wahl.« Dass sie sehr viel aufs Spiel gesetzt hatte, fügte sie lieber nicht hinzu.

»Ich verstehe.«

Aber Chiara sah ihr an, dass sie nicht verstand. Als wäre es absurd, Neapel für Mailand zu verlassen.

Die Schwiegermutter straffte nach einem kurzen Moment die Schultern. »Ich würde die Kette gerne bestellen!« Die Signora klopfte entschlossen auf den Werktisch.

»Aber, Mamma, du weißt doch noch gar nicht, was das kostet«, warf die Braut ein.

»Für dich ist mir nichts zu teuer.«

Chiara hörte gespannt zu, hielt sich aber selbstverständlich komplett zurück. Doch reizen würde sie dieser Auftrag natürlich.

Die drei Anwesenden diskutierten noch eine Weile weiter, doch am Ende gewann die Signora. Chiara bekam den Auftrag.

So einfach war das?

Als die Kunden die Goldschmiede verlassen hatten, blickte Chiara sich im kleinen Geschäftsraum um. Sie hatte diesen urigen Laden vermisst. Aber wie sehr, das drang erst jetzt in ihr Bewusstsein.

· · ·

Olga war mit Mattia und Checco zum Essen verabredet. Sie war schon spät dran, trotzdem hielt sie inne, als sie an der Tür zum Büroraum ihres Vaters vorbeiging. Für einen Moment war sie versucht, anzuklopfen, um ihn auch einzuladen. Schließlich war er einen entscheidenden Schritt auf sie zugekommen. Sie empfand seine Geste als großes Friedensangebot, wusste aber nicht, wie auch sie sich erkenntlich zeigen konnte, ohne dabei ihrem Verlobten auf den Schlips zu treten. Der war nämlich noch immer nicht begeistert von Vittorio, was Olga aber auch verstand. Sie würde Mattia den Kontakt zu ihrem Vater niemals aufzwingen. Deshalb ließ sie die Hand sinken und ging weiter zum Aufzug. Als sie endlich im Freien vor dem Gebäude stand, atmete sie tief durch. Die Hitze schlug ihr entgegen, der Unterschied zu den durch Klimaanlagen kühl gehaltenen Räumen war so groß, dass Olga einen Moment lang glaubte, sich setzen zu müssen. Aber das Gefühl verflog wieder. Olga ließ sich ein bisschen von den vielen anderen Angestellten mittreiben, die ebenfalls Mittagspause hatten. Der Weg zur Trattoria *Amabile* war nicht weit. Das nette Restaurant befand sich im Erdgeschoss eines der Hochhäuser, und zur Mittagszeit war dort immer die Hölle los, wenn man aber etwas Geduld mitbrachte, konnte man sich an den großartigen Gerichten erfreuen. Von Pizza über Nudeln bis hin zu Fleisch und Fisch hatte *Amabile* alles, was das Herz – oder in diesem Fall wohl besser der Magen – begehrte.

Olga hatte in der Trattoria einen Lieblingsplatz, den sie auch für heute reserviert hatte. Es handelte sich um einen Tisch im Innenraum, nicht weit von der Durchreiche zur Küche. Als Stammgast kannte sie die Köche sehr gut, was von Vorteil war, wenn sie einen Extrawunsch hatte.

Der Besitzer kam direkt auf sie zu, als er sie kommen sah, reichte ihr die Hand und führte sie an ihren Tisch, was wirklich nicht mehr nötig gewesen wäre. Nach all den Jahren. Aber Olga wusste es zu schätzen, dass er sich weiterhin bemühte. Er war ein schlauer Geschäftsmann, und wenn er auch keine direkte Konkurrenz zu fürchten hatte, weil es kein weiteres Restaurant im CDN gab, eine Mensa sowieso nicht – das war zu weit weg von der neapolitanischen Mentalität. Aber Delivery gab es sehr wohl. Es wurden Unmengen an Essen zu ihnen in die Büroräume geliefert. So viel an einem Tag, dass eine der typischen kleinen Ortschaften im kampanischen Hinterland wahrscheinlich eine Woche davon leben konnte.

Olga steuerte auf den Tisch zu, entdeckte Mattia, der aufstand und ihr entgegenkam, und sie konnte nicht anders, als zu lächeln. Er war ihr Traummann, ihr Seelenverwandter, ihr bester Freund, ein sagenhafter Liebhaber und überhaupt ihr liebster Mensch auf der Welt. Abgesehen davon, sah er auch noch verdammt gut aus mit seinen rabenschwarzen Haaren, die er kinnlang trug, was Olga besonders gut gefiel, da sie gerne ihre Hände darin vergrub. Manchmal konnte sie ihr Glück kaum fassen.

»Amore«, sagte er zärtlich und küsste sie auf den Mund, bevor er ihr den Vortritt zum Tisch ließ, wo Olga ihren Trauzeugen Checco herzlich begrüßte. Dann nahm sie Platz, und Mattia ließ es sich nicht nehmen, ihr den Stuhl zurechtzurücken.

Sie orderte ein stilles Wasser bei dem Kellner, der gekommen war, um die Getränkebestellung aufzunehmen.

Alle drei scannten mit ihren Handys den QR-Code ein, der in einem kleinen Rahmen auf dem Tisch stand. Der Code führte direkt zur digitalen Speisekarte, die sie sich kurz ansahen, obwohl ohnehin schon klar war, dass sie sich vom Besitzer persönlich beraten lassen würden. Er empfahl gerne mal Tagesgerichte, wenn er irgendeine besondere Zutat frisch geliefert bekommen hatte. Die fand man dann nicht auf der Speisekarte.

Da kam er auch schon und schwärmte dermaßen von einem Sommersalat mit frischen Feigen aus dem Cilento, dass Olga dazu nicht Nein sagen konnte. Mattia und Checco bestellten hingegen *Burrata con Focaccia*. Das nahmen die zwei immer. Erstens, weil der *Burrata* – ein Käse aus Büffelmilch, der von außen aussah wie ein großer Mozzarella, aber eine weiche, sahnige Füllung hatte – ganz hervorragend schmeckte, und zweitens, weil das Gericht auch auf dem Teller schön aussah, da die *Focaccia* sternförmig um den *Burrata* drapiert wurde.

Um sie herum war jeder Tisch, jeder Stuhl belegt, und Olga dachte nicht zum ersten Mal, dass der Besitzer sich hier eine goldene Nase verdiente. Sie entspannte sich, machte den Kopf frei von all den Dingen, die im Büro noch auf sie warteten. Der Geräuschpegel war zwar hoch, aber gleichzeitig war die Stimmung im Lokal locker und angenehm.

Mattia nahm ihre Hand und streichelte ihren Handrücken mit dem Daumen.

»Wie war es in der Via dell'Amore? Habt ihr gefunden, was ihr gesucht habt?«, erkundigte sie sich bei beiden und schüttelte damit die Gänsehaut weg, die Mattias Berührung in ihr ausgelöst hatte.

Mattia nickte. »Ja, ich habe schicke Schuhe in meiner Größe gefunden. Der Laden hatte eine riesige Auswahl. Checco hat dieselben gekauft.«

»Das hatte ich auch gar nicht anders erwartet. Die Gasse ist zwar von der Größe her überschaubar, aber man findet wirklich alles für eine Hochzeit. Ich verstehe gar nicht, warum du dich so gesträubt hast, dort wegen der Schuhe zu schauen.«

Sie merkte, dass sie in ein Fettnäpfchen getreten war, weil sowohl Mattia als auch Checco gleichzeitig nach ihren Getränken griffen. Mattia stellte sein Bier ab, warf seinem Freund einen Blick zu. Checco zuckte mit den Achseln, und auch er stellte sein Glas ab.

Mattia räusperte sich. »*Dolcezza*, das mit Checco und der

Via dell'Amore ist eine etwas längere Geschichte«, begann er.

»Ach? Inwiefern?« Ihr Blick wanderte zwischen den beiden Männern hin und her, sie spürte, dass eine ganz große Wahrheit gerade dabei war, ans Licht zu kommen.

»Meine Ex-Freundin lebte dort. Und ganz egal, wie viele Jahre noch vergehen, ich werde die Gasse wohl immer mit ihr verbinden«, erklärte Checco und klang dabei, als würde er über das Wetter sprechen, also irgendwie wenig beteiligt. Doch sie kannte ihn gut genug, um zu wissen, dass dieser Teil seines Lebens noch immer große Gefühle in ihm wachrief.

»*Die* Ex-Freundin?«, fragte Olga nun doch nach.

»Ich will meinen anderen Ex-Freundinnen nicht zu nahe treten, aber für mich gibt es nur sie. Gab es nur sie. Oder wie auch immer ...«

Wenn das mal keine Liebeserklärung war ...

Olga musste schlucken und hätte so gerne mehr erfahren über diese Frau und vor allem über das Warum der Trennung, aber sie spürte auch, dass jetzt nicht der richtige Moment war. Denn eigentlich war er ein heiterer, sonniger Typ, der immer gute Laune hatte, doch nun zeigte sich eine tiefe Sorgenfalte oberhalb seiner Nase. Und das wollte Olga nicht. Er war so ein Mensch, der es wirklich verdiente, glücklich zu sein. Ganz egal, was zwischen ihm und dieser Frau vorgefallen sein mochte.

Doch ihr Wunsch, mehr darüber zu erfahren, nistete sich in ihr ein. Sie beschloss, am Abend mit Mattia zu sprechen, denn wenn sie etwas tun konnte, um die Sorgenfalte von Checcos Stirn verschwinden zu lassen, dann war sie bereit, es zu versuchen.

Mattia versteifte sich plötzlich. Olga sah ihn an, suchte seinen Blick, aber er schaute starr auf den Tisch, was den Eindruck erweckte, dass er nicht gesehen werden wollte. Sie blickte sich um, fragte sich, warum Mattia plötzlich so verändert war. Den Grund dafür entdeckte sie im Speisesaal, groß und selbstsicher und nach einem freien Tisch Ausschau haltend.

Vittorio De Caro. Ein schöner Mann, gut gekleidet, beinahe machtvoll stand er da. Ihr Vater. Ihre einzige nächste Familie.

Er war allein, erblickte sie, zögerte nur den Bruchteil einer Sekunde, denn an ihrem Tisch war noch ein Platz frei. Er hätte über seinen Schatten springen können, er hätte sich zu ihnen setzen können, um das Gespräch mit dem Mann zu suchen, der seine Tochter heiraten würde.

Doch er tat nichts von alledem. Stattdessen winkte er nur, hielt dabei einen idiotischen Sicherheitsabstand, und ließ sich vom Besitzer zu einem Tisch nach draußen begleiten.

Olga sank in sich zusammen wie ein Luftballon, aus dem plötzlich jegliche Luft entwich. Und sie konnte es nachempfinden, wenn die Leute von einem gebrochenen Herzen sprachen. Sie spürte, wie ihres brach. In diesem Moment. Vor ihrem inneren Auge spielten sich Szenen ihrer Kindheit ab, und sie begriff, dass all das Warme, all die Liebe, all die Geborgenheit, alles Schöne von ihrer Mutter gekommen war.

Wie sollte sie dieses Loch jemals füllen mit einem so zynischen Vater?

»Sagt mir, dass ich nicht der Einzige bin, der hier halb verhungert!«, sagte Checco gut gelaunt, als hätte er nichts von alldem mitbekommen, was gerade geschehen war.

Sein Versuch, sie abzulenken und ihr zu zeigen, dass er da war, trieb Olga die Tränen in die Augen. Sie konnte nichts sagen, war sprachlos, dankbar und traurig zugleich.

»Ich esse bald meine Serviette«, machte Mattia dann mit.

»Wie damals auf der Abschlussfahrt?«

Das ließ Olga aufhorchen. »Sag mir nicht, dass er wirklich eine Serviette gegessen hat!« Sie schaute zu Checco, der von einem Ohr zum anderen grinste.

»Okay, dann sage ich es eben nicht.« Er lachte und stützte seine Ellenbogen auf den Tisch.

Olga sah Mattia an, der ebenfalls lachte. »Es war eine Wette, Olga!«

»Eine Wette? *Amore*, keine Wette rechtfertigt das Essen einer Serviette!« Sie merkte, dass sie selbst grinsen musste. Allein die Vorstellung dieser beiden Männer vor etwa zehn Jahren erheiterte sie. Aber rührte sie auch.

»Du hast ja keine Ahnung, *dolcezza* ...«

»So? Na, dann erzähl mal!«

Und so begannen die beiden, von einer fünftägigen Klassenfahrt nach Sizilien zu berichten, während derer sie insgesamt nur fünf Stunden geschlafen und jeweils drei Verweise eingesammelt hatten.

Sie musste so viel lachen, dass ihr Bauch bald schmerzte.

Und wieder hatte Checco mit seiner Herzensgüte eine Situation entschärft, die gedroht hatte, den Tag komplett zu überschatten.

Olga kannte diese Ex-Freundin nicht, aber sie fragte sich, ob sie denn wusste, was sie verloren hatte.

Kapitel 14

Die Liebe hat es nicht eilig, sie kommt, wenn sie kommt.

Neapel, fünf Jahre zuvor

Chiara lauschte seinem Herzschlag. Das ruhige, starke Pochen machte sie fast schläfrig. Checco strich ihr immer wieder über das Haar. Sie hatten sich gerade geliebt, hier in seinem Zimmer, das er schon seit immer bewohnte, gleich über dem Fischmarkt. Es war klein, und meistens roch es ein bisschen nach Fisch und Meer vermischt mit Sonne und Salz, aber für Chiara war es ihr Zimmer, ihr Reich, ihr Nest. Sie liebte es, weil es Checco verkörperte.

Sie konnte nicht aufhören, seinem Herzschlag zu lauschen. Er hatte mal gesagt, *hör hin, es sagt deinen Namen*, was natürlich nicht stimmte, aber sie ertappte sich immer wieder dabei, wie sie das Pochen als ein *Chia-ra – Chia-ra – Chia-ra* interpretierte.

»Woran denkst du?«, fragte er leise. Seine Stimme war so schläfrig, wie sie sich fühlte.

»An dein Herz«, sagte sie wahrheitsgemäß.

Er lachte einmal auf, und sein Herzschlag jagte polternd hinterher.

Sie küsste seine Brust, fuhr mit dem Zeigefinger seine definierten Muskeln nach, bis er eine Gänsehaut hatte, was sie wundervoll fand und sogar neu erregte.

Er ließ das Gespräch wieder fallen und genoss ihre Berührungen. Sie wollte, dass er immer spürte, wie sehr sie ihn liebte, doch ihr fielen keine neuen Wege mehr ein, ihm das zu zeigen.

Sie fuhr sich durch das Haar, das sich über seiner Brust ausgebreitet hatte und wie Algen, die im Meer trieben, wirkte. Einer ihrer Ringe verfing sich in ihren Locken, und Checco musste ihr helfen, wieder freizukommen. Er streifte ihr den Ring mit dem Blümchenanhänger, den sie sich gemacht hatte, von ihrem Finger ab und befreite ihn dann von ihren Haaren. Dann probierte er den Ring an seinem kleinen Finger an, aber selbst da war er ihm viel zu klein. Trotzdem sah er sich das Schmuckstück lange an, und sie beobachtete ihn dabei, fand, dass er just in diesem Moment mit dem vom Mondlicht erhellten Gesicht unbeschreiblich schön aussah.

»Wir müssen über unsere Zukunft nachdenken, Chiara«, begann er, wandte den Blick aber nicht von ihrem Schmuck ab. Er fuhr fast zärtlich über den Anhänger.

Dieses Thema fand sie schwierig, Planen an sich war nichts für sie. Sie mochte es, wie es war. Mit ihm, mit Gelegenheitsjobs. Warum unbedingt einen Plan haben?

»Das klingt so ernst ...«

»Na ja, ich habe ernste Absichten mit dir.« Er gab ihr den Ring zurück.

So war er manchmal ... ein bisschen spießig vielleicht, aber absolut liebenswert. »Und ich mit dir«, erwiderte sie wahrheitsgemäß. Sie setzte sich auf, lehnte sich gegen das Kopfteil des Bettes und winkelte ihre Beine an. Das dünne Laken zog sie sich so weit nach oben, bis ihre nackten Brüste bedeckt waren.

Er schnalzte enttäuscht, und sie musste lachen.

»Wenn wir beide ernste Absichten haben, dann ist der nächste konsequente Schritt eine vernünftige Arbeit, damit wir beide genug verdienen, um ein schönes Leben führen zu können. Das ...«, er zeigte um sich, » ... kann nicht für immer unser Nest sein.«

»Wieso nicht? Ich mag es.« Sie stritten quasi nie, aber wenn er sich anhörte wie ihr Vater, dann ging sie in die Defensive.

»Ich mag es doch auch. Aber das bedeutet nicht, dass ich hier drinnen alt werden will.«

»Weißt du, das ist der Unterschied zwischen uns beiden. Für mich ist es egal, wo und wie, Hauptsache, wir sind zusammen. Für dich muss immer alles geregelt sein und einen Namen oder eine Richtung haben.« Sie merkte selbst, dass sie laut wurde, was gar nicht ihre Absicht gewesen war. Diese Art von Gespräch regte sie nur immer wieder auf, das konnte sie gar nicht kontrollieren.

»Nun beruhige dich doch. Wir unterhalten uns nur. Und natürlich ist die Hauptsache erst einmal, dass wir zusammen sind. Aber du verdienst es eben auch, ein schönes Leben zu haben. Deshalb ist es mein Ziel, nach und nach Nonnos Fischfang komplett zu übernehmen und dann eventuell noch größer und ertragreicher zu machen. Alles, damit wir uns auch etwas leisten können.« Checco war sehr bemüht, seine Stimme nicht zu heben.

Chiara wusste, dass er nicht auf einen Streit aus war. Und er sagte ja nichts Falsches, aber es war, als würde er Benzin aufs Feuer gießen. Dieses Gespräch machte sie unruhig, vielleicht, weil er ihren wunden Punkt getroffen hatte. Sie fühlte sich oft verloren, weil sie tatsächlich keine Ahnung davon hatte, was sie einmal werden wollte. Doch statt das zu erkennen und auszusprechen, griff sie ihn an. »Es geht dir ums Geld? Geht es dir auf die Nerven, dass du öfter für die Pizza zahlen musst als ich?« Nun war sie auch noch wütend und verletzt. Das war keine gute Kombination.

»Hör schon auf, Chiara. Es geht mir natürlich nicht ums Geld. Geld ist mir scheißegal. Ich liebe dich, und ich möchte, dass du frei und unabhängig bist und keinen Mann brauchst, wenn du dir irgendetwas kaufen willst. Du hast so viel Potenzial, warum siehst du das nicht, Dio mio!«

»Geht es darum, dass ich dich neulich darum gebeten habe, mir fünfzig Euro zu borgen? Scheiße, Checco, du bekommst dein Geld zurück, mach hier kein Drama daraus. Ich zahle dir sogar die Zinsen. Beruhigt dich das?«

Er warf das Laken zurück, schlüpfte in seine Boxershorts und ging hinüber zur Küchenzeile, wo er sich Wasser einschenkte und das Glas in einem Zug leerte. Dann kam er wieder zurück und setzte sich aufs Bett. »Ich kann nicht mit dir reden, wenn du dich so aufregst«, sagte er gewohnt ruhig und besonnen. »Ich verstehe nicht genau, warum dich dieses Thema so dermaßen in Panik versetzt, und ich denke, die Antwort darauf kannst nur du finden. Was ich eigentlich sagen wollte, ist, dass du das Zeug dazu hast, tollen Schmuck zu entwerfen. Vielleicht gibt es so etwas wie einen Kurs, damit du das professionell lernst und vielleicht sogar zu deinem Beruf machen kannst.«

Er sprach das aus, von dem sie im Stillen träumte. Es gab einen Wunsch, der in ihr loderte und der so groß war, dass sie enormen Respekt davor hatte. Sie wollte Goldschmiedin werden. Im Internet hatte sie nächtelang nach Schulen recherchiert, die diesen Kurs anboten. Und ihr Favorit war die Galdus-Akademie. Die Kurse fanden in modernen Räumen und mit neuesten Techniken und bestem Werkzeug statt, außerdem bestand eine jahrelange Verbindung zu den größten Schmuckherstellern der Nation, die während der Schulzeit Praktika anboten. Und das war ja alles schön und gut, aber es gab einen Haken: Die Schule war in Mailand ...

Deshalb stand Chiara vor einem Dilemma. Was tun? Sich mit einer Schule zufriedengeben, die sich in der Nähe befand, aber nicht ihre erste Wahl war, oder doch lieber alles riskieren und drei Jahre nach Mailand gehen und sich damit einen Traum erfüllen?

Was sie in Neapel hielt, war ganz klar Checco. Er hatte hier sein Leben und seine Arbeit, und, obwohl sie es sich so sehnlich wünschte, wusste sie, dass er nicht mit ihr kommen würde. Doch wie sollte sie mit ihm eine Beziehung auf Distanz führen? Sie wollte keine Distanz zu ihm, nicht mal eine zeitlich begrenzte.

Deshalb war Kompromissbereitschaft gefragt.

Und sie traute sich nicht, dieses Thema anzusprechen. Sie ahnte die Probleme schon im Voraus, und das wollte sie nicht riskieren. Andererseits konnte er sie aber auch nicht drängen, sich weiterzubilden, und so tun, als wollte sie das nicht selbst. Die Situation war so verworren, dass sie nur davor weglaufen wollte.

Sie hatte auch mit Pamela darüber gesprochen, die ihr dazu geraten hatte, ihren Traum zu verwirklichen. Und wenn Chiara ehrlich zu sich selbst war, dann war das auch der einzig vernünftige Weg.

Checco hatte sich wieder dicht an sie geschmiegt. »Lass uns nicht böse aufeinander sein. Denk einfach nur über meine Worte nach, *va bene?*«

»Das werde ich«, willigte sie ein.

»Komm her!«, sagte er daraufhin.

»Ich bin doch schon bei dir«, sagte sie und kicherte, weil die schlechte Stimmung sofort verflogen war. Sie war jetzt voller Energie. Zwischen ihnen war die Anziehungskraft enorm, fast greifbar. Ihre Lippen fanden sich, der erste Kuss nach dem Gespräch war zärtlich, fast wie ein Friedensangebot. Doch dann wurden die Küsse tiefer und fordernder.

Sie bekam nie genug von ihm. Nie. Je mehr sie ihn küsste, umso mehr brauchte sie seine Lippen auf ihren, seinen Mund, seine Zunge.

»Willst du …?«, raunte er.

»Ja!«, stöhnte sie. Sie brauchte ihn so sehr.

Der Gedanke an ihre Ausbildung zur Goldschmiedin

rückte wieder in weite Ferne, wo Chiara ihn am liebsten hatte.

Neapel, heute

Chiara hatte schon bald eine gewisse Routine gefunden. Der Folgetag war bereits so viel einfacher als die beiden Tage zuvor. Nach und nach hatte sie Informationen zu beinahe allen Ringen zusammengetragen. Wenn sie nicht alles täuschte, dann hatte sie nur noch ein namenloses Paar Eheringe, bei dem sie die Besitzer noch nicht ausfindig gemacht hatte. Es waren die mit den Buchstaben *O e M a Ca*. Denn nur das konnte man entziffern. Chiara war aber guter Dinge und hoffte, dass sich die Besitzer bei ihr meldeten. Inzwischen hatte sie sowieso alle Hände voll zu tun mit der Kette und weiteren neuen Aufträgen.

Sie hatte gerade begonnen, das Gold zu schmelzen, als ihr Handy, das sie leise gestellt hatte, summte. Sie hob den Blick und konnte sehen, dass der Anruf von Alessia kam. Sie nahm ihn entgegen, hoffte, dass nichts passiert war, denn ihre Mitbewohnerin meldete sich nur selten per Telefon, wenn sie das vermeiden konnte.

»Pronto?«, meldete sich Chiara, als sie ganz plötzlich laute Musik von draußen hörte, die Giosuè angeworfen haben musste. Es war jedenfalls Neomelodie.

»Chiara, ich bin's. Wie geht es dir?«

»Gut, danke. Aber deshalb rufst du sicher nicht an. Ist etwas passiert?«

Am anderen Ende seufzte Alessia, und Chiara sah sie im

Geiste vor sich, wie sie sich gerade theatralisch auf das Sofa fallen ließ. »Wir haben ein Problem ...«, setzte sie an, und Chiara fluchte schon stumm in allen ihr gängigen Sprachen, erwartete so etwas wie einen Rohrbruch oder gar die Kündigung der Wohnung wegen Eigenbedarf. Einerseits bekam sie bei diesen Gedanken Bauchschmerzen, andererseits war Mailand mitsamt eventuellen Problemen meilenweit weg für sie. Chiara blickte sich in der Goldschmiede um, in diesem kleinen, urigen Laden, der sie wie in einer Umarmung aufgenommen hatte mit seinem antiken Steinboden und den schlichten Vitrinen, in denen sie liebevoll Ringe ausgestellt hatte, nachdem sie sie ordentlich entstaubt hatte.

»Nämlich?«, fragte Chiara nach einer kurzen Pause und kniff die Augen fest zusammen wie jemand, der wusste, dass gleich eine Ohrfeige kommen würde.

»Es geht um Ernesto«, deutete Alessia an.

»*Mio Dio!* Ist er ...« Sie ließ den Satz in der Schwebe, hielt sich aber eine Hand auf die Brust. Es stimmte zwar, dass sie nicht die besten Freunde waren, aber sie hoffte doch, dass er nicht ... dass er ... noch lebte?

»Er ist depressiv, pinkelt in dein Zimmer.«

Nun klappte Chiara die Kinnlade herunter. »Was nicht passieren würde, wenn die Tür geschlossen wäre. Wie ich sie hinterlassen hatte.« Fakten, ja, am besten hielt sie sich an die Fakten.

»Darum geht es doch gar nicht«, beschwerte sich Alessia.

Worum denn sonst?

Dass Alessia einen verzogenen Kater hatte, war klar.

Dass er ihr selbst jetzt, auf Distanz, auf die Nerven gehen wollte, war ebenso offensichtlich. Die Lösung war einfach. Tür zu, und wenn er Lust hatte, konnte er in die ganze Wohnung pinkeln. Aber bitte nicht in ihr Zimmer.

»Dann kläre mich doch bitte auf, ja?« Sie musste sich wirklich zusammenreißen, denn auf so etwas war sie nicht gefasst gewesen.

»Du musst zurückkommen, er vermisst dich«, schlussfolgerte die Mitbewohnerin.

»Das tut er ganz gewiss nicht, wie ich schon sagte. Und lass meine Tür einfach verschlossen.« Wenn es einmal eine einfache Lösung gab, dann sollten sie die doch auch gleich nehmen, oder?

»Bleibst du denn noch lange?«, fragte Alessia nun kleinlaut.

»Das kann ich noch nicht sagen, bin ja erst drei Tage hier.«

»Die Wohnung ist wirklich leer ohne dich, da muss ich Ernesto schon recht geben.«

Chiara lächelte. »Ich vermisse dich auch, Alessia. Und nun muss ich hier weitermachen.«

Sie verabschiedeten sich voneinander, und ihr wurde in diesem Moment bewusst, dass sie kaum an Mailand gedacht hatte. Sofort bekam sie ein schlechtes Gewissen und schrieb ihren Kollegen Fulvio und Anita eine Nachricht, wenige Worte nur, um sie wissen zu lassen, dass sie an sie dachte.

Hallo, Fremde! Beweg deinen hübschen Hintern gefälligst ganz schnell wieder nach Hause, schrieb Fulvio. Sie hatten eine

WhatsApp-Gruppe, die sie oft nutzten, um über die Arbeit zu lästern, wie es sich gehörte.

Ich hasse es, ihm recht zu geben, schließe mich ihm aber an: Komm ganz schnell wieder, ja? Fulvio ist kaum zu ertragen ohne dich.

@Anita: Danke auch.

@Fulvio: Keine Ursache.

Chiara schickte ein lachendes Emoji.

Alles wie gehabt, alles wie gewohnt.

Nur sie war verändert. Inwiefern? Das bekam sie nicht ganz zu fassen.

Sie schob den Gedanken beiseite und arbeitete weiter an der Kette, fand sich immer besser zurecht mit dem Werkzeug und der Werkbank. Ab und an blickte sie auf und schaute durch die Glastür nach draußen, wo die Via dell'Amore sich an diesem Sommertag einmal mehr in perfekter Form zeigte. Chiara beobachtete vorbeilaufende Paare, die Händchen hielten und sich angeregt unterhielten. Sonnenstrahlen machten tanzenden Staub im Ladenraum sichtbar. Sie überlegte, dass sie eventuell Pflanzen kaufen könnte, die dem Laden ein bisschen mehr Leben einhauchen würden. Paolo hatte sicher nichts dagegen und würde sich bei seiner Rückkehr aus der Reha vielleicht sogar darüber freuen. Ja, so wollte sie das machen. Sie nahm sich vor, später bei Teresa im Blumenladen vorbeizuschauen.

Kapitel 15

Die Liebe ist wie das Meer:
schön, stürmisch, tief und immer in Bewegung.

Tommasina scheuchte Alfonsa weg, die heute offensichtlich nicht ganz bei der Sache war.

»Was ist denn nun schon wieder los?«, fragte ihr Mädchen für alles, ohne dabei zu verhehlen, wie genervt sie war.

»Wenn du keine Lust hast, mir die Haare zu machen, dann musst du es nur sagen ... Sieh dir das an! Furchtbar!« Tommasina saß in ihrem Schlafzimmer am Schminktisch und betrachtete sich im kleinen Spiegel, der darüberhing, im Versuch, eine Strähne hochzustecken. Nein, nein, nein. Das passte alles gar nicht.

»Was stimmt denn damit nicht?« Nun war Alfonsas Stimme zumindest fürsorglich, was Tommasina ein wenig versöhnte.

»Gar nichts stimmt.« Anders konnte sie es nicht sagen.

»Dann machen wir den Dutt eben wieder auf und versuchen es noch einmal. Was meinst du?« Alfonsa legte ihr eine Hand auf die Schulter. Und das war einer der Gründe, warum sie es noch immer miteinander aushielten. Eine der beiden lenkte immer ein, bevor eine Situation eskalieren konnte. In diesem Fall gab Alfonsa sich geschlagen und war mal wieder die Klügere.

Als sie alle Spangen entfernt hatte, bürstete sie Tommasinas Haar noch einmal komplett durch, bis es glänzte. Es ziepte ein bisschen, aber Tommasina ertrug das stoisch, wartete ab, bis der dicke Pferdeschwanz wieder hochgesteckt und zusammengerollt in einem Dutt auf ihrem Kopf thronte, und war schließlich zufrieden. »Danke, meine Liebe.«

»Keine Ursache. Solange du dich wohlfühlst, bin ich froh.«

Tommasina ließ sich von Alfonsa noch in ihr langes, luftiges helles Kleid helfen, zog dann den dazu farblich passenden Kaftan über und war fertig für den Tag.

Chiara arbeitete schon lange in der Goldschmiede, und Tommasina nahm sich vor, ihr gleich noch einen Besuch abzustatten.

Inzwischen hantierte Alfonsa in der Küche, Tommasina wollte mit ihr das Mittagessen besprechen, was eigentlich gar nicht mehr notwendig war, denn die Haushaltshilfe hatte früh am Morgen Fisch geholt und ihn bereits gewaschen und vorbereitet. Trotzdem hatte Tommasina gern das letzte Wort.

»Soll ich noch etwas fürs Essen einkaufen?«, fragte sie.

Alfonsa dachte nach. »Frisches Weißbrot vielleicht noch?«

»In Ordnung. Dann gehe ich jetzt meine Runde und

bringe dir später, wenn ich wieder nach Hause komme, welches mit.«

»Das passt wunderbar. Viel Spaß beim Spazieren.«

Tommasina war sofort wieder gereizt. Was sollte das heißen, beim Spazieren? Die Runden in der Via dell'Amore drehte sie nicht zum Zeitvertreib, sondern allein aus dem Grund, alles unter Kontrolle zu behalten. Sie musste sehen, dass jeder Laden genug Kundschaft hatte. Sie musste auf die Zufriedenheit der Kunden selbst achten. Sie musste ein Auge auf die Stimmung und die Laune allgemein werfen. Sie musste dafür sorgen, dass alles rundlief. Und das war anstrengend. Spaß? Nicht immer, manchmal, ja, aber meist war der Kontrollgang Arbeit. Spaziergang? Definitiv nicht. Obwohl sie natürlich so tat als ob.

Doch wollte sie das jetzt wirklich Alfonsa erklären? Wohl kaum, also rief sie die Hunde und verließ das Haus.

Es war ein schier perfekter Tag in der Via dell'Amore. Tommasina blickte die Gasse hinauf und hinab und konnte fast nicht bis an das andere Ende schauen, weil ihr die Sicht von einer beweglichen Menschenmasse versperrt wurde. Ja, es stimmte zwar, dass die Gasse eng war und es nicht vieler Menschen bedurfte, um sie zu füllen, aber der Anblick war wundervoll, machte Tommasina glücklich. Instinktiv blickte sie hinüber zu der Stelle, an der Peppino sich meist aufhielt. Aus welchem Grund auch immer, schien er die kleine Bank aus Gusseisen, die zwischen Cosimos Schuhladen und Pamelas Brautmodengeschäft stand, besonders zu lieben. Er saß dort ab und zu. Heute aber nicht. Und das hinterließ ein merkwürdiges Gefühl in Tommasinas Brust. Sie hatte immer wieder seinen enttäuschten Gesichtsausdruck vor Augen und konnte sich nicht verzeihen, ihn wahrscheinlich sehr verletzt zu haben.

Doch darauf konnte sie jetzt keine Rücksicht nehmen. Sie kontrollierte, ob ihre Hunde auch wirklich alle bei ihr waren – einfach zu übersehen waren sie bei ihrer Mausgröße allemal –, und startete ihre Runde, indem sie an Cosimos Schuhladen vorbeiging. Sie tat das nicht, ohne in den Ladenraum zu blicken, der zu ihrer Zufriedenheit mit Kundschaft gefüllt war. Wie immer hatte Cosimo, der sicherlich einer der ordentlichsten Ladeninhaber der Gasse war, die Ware gekonnt in Szene gesetzt. Tommasina musste zugeben, dass er sein Schuhgeschäft in den Jahren von einem mehr schlecht als recht zusammengeschusterten kleinen Verkaufspunkt zu einem der schönsten Läden der Via gemacht hatte. Und er hatte seinen Erfolg als hart arbeitender Verkäufer, der er war, wahrlich verdient. Sie winkte ihm zu, er verbeugte sich leicht. Und das war es auch schon. Hier war alles in bester Ordnung, sie konnte weitergehen.

Auf der gleichen Seite der Gasse, etwa dreißig Schritte weiter, erreichte Tommasina Pamelas Brautmode. Sie blieb ganz ungeniert davor stehen und schaute durch die Ladentür. Pamela mochte das nicht, aber das war ihr egal. Die junge Frau wurde zickig, wenn Tommasina nach dem Rechten sah, hatte sogar mehrmals das Gespräch mit ihr gesucht und ihr Dinge erzählt wie, dass sie sehr gut auf sich selbst aufpassen konnte und dass sie ihre Kontrollgänge nicht brauchte und noch eine ganze Menge mehr Papperlapapp. Das ging bei Tommasina zu einem Ohr hinein und zum anderen hinaus. Pamela hatte keine Ahnung, wie schnell ein scheinbar florierendes Unternehmen den Bach runtergehen konnte. Sie hatte sich ihren Erfolg auch nicht selbst erarbeitet, war erst eingestiegen, als ihre Eltern und davor Großeltern bereits dafür gesorgt hatten, dass ihr Name über die Grenzen der Gasse hinaus in ganz Neapel und Provinz bekannt war. Und wenn es einen Laden in der Gasse gab, um den Tommasina sich ernsthaft sorgte, dann war das Pamelas. Die junge Frau hatte einfach nicht die nötige Bescheidenheit, um lange erfolgreich zu bleiben. Doch an diesem Morgen schien auch hier alles in Ordnung zu sein. Pamela sah sie nicht, weil sie gerade mit einem Grüppchen Frauen sprach. Deshalb zog Tommasina weiter und begab sich auf die gegenüberliegende Seite und ging direkt hinein in die Pasticceria, die jetzt Graziano gehörte, bis vor ihrer Rente aber ihr tägliches Brot gewesen war.

Der exakt richtige Duft nach Süßem, wie sie aus Erfahrung wusste, strömte ihr entgegen, viel Kundschaft wurde bedient, Graziano selbst musste wohl in der Backstube sein. Sie ging ungeniert durch, wurde vom Personal höflich gegrüßt, niemand achtete besonders auf die Hunde, die sich schwanzwedelnd mit ihr bewegten. Manchmal dachte sie erheitert von sich selbst, dass sie wohl wirken musste wie eine seltsame Zauberin oder eine Figur aus einem Märchen. Ihr war bewusst, dass sie Aufmerksamkeit auf sich zog, was sie nicht störte. Und wenn sie damit andere störte, dann tat es ihr nicht leid. Sie fühlte sich wohl in ihrer Haut und würde sich so leicht auch nicht mehr ändern.

In der Backstube herrschte geschäftiges Treiben. Graziano blickte von einer Torte auf, die ganz prächtig werden würde, das sah und erkannte Tommasina sofort. Er zwinkerte ihr zu, hatte den Kuchenboden bereits in Form gebracht und aufgeschnitten, um ihn mit Creme zu füllen. Das hatte sie selbst in ihrer Zeit in der Konditorei so oft gemacht, dass sie sogar manchmal noch davon träumte. Was sie am meisten an ihrer Arbeit geliebt hatte, waren die Düfte. Vanille, Karamell, Schokolade, Milch, Eier, Früchte der Saison und, und, und.

Apropos Früchte der Saison ... eigentlich stand um diese Uhrzeit immer schon die frische Lieferung auf der Arbeitsfläche bereit, um verarbeitet zu werden.

»Ist das Obst heute noch gar nicht geliefert worden?«, fragte sie Graziano.

Er schaute sofort auf die Stelle, wo eigentlich das Obst hätte stehen müssen, dann warf er einen Blick auf seine Armbanduhr. »Nein, noch nicht«, gab er zu.

»Soll ich bei Virginio anrufen?« Das war schon immer ihr Obstlieferant. Ungewöhnlich, dass er zu spät kam.

»Ich kümmere mich gleich selbst drum.«

»*Va bene*«, sagte sie und machte sich mit schwingendem Kaftan wieder auf den Weg nach draußen.

»Nonna!«, rief Graziano ihr hinterher.

Sie drehte sich um. »Ja?«

»Danke fürs Aufpassen!«

»Ach, das mache ich doch gern!« Oh ja, das tat sie. Und anhand der kleineren oder größeren Details, die sie noch immer schneller bemerkte als andere, wurde ihr klar, dass ihre Präsenz und ihre Kontrolle sehr wohl noch Sinn machten.

. . .

Chiara schleppte die zwei großen Pflanzen, die sie bei Teresa geholt hatte, zur Goldschmiede, sah durch das üppige Grün nicht viel und stolperte eher, als dass sie ging. Schließlich fand sie zurück zum Laden, wo eine mit dem rechten Fuß vorwurfsvoll wippende Tommasina stand. Sie sah aus, als wollte sie ihr gleich eine Standpauke halten. Ihr Blick war, sofern Chiara das erkennen konnte, finster, und sie hielt die Arme vor der Brust verschränkt, an einem Arm hing eine Tragetasche vom Bäcker aus der Parallelgasse.

»Okay, Nonna, was habe ich angestellt?« Sie wollte lieber nicht um den heißen Brei herumreden. Erfahrungsgemäß brachte das nicht viel.

Chiara schwitzte bei den sommerlichen Temperaturen und unter dem Gewicht der Pflanzen, die sie auf ihre Hüften gestemmt hatte. Ein bisschen Hilfe von Tommasina wäre nicht schlecht gewesen.

»Wieso spazierst du während der Öffnungszeiten die Gasse entlang?«, wollte Tommasina wissen.

»Weil ich den Ladenraum ein bisschen hübscher gestalten wollte und ich nun mal leider allein bin und es anders nicht geschafft hätte.« Sie musste die Töpfe abstellen, um den Schlüssel aus der Tasche zu nehmen.

»Du hättest doch Bescheid geben können, ich hätte den

Laden solange übernommen«, erklärte Tommasina schon viel versöhnlicher.

»Ich war nur etwa … «, sie kontrollierte ihre Armbanduhr, » … sieben Minuten weg. Ich glaube nicht, dass das jemand außer dir mitbekommen hat.«

»Du hast vermutlich recht. Tut mir leid, *bella di nonna*.«

Chiara schloss auf, trug die beiden Pflanzen in den Raum und positionierte sie hübsch zwischen den Vitrinen, aber trotzdem so, dass sie genug Licht abbekamen. »Alles gut, keine Sorge.«

»Bin ich manchmal zu streng?«, wollte Tommasina nun tatsächlich wissen und betrat die Goldschmiede mit Diego, Fabio und Ciro, die an den Pflanzen schnüffelten und wohl hoffentlich nicht das Bein heben würden.

»Nein, du bist nicht streng, Nonna. Dir liegt nur sehr viel an der Via dell'Amore«, antwortete Chiara so diplomatisch wie möglich.

»Genau.« Tommasina sah erleichtert aus.

Chiara liebte ihre Großmutter so sehr, manchmal erschien sie ihr stark, manchmal aber auch zerbrechlich und fast hinterwäldlerisch. Eine Welle von Zuneigung überkam Chiara, und sie drückte ihr spontan einen dicken Kuss auf die Wange.

Tommasina schob sie protestierend weg und wischte sich über die Wange, aber Chiara kannte sie gut genug, um zu wissen, dass sie mit ihrer ruppigen Art nur ihre Rührung überspielen wollte. »Nun, *bella di nonna*, ich muss jetzt weiter. Wir sehen uns zum Mittagessen. Das ist ja schon bald.«

Chiara war in der Tat schon hungrig. »Was gibt es denn heute?«

»Ich glaube, Alfonsa wollte Fischrisotto machen, mit frischem Fisch vom Fischm...« Tommasina verstummte.

Ja, der Fischmarkt. Der Ort, an dem sie Checco kennengelernt hatte. Der Ort, von dem Chiara nicht wusste, ob Checco überhaupt noch dort arbeitete. Nonnas betroffenem Schweigen nach zu urteilen, tat er es wohl noch.

Der Fischmarkt ... so nah und doch so fern.

Checco.

Warum löschte ein mieses Verhalten nur so selten auch die Liebe aus, die man für jemanden empfand. Wie konnte sie ihn überhaupt noch lieben? Wieso sehnte sie sich nach ihm? Und was hatte das zu bedeuten?

»Schon gut, Nonna.«

Tommasina schluckte. »Tut mir leid, *bella di nonna*. Ich weiß, du möchtest nicht an diese Phase deines Lebens erinnert werden. Und ich verstehe das. Du musst aber auch abschließen mit dem Kapitel.« Chiara wunderte sich nicht wirklich, dass Tommasina sie so leicht durchschaute. Zwar sprach Chiara nie über Checco, aber es musste wohl offensichtlich sein, dass sie noch nicht über ihn hinweg war. Da es auch keinen erwähnenswerten Neuen gegeben hatte, hatte ihre Nonna wohl nur eins und eins zusammengezählt.

»Das muss ich wohl.«

Tommasina sah einen Augenblick lang noch so aus, als wollte sie etwas hinzufügen, doch sie überlegte es sich anders, lächelte sie an, winkte und ging. Die Hunde waren einen Moment lang so überrascht, dass sie nicht wussten, ob sie ihr folgen oder doch lieber bei Chiara bleiben sollten. Erst als Tommasina sich umblickte, erhoben sie sich wie auf Kommando und folgten ihr.

Chiara blieb allein zurück und schoss ein paar Fotos von dem Eck, in das sie die Pflanzen gestellt hatte. Die alte Vitrine von Paolo, in die sie ein paar edle Stücke von seltener Schönheit aus dem Tresor drapiert hatte, mochte sie besonders gern. Das antike, lackierte Holz war so hochwertig, dass sie manchmal voller Ehrfurcht mit dem Finger darüberstrich. Und nun mit dem Grün der Pflanzen wirkte sie noch charakteristischer. Sie war zufrieden mit den kleinen Veränderungen, denn es war ihr schon immer wichtig gewesen, allen Räumlichkeiten, in denen sie sich bei der Arbeit oder zu Hause aufhielt, eine persönliche Note zu geben, um sich wohlzufühlen. Selbst wenn es vorübergehend war. Daher war es auch an der Zeit, weiter an der Kette zu arbeiten.

Immer wieder dachte sie daran herum, wie sie den Knoten am besten integrieren konnte. Ohne lange zu überlegen, schnappte sie sich ihr Handy und rief das Büro ihres Chefs Gianmaria in Mailand an. Vielleicht hatte er eine Idee.

Die Sekretärin stellte sie durch, und Chiara erklärte ihm die Situation, woraufhin er sich die Skizze zusenden ließ.

Sie fachsimpelten eine Weile, und er schlug ihr vor, den Knoten nicht zu verschweißen, sondern als Anhänger zu konzipieren, damit die Kette, falls gewünscht, auch ohne Knoten getragen werden konnte. Chiara war begeistert von diesem Vorschlag und sehr froh, seinen Rat eingeholt zu haben.

Sie bedankte sich sehr.

»Keine Ursache. Deine Designs waren schon immer außergewöhnlich gut. Du lässt dich inspirieren und kannst andere inspirieren. Das mag ich an dir. Ich glaube, du bist bereit für eine Echtgold-Kollektion. Sobald du deine familiären Dinge in Neapel geordnet hast, möchte ich dich hier im Büro sehen und alles mit dir besprechen, ja?«

Chiara begann zu stottern und stammelte irgendeine Antwort, an die sie sich schon nicht mehr erinnerte, als sie aufgelegt hatte.

Als sie bei *MM-Gioielli* angefangen hatte, war in ihr der Wunsch gewachsen, sich nach und nach bis zu dieser Position hochzuarbeiten. Und jetzt schlug Gianmaria ihr genau das vor? Sie fühlte sich wie wohl die meisten, wenn sich ganz unerwartet ein Traum erfüllte: ungläubig, verwirrt, aber glücklich.

Kapitel 16

Was ist so besonders an einer Ehe?
Gibt es diese einzigartige, ewige Bindung
zwischen zwei Menschen wirklich?
Wer die Antworten weiß, trifft sich am Altar.
Wer sie hingegen nicht kennt, der sollte es lassen.

Chiara hatte großen Hunger und wollte so schnell wie möglich nach Hause zu Tommasina, als Giosuè ihr über den Weg lief. Sie winkte ihm zu und ging weiter.

»Hey!«, rief er übertrieben empört.

Sie blieb stehen. »*Buongiorno!* Tut mir leid, ich wollte nicht unhöflich sein. Nonna wird nur leider unausstehlich, wenn sie mit dem Essen warten muss«, erklärte sie etwas außer Atem. Und das war nicht mal gelogen.

»Wann essen wir denn mal zusammen?« Er sah sie aufmerksam an, mitten auf der Via dell'Amore. Ihm war egal, dass er dabei einigen Passanten im Weg stand.

Er wirkte äußerst gelassen, Chiara fühlte hingegen eine innere Unruhe in sich aufsteigen. Sie wollte nicht, dass er zu viel in ihre Freundschaft hineininterpretierte. Andererseits, warum sollte sie seine Aufmerksamkeit nicht genießen? »Irgendwann demnächst.« Das bedeutete alles und nichts.

Aber er blieb hartnäckig. »Wie wäre es mit morgen Abend?«

»Morgen muss ich ...« Verdammt, ihr fiel aber auch gar keine Ausrede ein. Keine einzige.

»Morgen musst du mit mir zum Event von Luce Cristofini, bei dem es auch Essen gibt«, sagte er mit einer Selbstsicherheit, die jeglichen Protest im Keim erstickte.

»Klingt gut«, hörte sie sich selbst sagen. Was war schon dabei? Es war nur ein Abend, Luce eine von den neapolitanischen Sängerinnen, die er vertrat. Chiara war jung und ungebunden und fand ehrlich gesagt nicht viele Gründe, warum sie seine Einladung nicht annehmen sollte.

»Schön! Dann hole ich dich morgen Abend gegen neun ab.«

»Fein.«

Er gab ihr einen flüchtigen Kuss auf die Wange, winkte und ging weiter.

Chiara spazierte nun etwas langsamer als zuvor die Gasse entlang. Sie hing ihren Gedanken nach und blieb bei den wenigen Dates hängen, die sie in Mailand gehabt hatte. Allesamt ein Desaster, bis auf Samuele, mit dem sie sogar ein paar Monate ausgegangen war, aber auch nur bis zu dem Punkt, an dem sie sich beide eingestanden hatten, dass sie keine großen Gefühle entwickelt hatten.

Mit Giosuè würde sie jedoch ganz sicher nichts anfangen. Schließlich lebte sie in Mailand, und die Distanz hatte sie schon einmal eine Beziehung gekostet. Das würde sie nicht noch einmal tun. Ausgeschlossen. Sie überlegte, dass sie ihm das auch ganz deutlich so sagen wollte.

Als sie endlich zu Hause ankam, war sie erleichtert, verschwitzt und müde, vor allem aber hungrig.

»Hallo, ich bin da!«, rief sie in die Wohnung hinein, zog ihre Sandalen aus und ging gleich barfuß weiter ins Bad. Neapolitanische Sommer waren unerträglich heiß, und sie fand noch immer, dass der Fliesenboden die kühlste Stelle im Haus war.

»*Bella di nonna*, komm, wir essen!«, gab Tommasina zurück.

»Bin gleich da.« Chiara ging ins Bad, wusch sich die Hände und das Gesicht, steckte ihr Haar hoch und war bereit für das ersehnte Essen. Sie gab Nonna einen Kuss auf die Wange, grüßte wie immer die Hunde und ging zu Alfonsa. »Soll ich noch was helfen?«, fragte sie die kleine Frau, die wie immer alles perfekt im Griff hatte.

»*No, no*, setz dich ruhig hin, ich bin gleich so weit.«

Es roch so appetitlich nach Fisch und Tomatensoße, dass Chiara beinahe schwindelig wurde. Das hatte sie in Mailand nicht oft. Und in Mailand kochte auch niemand für sie. Ganz selten mal Alessia, wenn sie einen guten Tag hatte.

Tommasina war abgelenkt von einer Seifenoper, die laut im Fernseher lief, und Chiara tat das, was sie sonst nur selten tat: Sie entspannte sich, was wiederum ihr Gedankenkarussell antrieb. Sie nahm sich vor, unbedingt Tommasina vom Telefonat mit Gianmaria zu erzählen. Von Giosuès Einladung wohl besser nicht.

Doch Chiara kam gar nicht dazu, denn gleich nach dem

Abspann machte Tommasina den Fernseher aus, und Alfonsa servierte das Essen.

Sofort ergriff Tommasina das Wort. »Sag mal, Chiara, hast du heute zufällig Peppino gesehen?«, wollte sie wissen. Ihr Versuch, dabei beiläufig zu klingen, missglückte komplett.

»Ich glaube nicht, Nonna. Wieso?« Chiara hatte sich bemüht, höflich abzuwarten, bis der Risotto mit Meeresfrüchten ein bisschen erkaltete, aber er roch so einladend, dass sie glaubte, sterben zu müssen, wenn sie nicht gleich davon aß. Sie schob sich einen Löffel davon in den Mund, verbrannte sich die Zunge, aber, oh, das war es wert gewesen! Was für eine Geschmacksexplosion! Olivenöl, Knoblauch, Petersilie, Tomatensoße und dieser Fisch ... Mamma mia! Sie schaute mit vollem Mund auf Alfonsa und machte Gesten, die ihr hoffentlich zu verstehen gaben, wie lecker Chiara das Gericht fand.

»Ach, nur so«, antwortete Nonna nach einer Weile auf Chiaras Frage.

»Ich bin mir sicher, dass es ihm gut geht«, warf Alfonsa ein, die mit ihnen aß.

»Besteht denn Grund zur Annahme, dass dem nicht so sein könnte?« Nun wurde Chiara aber doch neugierig.

»Er hat noch nie einen Tag ausgesetzt«, ließ Tommasina sie wissen.

»Noch nie? Das kann ich mir aber nur schwer vorstellen«, warf Alfonsa ein.

Der Risotto war eine solche Offenbarung, dass Chiara

nur ungern ihr Essen unterbrach. »Wo wohnt er denn eigentlich?«, erkundigte sie sich dann doch.

Es kam keine Antwort.

»Ist es nicht schrecklich, dass das niemand weiß? Was, wenn ihm etwas zustößt? Wir würden es nie erfahren. Ob er Familie hat, ist auch fraglich. Wie konnte mir das alles die ganzen Jahre über entgehen?« Tommasina sah mitgenommen aus, was Chiara leidtat.

»Es lässt sich doch bestimmt herausfinden, wo er wohnt?«, warf Chiara ein.

»Meinst du?«

»Aber sicher doch, ich werde später mal im Internet recherchieren.«

Tommasina sah schon sehr viel erleichterter aus, was Chiara wiederum freute. Es war oft nicht schwer, ihre Nonna glücklich zu machen.

»Möchte noch jemand Nachschlag?«, fragte Alfonsa schließlich, als alle Teller restlos leer waren.

»Ja, bitte!«, sagten Chiara und Tommasina wie aus einem Munde. Sie sahen sich an und lachten, sie waren sich ähnlicher, als sie dachten.

Als Alfonsa ihnen später *caffè* anbot, klingelte es unerwartet an der Tür, doch selbst den Hunden war es zu heiß, um zu bellen. Ciro hob kurz die Schnauze, beließ es aber dabei.

Chiara bot sich an, aufzumachen, und war überrascht, als sie Barbara und Davide – Paolos Frau und Sohn – vor sich stehen sah. Sie begrüßten sich sehr herzlich, dann bat Chiara den Besuch direkt in die Küche, wo Alfonsa noch nicht aufgeräumt hatte. Aber das war nicht weiter schlimm, da sie untereinander vertraut waren und sich quasi schon ein Leben lang kannten. Sie setzten sich an den Küchentisch und entschuldigten sich für das unangekündigte Kommen.

Tommasina erkundigte sich gleich nach Paolos Wohlbefinden, und Barbara zuckte mit den Achseln. »Er hat zwar mit der Reha angefangen, wie lange er dortbleiben muss und ob er überhaupt jemals wieder ganz der Alte sein wird, ist aber noch nicht klar.«

Barbara war durchaus mutig und ließ sich von Schicksalsschlägen nicht so leicht unterkriegen, Chiara sah ihr aber an, wie sehr die Situation sie mitnahm. Sie schien um Jahre gealtert. Auch Davide wirkte angegriffen, er blickte meist auf seine Hände und überließ das Reden seiner Mutter.

»Wir wissen, Chiara, dass du die Goldschmiede in seinem Sinne führst.« Barbara bemühte sich um ein Lächeln.

»Ich gebe mein Bestes«, sagte Chiara.

»Um ehrlich zu sein, haben wir als Familie einen Entschluss gefasst. Paolo ist jetzt dreiundsechzig. Selbst mit guter Prognose wird er mindestens sechs Monate nicht in der Lage sein, einen Fuß in den Laden zu setzen, geschweige denn, seine Arbeit zu verrichten. Und das möchten wir auch gar nicht. Er soll nach seiner Krankheit sorgenfrei sein und das Leben genießen. Deshalb die Frage an dich: Möchtest du die Goldschmiede übernehmen? Wir können uns dafür niemand Besseren vorstellen als dich, mit deinem Können und deiner Verbindung zu Paolo und der ganzen Via dell'Amore.«

Chiara schluckte schwer. Barbara sah sie an, selbst Davide hatte seinen Blick nun direkt auf sie gerichtet. Ganz zu schweigen von Tommasina und Alfonsa. Chiara fühlte sogar den erwartungsvollen Blick der Hunde.

Doch was konnte sie schon erwidern? Vor allem jetzt, nachdem Gianmaria ihr den Job angeboten hatte, von dem sie schon so lange träumte?

Aber war nicht auch die kleine Goldschmiede ein Traum?

...

Olga hatte für sich, ihre Schwägerin Susanna und ihre Schwiegermutter Elena einen Tag in einem wunderschönen Wellnesscenter im feinen Stadtteil Posillipo gebucht. Posillipo befand sich im Nordosten Neapels, und das Wellnesscenter direkt am Meer. Der Relaxraum verfügte über eine Fensterfront, die nur durch wenige Meter Strand vom Wasser getrennt war. Olga lag auf einer Liege, während Schwiegermutter und Schwägerin sich noch ein warmes Detox-Getränk holten. Sie war so entspannt, dass sie beinahe einnickte, doch dann kamen Elena und Susanna in ihren dicken, flauschigen Bademänteln zurück und legten sich zu ihr. Sie gönnten sich manchmal einen Tag für sich, und es tat ihnen allen dreien gut.

»Was machst du später noch?«, erkundigte sich Susanna, die ihr Glas abgestellt hatte, nachdem sie ein paarmal daran genippt hatte.

Olga musste nachdenken. Es war Samstag, sonst hätte

sie sich den Tag nicht freigenommen, um sich ihrem geistigen und körperlichen Wohlsein zu widmen. Da war doch etwas gewesen ... Ach, genau, jetzt kam sie wieder drauf. »Wir gehen zu einer Party, auf der Luce Cristofini ihren neuen Song vorstellen wird. Es gibt auch etwas zu essen. Das Event findet in diesem neuen Restaurant statt, das sich im Innenhof vom ehemaligen Konvent befindet, du weißt schon, in der Via del Sole.«

»Ja, richtig. Du hattest davon erzählt.«

»Ich mag Luces Lieder«, meldete Elena sich zu Wort und nahm einen Schluck von ihrem Getränk.

»Na ja, es geht so. Ich bin nicht ihr größter Fan, fürchte ich. Aber wir sind als Hauptsponsor natürlich dabei.«

»Kommt Mattia mit?«

»Ja. Und Checco auch. Ihr zwei wolltet ja keine Einladung.«

»Ich bin sowieso auf Diät. Und was bringt so eine Veranstaltung, wenn man dann nichts essen kann?«, fand Susanna, die alles daransetzte, bis zur Hochzeit noch ein paar Kilos abzunehmen, damit das Kleid besser saß, wie sie sagte. Olga fand ihre Schwägerin so, wie sie war, perfekt, aber sie wollte nicht auf sie hören.

»Erfahrungsgemäß wird mehr geredet als gegessen.« Das Unternehmen ihres Vaters übernahm oft die Patenschaft für Events aus allen Bereichen, die mit Sport und Kultur zu tun hatten. Offiziell, um den eigenen Horizont zu erweitern, inoffiziell, um auf nicht wirklich legalen Umwegen Steuern zu sparen. Olga war nicht sehr stolz darauf, dass ihr

Vater oft auf solche Mittel zurückgriff. Aber ändern konnte sie es auch nicht.

Um ehrlich zu sein, freute sie sich aber speziell auf diesen Abend, weil sie damit Checco eine Freude bereiten konnte, der ein Fan von dieser Art von Musik war.

Die drei Frauen schwiegen eine Weile und blickten nach draußen auf die Wellen, die immer wieder rollend auf den Strand gespült wurden.

»Auf der Hochzeit werde ich auf jeden Fall essen, und zwar alles, was auf den Teller kommt!«, prophezeite Elena und lachte dabei ihr heiteres Lachen, das so ansteckend war.

»Lange genug haben wir uns schließlich mit dem Menü befasst«, fand auch Olga.

Das Organisieren der Hochzeit war schon ein Spaß an sich gewesen. Olga konnte es nicht nachvollziehen, wenn Bräute sich gestresst von der Hochzeitsvorbereitung fühlten.

»Das wird so schön auf Capri«, schwärmte auch Susanna.

Und wie so oft waren sich diese drei so unterschiedlichen, aber im Herzen verbundenen Frauen einig.

Kapitel 17

*Sich verlieben geht ganz schnell,
lieben braucht hingegen Zeit.*

Der nächste Tag begann für Chiara mit Kopfschmerzen. Mit einem Mal stand sie an einem Scheideweg. Egal, wie oft sie beide Richtungen, die sie einschlagen konnte, durchspielte, sie kam nie weit. Wollte sie ihr Leben in Mailand weiterführen, mit einer neuen, herausfordernden Arbeit, oder wollte sie vielleicht sogar zurück nach Neapel und die Goldschmiede übernehmen? Das war keine einfache Entscheidung, und die Fragen hatten sie eine schlaflose Nacht gekostet. Sie hatte am Vorabend mit Tommasina und Graziano geredet, aber die konnten ihr auch nicht wirklich weiterhelfen. *Diese Entscheidung können wir dir nicht abnehmen, und das Einzige, was uns wirklich interessiert, ist, dass du glücklich bist*, hatten beide nur gesagt.

Natürlich stimmte das. Wahrscheinlich hätte auch Chiara genau diesen Rat gegeben, aber sie war in einer Lage, in der sie mehr als ein paar diplomatische Sätze brauchte. Vor allem von Tommasina hätte Chiara eine viel eindeutigere

Reaktion erwartet. Doch die Königin der Via dell'Amore hielt sich zurück und wollte Chiara offensichtlich nicht zu sehr beeinflussen. Eigentlich eine noble Geste, nur in diesem Fall brauchte Chiara mehr.

Im Normalfall hätte sie Alessia um Rat gefragt, die zwar manchmal ein wenig eigen war, doch zugleich auch eine gute Freundin. Bestimmt hätte Chiara auch mit Fulvio und Anita gesprochen, doch konnte wohl niemand von ihren Freunden aus Mailand eine objektive Meinung abgeben.

Und so überlegte Chiara hin und her, ohne eine Lösung zu finden, was wiederum zu den pochenden Kopfschmerzen geführt hatte, die sie plagten.

Als Chiara nach einem schweigsamen Frühstück sich auf den Weg in die Goldschmiede machen wollte, hielt sie kurz inne, als sie Gesang vernahm, der von der Gasse bis nach oben zu hören war. Neugierig ging sie zum Balkon, auf dem Tommasina stand und begeistert klatschte. Selbst Diego sah so aus, als würde er sich über die gute Laune freuen. Ciro und Fabio eher nicht, die sahen genervt aus, aber das taten sie meistens.

»Was ist denn da unten los?«, fragte Chiara, die nur ein Gewimmel vor Cosimos Ladentür erkennen konnte. Die Kopfschmerzen schienen mit ihrem steigenden Interesse an der Musik nachzulassen.

»Cosimo wird heute fünfzig«, erklärte Tommasina.

Nun erkannte Chiara auch, dass alle *Tanti auguri* sangen. »Du wusstest das?«

Sie fing sich einen empörten Blick ein, dann schnalzte Tommasina mit der Zunge. »Selbstverständlich!«

»Wieso hast du nichts gesagt? Dann hätte ich ihm ein Geschenk gemacht.«

»Eine Überraschung kann nur gut werden, wenn ganz wenige davon wissen«, erklärte Nonna weise.

»Du hast das organisiert?« Chiara zeigte mit dem Finger auf die kleine Menschenmenge, die sich versammelt hatte.

»Vielleicht …«

Eine vage Antwort, die aber alles sagte. Tommasina war die Beste, keine Frage.

Oh, Graziano brachte mit einem Wägelchen einen Kuchen. Das wollte Chiara nicht verpassen. »Kommst du mit, Nonna?«

»Geh du nur, ich schaue lieber von hier oben aus zu.« Tommasina scheuchte sie liebevoll weg.

Was Nonna damit in Wahrheit meinte, war wohl, dass sie von ihrem Balkon alles im Blick hatte, die Dynamik und Interaktion zwischen den Ladenbesitzern. Und darauf legte sie großen Wert, wie Chiara wusste.

Sie gab ihrer Nonna einen Kuss auf die Wange und ging, doch Tommasina rief sie noch einmal zurück.

»Hast du diese Internetsuche gestartet?«, wollte sie wissen und wirkte dabei fast schüchtern.

Chiara wusste zunächst nicht, was sie meinte, doch dann dämmerte es ihr. »Nein, Nonna, tut mir leid. Durch die ganzen Begebenheiten von gestern habe ich das ganz vergessen. Ich nehme an, du hast Peppino heute auch noch nicht gesehen?«

Tommasina schüttelte den Kopf und blickte zu Boden.

»Dann werde ich mal sehen, was sich machen lässt.«

»*Grazie, bella di nonna.*«

»Ach! Dafür doch nicht!«

Sie sahen sich an, beide lächelnd, und für einen verwirrenden kurzen Augenblick fühlte es sich an, als blickte Chiara in einen Spiegel.

Die *spontane* Geburtstagsfeier zu Ehren Cosimos war in vollem Gange, als Chiara dazustieß, denn eines konnte man in der Via dell'Amore besonders gut: feiern.

Graziano schnitt den Kuchen an, eine Angestellte verteilte ihn an all diejenigen, die um ein Stück baten – ob sie nun Cosimo kannten oder nicht. Chiara machte sich Platz, um zum Geburtstagskind zu gelangen, und klopfte ihm auf die Schulter. Cosimo sprach gerade mit jemandem, hatte einen Pappbecher, den Chiara als Giacominos identifizieren konnte, in der Hand und erstrahlte förmlich, als er sie sah.

»Darf man gratulieren?«, fragte sie heiter und umarmte ihn bereits.

Er war gerührt, und das kannte sie von ihm gar nicht. Wie immer sah er umwerfend aus mit seinem so hübsch ergrauten, stets tadellos gekämmten Haar und seiner Alltagskleidung, die an die eines Schauspielers aus den Fünfzigerjahren erinnerte. »Da habe ich ein Mal versucht, etwas geheim zu halten«, murmelte er während der Umarmung.

»Das müsstest du doch wissen, dass hier in der Via dell'Amore nichts wirklich geheim bleiben kann.«

»Ja, da hast du recht.« Er zeigte erheitert um sich.

»*Auguri*, mein Lieber … und denk daran: Fünfzig ist heutzutage kein Alter mehr.« Sie zwinkerte ihm zu.

Und er rollte mit den Augen, lachte aber dann, so lange, bis ihm wieder jemand auf die Schulter tippte, um ihm alles Gute zu wünschen.

Giosuè kam mit einem blutjungen Sänger, den keiner kannte, den aber alle nach dem ersten Lied, das er a cappella sang, liebten. Er sorgte mit seiner starken Stimme für Unterhaltung, und Cosimos Geburtstagsfest, für das Teresa Blumen gestiftet hatte, wurde zum Fest der Gasse, an dem alle in irgendeiner Weise teilnahmen.

Chiara trank Prosecco und wiegte sich zur Musik, die hier, im pulsierenden Herzen Neapels, genau den richtigen Rahmen bildete und folkloristisch, potent und gefühlvoll durch die Gasse tönte. Sie nutzte den Moment, um sich auch nach Peppino umzusehen. Tommasina hatte ihr mit ihrer Sorge einen Floh ins Ohr gesetzt. Aber so war das hier, man teilte Freude, man teilte Leid.

»Willst du tanzen?«, fragte Giosuè, der sich unbemerkt zu ihr gestellt hatte.

»Lieber nicht, du weißt, wie das hier läuft. Wir zeigen uns ein Mal beim Tanzen, und schon planen alle unsere Hochzeit.«

Sie mussten lachen, weil sie beide wussten, wie wahr ihre Befürchtung war.

»Nun, es gäbe wohl Schlimmeres als eine Hochzeit mit dir«, sagte er und stupste sie mit der Schulter an.

»Ach, du hast ja gar keine Ahnung, worauf du dich mit mir einlassen würdest.« Sie wollte betont witzig klingen, um die Situation zu entschärfen, die sich augenblicklich von einer harmlosen Geburtstagsfeier in ein Gespräch über Heirat verwandelt hatte.

So schnell konnte es gehen.

Chiara blickte auf, hatte plötzlich ein unangenehmes Gefühl, dem sie im ersten Moment keinen Namen geben konnte. Doch dann sah sie den Grund dafür: Pamela. Sie sah ungeniert zu ihr und Giosuè herüber.

Es nervte Chiara, wie toll sie auch heute aussah, mit offenem Haar und einem atemberaubenden Kleid in einem schönen Rosaton, der ihren Typ so gekonnt unterstrich. Sie war die Barbie der Via dell'Amore, so schön, aber auch so unecht. Nur wenige wussten, was für ein Biest sie sein konnte. Und auch Chiara hatte es erst bemerkt, als es bereits zu spät gewesen war.

»So? Willst du das noch näher erklären oder so stehen lassen?«, neckte Giosuè sie weiter, in dem er ihre Aussage noch einmal aufgriff.

»Ich würde es unbedingt so stehen lassen.« Sie war nicht erpicht darauf, weiter auf das Thema einzugehen, fühlte sich nicht wohl dabei, was Giosuè nichts auszumachen schien.

Die tanzende Menge lenkte sie ab. Cosimo war ein Augenschmaus, er sah nicht nur wie ein *gentiluomo* aus, er tanzte auch so, machte eine sehr gute Figur dabei, selbst wenn seine Haare ihm jetzt ins Gesicht fielen. Dieser kleine Schönheitsfehler ließ ihn sogar noch attraktiver erscheinen, wenn das überhaupt noch möglich war. Es hatte sich ein Kreis um ihn gebildet, alle klatschten, die Sonne schien auf ihn, das Lied war rhythmisch, die Gasse durch die Blumen und die heiteren Menschen so wunderschön, wie der schönste, bunteste Fleck auf der ganzen weiten Welt nur sein konnte. Das war es, was Neapel ausmachte. Und wie sollte sie so eine spontane Straßenfeier einem Mailänder erklären, mit dem man mindestens eine Woche vorher alles ausmachen musste? Unmöglich, da prallten zwei Welten aufeinander.

Doch irgendwann fand jede spontane Feier ein Ende, vor allem, wenn die Läden eigentlich alle schon geöffnet haben sollten. Das Fest löste sich schon bald auf, alle halfen rasch beim Aufräumen mit, und keine zehn Minuten später sah schon alles wieder so aus wie vorher.

Viel beschwingter als noch am Morgen mit den stechenden Kopfschmerzen ging Chiara in Richtung Goldschmiede, als ihr jemand einen so festen Stoß gab, dass sie beinahe hinfiel. Pamela stand plötzlich vor ihr und sah sie triumphierend an. Chiara war nicht ganz klar, was sie mit diesem körperlichen Angriff genau erzielen wollte, tat aber das, von dem sie wusste, dass Pamela am schlechtesten damit umgehen konnte: Sie ignorierte sie. Was aber nicht bedeutete, dass Chiara nicht innerlich vor Wut kochte. Was fiel dieser unmöglichen Person ein? Und was wollte sie überhaupt noch, wenn sie ihr bereits alles genommen hatte?

Chiara ging aller Wut zum Trotz weiter in Richtung Goldschmiede, entschied sich aber spontan dagegen, um auf andere Gedanken zu kommen, und spazierte erst einmal zur Bar, wo Giacomino, beschäftigt wie immer, hinter der Theke stand und kühle Estathes und *succhi di frutta* und Oranginas ausschenkte, bis es keinen Platz mehr für die leeren Flaschen gab. Ihr war eingefallen, dass er so viel sah und so viel wusste. »Giac, kann ich dich kurz etwas fragen?«, sprach sie ihn direkt an. Sie hatte sich auf die Seite gestellt, auf der sich im engen Ausschankbereich im Moment kein Gast befand.

»Dimmi!«

»Du kennst doch Peppino ...«

»Peppino den Single-Mann?« Während er sich mit ihr unterhielt, machte er gelassen seine Arbeit weiter.

Manchmal hatte sie den Eindruck, dass ihn nichts aus der Ruhe bringen konnte. »Genau. Du weißt nicht zufällig, wo er wohnt?« Chiara konnte förmlich sehen, wie sein Gehirn ratterte, während er ein Tässchen mit dampfendem *caffè* auf eine Untertasse stellte und dem wartenden Gast servierte, der an der Bar stand und ein Tütchen Zucker hin und her schüttelte.

»Wenn mich nicht alles täuscht, hat er mal was über die Via dell'Annunziata erzählt. Vielleicht fragst du da mal?«, schlug er vor.

»Gute Idee!«, sagte sie, dann winkte sie ihm zu und ging in die kleine Goldschmiede, wo Arbeit auf sie wartete. Und Kundschaft – was sie Tommasina lieber nicht erzählte. Sie würde mit ihr schimpfen, und sie hatte ja recht.

»Signorì, wie gut, dass Sie gekommen sind. Wir wollten schon wieder gehen ...«, sagte der junge Mann, war dabei aber absolut nicht unfreundlich, ganz im Gegenteil.

»Wir wollen nämlich heiraten«, erklärte die junge Frau hingegen stolz. Und verliebt.

Für einen Augenblick konnte Chiara nichts darauf erwidern, weil sie sich plötzlich selbst in der Frau wiedersah. Wie eine lebendig gewordene Erinnerung an sie und Checco. Dabei sahen sie sich nicht mal ähnlich. Aber dieses Verliebtsein war der Spiegel. Sie kannte dieses Gefühl nämlich nur zu gut. Und ein bisschen beneidete sie die beiden darum.

»Das ist aber schön. Habt ihr schon ein Datum?«

Und es war, als hätte Chiara die Schleusen eines Damms geöffnet, beide redeten wie ein Wasserfall über die Hochzeit, über die Gäste, ja sogar darüber, wie sie sich kennengelernt hatten. Auch erklärten sie ganz offen, dass sie nicht viel Geld hatten, was Chiara dazu brachte, ihnen einen ganz feinen, schlichten Ehering vorzuschlagen. »Und zu eurer silbernen Hochzeit kauft ihr euch dann neue, schwerere«, fügte sie hinzu.

Paolo hatte viele Ringe im Sortiment, die er nicht selbst machte. Chiara fand die richtige Größe, das Paar nahm sie direkt mit und war überglücklich. Chiara blickte ihnen lange hinterher und verspürte eine solche Nostalgie, dass sie sich ablenken musste, um nicht traurig zu werden.

Sie setzte sich an den Werktisch und nahm die Kette hervor, an der sie so gerne arbeitete. Sofort kam ihr der Gedanke, dass das Arbeiten mit Gold und Edelsteinen bald ihr tägliches Brot sein könnte. Ein bisschen ärgerte sie sich darüber, dass sie sich nicht einfach über die Aussicht freuen konnte, bald in der Echtgold-Abteilung zu sitzen. Vor ein paar Wochen noch hätte sie ein derartiges Angebot mit einem Freudentanz sofort angenommen. Und nun hatte sich schlagartig alles geändert. Jetzt stand sie mit einem Bein wieder in Neapel, was sie nie im Leben erwartet hätte.

Kundschaft kam und ging, viele unter ihnen gehörten zu

der Gruppe von Personen, die sie ausfindig gemacht hatte und die ihre Ringe nur abholen mussten. Erstaunt stellte sie fest, dass sie nun beinahe alle Stücke losgeworden war, die Paolo zur Abholung im Tresor aufbewahrt hatte. Doch bisher hatte niemand nach den Ringen mit der ihr unerklärlichen Notiz O e M a Ca gefragt.

O und M waren sicherlich die Initialen eines Namens. Doch wofür konnte O stehen? Ein männlicher Name? Weiblich? O und M ... Chiara hatte keine Ahnung. Die Möglichkeiten waren schier unbegrenzt.

Ohne es bewusst zu steuern, stellte Chiara sich ihre eigene Hochzeit vor. Sie sah sich in einem einfachen, aber raffinierten Kleid – weiß Gott nicht bei Pamela gekauft, nein! – zu einem Pavillon schreiten, liebevoll geführt von ihrem Papà. Mit einem von Teresas Brautsträußen in der Hand, die so herrlich perfekt zusammengesteckt waren, dass sie beinahe wie unecht wirkten, mit den tadellosen Blumen – alle gleich groß, alle prall, alle betörend. Ja, Chiara konnte im Hintergrund Musik spielen hören, aber keine reine neapolitanische Musik. Vielleicht hatte Giosuè bis dahin auch andere Sänger in seiner Kartei aufgenommen? Ja, warum nicht ...

Die Schuhe hatte womöglich Cosimo höchstpersönlich ausgesucht oder eigens für sie herstellen lassen, und ihre Füße würden darin ganz wundervoll aussehen. Tommasina würde ganz vorne in der ersten Reihe sitzen, stolz – und bunt – wie ein Pfau. Und Graziano würde die schönste Torte machen, die die Welt je gesehen hatte.

Was für ein Traum! Was für ein warmes Gefühl in ihrer Brust!

Sie sah sich weiterschreiten, aber nicht aufblicken, nicht zum Pavillon sehen. Sie wusste sowieso, wer dort stand. Noch immer konnte es keinen anderen geben, noch immer war er ihr einziger Gedanke, ihr einziger möglicher Partner für ein *Für immer*. Es war verrückt, vielleicht auch ein bisschen unsinnig und ungesund, aber wenn sie an eine Hochzeit dachte, dann konnte sie sich die mit keinem anderen als mit Checco vorstellen. Und das brach ihr das Herz, denn Checco, der war außer Reichweite, denn Checco hatte sie verletzt wie kein anderer.

Kapitel 18

Wenn der Hochzeitsmarsch ertönt
und die Braut gerührt zum Altar schreitet,
bleibt kein Auge trocken.
Musik wirbelt die Liebe auf
und trägt sie hoch in den Himmel.

Neapel, fünf Jahre zuvor

Chiara war aufgeregt, sie hatte sich alles richtig schön zurechtgelegt, sogar eine Mappe mit Bildmaterial vorbereitet. Außerdem hatte sie sich alle E-Mails ausgedruckt, jeglichen Schriftverkehr abgeheftet. Ja, sie hatte sogar ihre Probearbeit dokumentiert und eingeschweißt. Trotzdem war sie so hibbelig wie selten zuvor in ihrem Leben. Sie spürte, dass sie an einem wichtigen Punkt angelangt war. Jetzt galt es nur noch, dem wichtigsten Menschen in ihrem Leben alles zu erzählen und ihn bestenfalls davon zu überzeugen, ihr zu folgen.

Chiara hatte sich mit Checco im *A Taverna do Surdato* – die

Soldatenschenke – verabredet. Sie mochten beide das kleine Restaurant, das sich in den Quartieri Spagnoli, den spanischen Vierteln, befand. Die Eingeweide Neapels wurde der Wirrwarr aus sich verzweigenden Gassen genannt. Doch ihren ursprünglichen Namen hatten sie dem damaligen Vizekönig Don Pedro de Toledo zu verdanken, der die Viertel im sechzehnten Jahrhundert für die spanischen Soldaten erbauen ließ, die sich dort einquartierten. Die Viertel waren sehr, sehr lange ein Synonym für Kriminalität und Prostitution gewesen. Die Soldaten schmuggelten Alkohol und Zigaretten ins Viertel, Glücksspiel war ein weiteres Problem, das sich, wie eine vermaledeite Tradition, über die Jahrhunderte hielt. Die Camorra siedelte sich an, die Viertel wurden selbst von den Einheimischen gemieden. Ein trauriges Spektakel. Bis sich irgendetwas zu ändern begann. Kleinigkeiten, wie das Wandgemälde des geradezu vergötterten Fußballspielers Maradona, als Zeichen von Kunst gegen Kriminalität. Es wurde erkannt, dass die Viertel einen sowohl historischen als auch kulturellen Wert hatten. Und nach und nach wurde es dort sicherer, schöner, freundlicher. Vor allem aber folkloristisch wertvoll. Man konnte durch die engen Gassen spazieren, rechts und links von den meist zwei- bis dreistöckigen Wohnhäusern flankiert, mit Blick auf die Wäsche, die quer über die Gassen gehängt wurde. Kleine, sehr ursprüngliche Lokale eröffneten und setzten auf Qualität statt Quantität. Das A Taverna do Surdato war exakt so eines. Es befand sich an einem strategisch guten Punkt an einer Gassenkreuzung, direkt im Eck eines renovierten Gebäudes, inmitten von Lebensmittel- und Kleiderläden. Die

Balkone oberhalb waren hübsch hergerichtet mit Geranien. Stromkabel gingen von einem Gebäude zum nächsten, Straßenschilder wiesen darauf hin, dass Parken verboten war, was den Rollern, die überall standen, vollkommen egal zu sein schien.

Chiara mochte am *A Taverna do Surdato* besonders die Einrichtung, die eindeutig rustikal war. Also einfach, aus schwerem, gutem Holz. Doch der etwas fantasielose Stil wurde aufgelockert mit bunten Tischdecken, farbenfrohem Geschirr und Kerzenständern mit Kerzen in allen Farben des Regenbogens. Sie hatten so viel Wachstropfen auf den Ständern hinterlassen, dass man sie als solche kaum noch erkennen konnte.

Checco traf sie direkt dort, weil er die Fischlieferung für das kleine Restaurant übernommen hatte und sowieso bereits im Lokal war. Chiara bemerkte seinen bewundernden Blick, als sie auf ihn zuging und ihm schließlich einen Kuss auf den Mund gab. Diese Sache mit dem bewundernden Blick konnte er besonders gut. Er machte, dass sie sich fühlte wie die schönste Frau auf der Welt.

Checco hatte sich einen Platz draußen auf der ebenerdigen Terrasse gesucht, die Kerze auf dem kleinen Tisch brannte – und tröpfelte – bereits. Das flackernde Licht erhellte sein Gesicht. Er sah wunderschön aus. Sie war noch immer verliebt wie am ersten Tag. Seit fast drei Jahren waren sie nun zusammen, und nichts hatte sich seitdem an ihren Gefühlen für ihn geändert. Sie bewunderte und liebte ihn jeden Tag aufs Neue. Ja, er war ihre Wahl, immer und immer wieder und für immer.

»*Ciao, stupenda!* Du siehst umwerfend aus«, sagte er und verknotete seine Beine unter dem Tisch mit ihren, als sie sich gesetzt hatte, während er auf dem Tisch ihre Hände nahm und ihre Finger küsste. Ja, so war er, immer auch körperlich mit ihr verbunden.

»Du aber auch«, erwiderte sie. Er trug ein weißes T-Shirt zu hellen Sommerhosen, wodurch er noch gebräunter aussah, als er ohnehin war. Sie fühlte sich angezogen von seinen muskulösen Armen und sehnte sich nach seinen festen Umarmungen, die ihr manchmal sogar ein bisschen den Atem nahmen. Er konnte so leidenschaftlich sein. »Du machst mich ganz verrückt«, sagte er oft. Und für Chiara war es das pure Glück, ihn so zu erleben.

»Danke. Wie war dein Tag?«, fragte er.

Er zupfte einen Fussel von ihrem T-Shirt, sah sie dann aufmerksam an.

»Gut, produktiv. Und deiner?« Chiara nahm einen Schluck Wasser, das der Kellner eben gebracht und ihr und Checco eingeschenkt hatte.

Das kleine Restaurant war gut besucht an diesem Abend, die Stimmung heiter und ausgelassen.

»Ich war beim Steuerberater. Das ist nie lustig, aber wir haben ein bisschen gerechnet, und das Geschäft läuft gut. Er hat mir empfohlen, einen Fischkutter zu kaufen.«

Checco hatte in den letzten Monaten gute Arbeit geleistet, der Fischfang lief hervorragend. Das wusste Chiara. Trotzdem hatte sie immer gehofft, dass es damit nicht so schnell so ernst werden würde. Er war jeden Tag auf dem Meer, die Arbeit war hart, fordernd. Es war nicht so, dass er sie vernachlässigte, das nicht. Checco nahm sich immer Zeit für sie, trotzdem fühlte sie sich manchmal durch seine Arbeit eingeschränkt. Es passierte sogar ab und an, dass sie vorgab, keine Lust zu haben, auszugehen, nur damit er früher zu Bett gehen konnte. Und sie lag dann mit offenen Augen neben ihm, beobachtete ihn beim Schlafen, lauschte seinem ruhigen Atmen. Er sah wunderschön aus.

»Wow ... so ein Fischkutter ist sicher teuer«, sagte sie.

»Ja, das sind sie, aber ich werde ihn bestimmt in fünf bis sechs Jahren abbezahlen können«, erklärte er mit einem Leuchten in den Augen, das Chiaras Stimmung jedoch eher trübte und ihr nicht gerade Mut machte. Aus rein egoistischen Gründen. Er schien das zu spüren, denn er nahm das Gespräch wieder auf.

»Aber du wolltest mir heute Abend etwas erzählen? Deshalb sind wir hier, oder?« Er fuhr sich durchs Haar, das er wie immer eine Spur zu lang trug. Durch die Sonne und das Salzwasser waren einzelne Strähnen heller, was ihm verdammt gut stand. Kein Friseur bekam diesen Effekt so perfekt hin. Sein Blick landete auf der handgeschriebenen Speisekarte, die der Kellner ihnen dezent hingelegt hatte. Einige wenige Speisen nur, fast täglich neu zusammengestellt, je nachdem, was der Chefkoch am Morgen auf den Märkten fand.

Sie traute sich plötzlich nicht mehr, mit Checco über ihre Pläne zu sprechen. »Lass uns erst bestellen«, schlug sie daher vor.

»Okay«, stimmte er etwas zögerlich zu.

Chiara suchte sich gefüllte Auberginen mit Tomatensoße aus, Checco nahm hingegen Fleischbällchen, die hier besonders gut schmeckten, weil sie ganz lang und schonend in einer sämigen Tomatensoße gekocht wurden. Der Kellner ging zufrieden in die Küche, kam aber gleich wieder und brachte frisches Weißbrot. Es roch appetitanregend, sodass Chiara sich gleich eine Scheibe schnappte. Wie lecker! Es gab nicht viel, was so zufriedenstellend schmeckte.

Während sie auf ihr Essen warteten, überbrückte Chiara die Zeit mit Anekdoten aus der Via dell'Amore, die Checco so gerne hörte. Er amüsierte sich prächtig über die mehr oder weniger skurrilen Geschichten. Wie zum Beispiel neulich, als sich ein Bräutigam von Cosimo einen von seinen Schuhen einfärben ließ, weil er auf seiner Hochzeit verschiedenfarbige Schuhe tragen wollte. Man konnte so einiges in der Gasse erleben, zweifellos.

Und zweifellos war es an der Zeit, Checco von ihren Plänen zu erzählen. Sie räusperte sich, nahm ihren Ordner aus der Tasche, legte ihn vor Checco auf den Tisch.

»Was ist das?«, fragte er neugierig und klappte ihn schon auf.

»Amore, ich habe mich endlich für die Ausbildung zur Goldschmiedin angemeldet. Vor Monaten habe ich mich beworben, und neulich erst bekam ich den Bescheid, dass ich angenommen wurde.«

Er sah sie überrascht, aber freudestrahlend an. »Das ist ja fantastisch! Ich gratuliere!« Er beugte sich zu ihr und gab ihr einen Kuss auf die Lippen. Seine Freude war so überragend, dass sogar andere Gäste sich nach ihnen umblickten, was in Neapel, wo es immer laut und heiter zuging, schon etwas bedeutete. Interessiert begann er, im Ordner zu blättern, vor Aufregung wurde Chiara ganz schlecht. Sie biss sich auf die Unterlippe, aber das machte es auch nicht besser.

»Galdus?« Er hielt plötzlich inne und sah sie an. Sein Gesichtsausdruck wechselte von überrascht zu verwirrt.

»Ja, ich ...«

Er unterbrach sie. »Mailand? Chiara ... Mailand?«

»Mailand, genau. Die Akademie dort gehört zu den besten ...«

Wieder fiel er ihr ins Wort. »Was stimmt mit der Schule hier in Neapel nicht?«

»Gar nichts. Es ist nur einfach nicht meine erste Wahl«, erklärte sie.

Er trank einen Schluck Wasser. Seine Reaktion war nicht laut, auch nicht richtig unfreundlich. Um ehrlich zu sein, wirkte er eher verletzt. Und das tat ihr am meisten leid.

»Du hast das monatelang vorbereitet, ohne auch nur ein Wort darüber zu erwähnen? Ich verstehe das nicht ...«

Ja, diese Frage hatte sie befürchtet. Sie hatte Angst davor gehabt, dass er es nicht verstehen würde. Dass er versuchen würde, sie umzustimmen. Aber wie sagte sie ihm das.

Der Kellner servierte die duftenden Gerichte. Die Auberginen und die Fleischbällchen sahen so gut aus, nur war Chiaras Appetit vergangen. Wie weggeblasen.

»Ich wollte dich damit überraschen«, versuchte sie zu erklären.

»Na ja ... überrasch mich mit neuen Schuhen oder, was weiß ich, mit einem Konzertbesuch, aber vielleicht nicht gerade mit einer solchen Entscheidung, die das Leben und die Zukunft von uns beiden beeinflusst.« Er trommelte mit den Fingern auf den Tisch. Das war aber auch das einzige Anzeichen von Anspannung. In der Regel brachte ihn nichts so schnell aus der Ruhe. Chiara hatte ihn mal darauf angesprochen, und er hatte ihr daraufhin erklärt, dass das alles mit dem Fischen zusammenhing. Die Jahre auf dem Meer hatten ihm beigebracht, geduldig und besonnen zu sein. Eine falsche Reaktion, und der Fisch entkam.

Nur war sie kein Fisch …

»Ich wollte dir wohl einfach nur zeigen, dass ich in der Lage bin, Entscheidungen zu treffen und in die Zukunft zu investieren.« Er hatte so sehr darauf bestanden, dass sie etwas aus sich machte, einen Beruf erlernte, in Kultur investierte und, ja, erwachsen wurde. Und das hatte sie beherzigt.

»Eine Entscheidung, die mich ausschließt«, stellte er fest.

»Was? Nein! Das tut sie nicht! Warum … Ja, warum kommst du nicht mit? Die Ausbildung dauert nur drei Jahre«, schlug sie hastig vor und hörte selbst, wie absurd dieser Vorschlag klang. Sie wusste aber auch, dass sie es sich nie verzeihen würde, nicht auszusprechen, was sie sich so sehr wünschte.

»Ich kann doch hier nicht weg, Chiara!«

»Warum denn nicht? Vielleicht könnte dein Nonno für die Dauer noch einspringen, was meinst du?«

Er schüttelte den Kopf und spielte mit einem Brotkrümel, den er auf der Tischdecke aufgesammelt hatte.

Das Essen dampfte nicht mehr, die Tomatensoße roch weniger intensiv. Kein Hunger mehr.

So hatte sie sich das nicht vorgestellt. Doch dann musste sie sich fragen, was sie denn eigentlich erwartet hatte. Wenn sie ehrlich war, dann hatte sie dieses Gespräch nur so lange hinausgezögert, weil eigentlich klar gewesen war, dass er nicht vor Freude auf dem Tisch tanzen würde. Mailand war weit weg.

»Ich mag keine Fernbeziehungen, Chiara. Vor allem nicht mit dir. Ich weiß, das klingt bestimmt verdammt egoistisch, aber ich brauche dich. Und zwar hier, oder zumindest in der Nähe ...«

Sie kannte ihn gut genug, um zu wissen, dass es ihn Überwindung kostete, das zu sagen. Er war eigentlich ein verständnisvoller Mensch, der ihr Wohl vor sein eigenes stellte. Er tat das nicht, um irgendetwas bezwecken zu wollen, sondern ganz spontan und weil er einer von den Guten war.

»Du kannst mich aber auch besuchen.« Mailand war ein zu großer Traum, um ihn einfach so fallen zu lassen.

»Oder du könntest dich hier in der Stadt in der La-Bulla-Schule anmelden.«

Sie zuckte mit den Schultern. Und er begann zu essen.

Es wurde ein schweigsamer Abend. Ganz anders als von Chiara erhofft.

Sie aßen auf, weil es schade um das gute Essen war, dann bezahlten sie und gingen Hand in Hand nach Hause. Die Tasche mit dem Ordner erschien ihr viel zu schwer, so als hätte sie sie mit Steinen und nicht mit Hoffnungen gefüllt.

»Willst du, dass ich es sein lasse?«, fragte sie schließlich, als sie beinahe am alten Wohnhaus angelangt waren, in dem er sein Zimmer hatte.

Sie blieben stehen, er zog sie ganz dicht an sich, sodass sie ihren Kopf an seine Brust lehnen konnte. »Nie im Leben würde ich das von dir verlangen, das weißt du. Aber vielleicht kannst du mich verstehen?«

Sie atmete tief durch. Als ob sie das nicht schon hunderttausend Mal getan hätte! Doch sie nickte, weil es ihr in diesem Moment am einfachsten erschien.

»Ich liebe dich, Chiara«, flüsterte er.

Sie blickte zu ihm auf. Eine Straßenlaterne flackerte, warf tanzende Schatten auf sein Gesicht. Seine Augen glänzten. Sie fragte sich, ob es am Licht lag. Sie küssten sich, fast exakt dort, wo tagsüber der Tisch stand, wo der Fisch verkauft wurde. Chiara glaubte, den fischigen Geruch selbst jetzt zu riechen. Doch dann verlor sie sich in dem Kuss, der einen seltsamen Nachgeschmack hinterließ und sich wie eine Vorahnung in ihr Gedächtnis brannte.

Kapitel 19

Liebe verleiht Flügel,
aber nur die wahre Liebe erlaubt deren Gebrauch.

Neapel, heute

Chiara war gerade dabei, nach einem schönen, aber auch vollen Arbeitstag die Goldschmiede abzuschließen, als sie einen Schatten wahrnahm. In ihrem Kopf spielten sich unzählige Szenen ab. Ein Überfall? Ihr Herz blieb beinahe stehen, doch dann nahm sie all ihren Mut zusammen und drehte sich um. Und was sie dann sah, nervte sie höllisch.

»Hast du kein eigenes Leben, dass du dich immer wieder in meines einmischen musst?«, fragte sie ganz direkt.

Pamela ignorierte ihre Frage jedoch und konterte mit einer Gegenfrage. »Haben sie dich aus deiner tollen Stadt gescheucht und aus deinem ach so wundervollen Job entlassen?« Pamela hatte sich angeschlichen wie ein Raubtier, das Chiaras Blut trinken wollte. Hätte Chiara es nicht besser gewusst, hätte sie in Pamelas Gehässigkeit so etwas wie Neid vermutet. So hatte es sich einen Augenblick lang angefühlt. Aber Pamela war nicht neidisch auf sie. Oder etwa doch?

»Mein Leben ist ganz wundervoll, und ich habe weder mit Mailand noch mit meiner Arbeit Probleme, danke der Nachfrage«, stellte Chiara klar.

»Na toll! Bisher war hier in der Via dell'Amore auch alles ganz fabelhaft ...« Pamela verschränkte die Arme vor der Brust.

»Schön, dann genieß es, solange du kannst. Ich habe nämlich das Gefühl, dass es da unten in der Hölle nicht so toll sein wird.« Chiara versuchte, an Pamela vorbeizukommen, doch das Biest hielt sie am Arm fest, und das nicht gerade sanft. Instinktiv fragte sich Chiara, ob sie ernsthaft in Gefahr war, aber es waren noch genug Leute in der Gasse unterwegs.

»Spinnst du jetzt komplett?«

»Nicht die Spur. Ganz im Gegenteil, ich war noch nie so gut drauf wie jetzt.«

»Was ich ja wirklich spannend finde, aber wenn du mich jetzt nicht loslässt, werde ich so laut um Hilfe rufen, dass alle davon mitbekommen. Deine Wahl ...«

Chiara fixierte Pamela mit einem stechenden Blick, kein Flackern, keine Angriffsfläche. Und siehe da, Pamela nahm die Hand von ihrem Arm. Chiara musste nicht hinsehen, um zu wissen, dass sie einen Abdruck hinterlassen hatte. Doch die Tatsache, *dass* sie losgelassen hatte, war Beweis dafür, wie unsicher Pamela war. War sie vielleicht gar nicht so unnahbar, wie sie sich immer geben wollte? Fürchtete sie einen

Aufstand oder die Tatsache, dass auch andere mitbekamen, wie gemein sie wirklich sein konnte?

»Du bist genauso arrogant wie die alte Tommasina«, sagte Pamela und lachte so gehässig, dass Chiaras Nackenhaare sich aufstellten.

»Erwähne sie noch einmal, und ich flippe aus, du undankbare *stronza*! Hast du vergessen, wie viele Nachmittage du bei uns verbracht hast? Wie oft du an ihrem Tisch gesessen und ihr Essen gegessen hast?«

Pamela zuckte mit den Achseln. »Allemal bequemer, als mit meinen Eltern hin- und herzufahren.«

»Du bist unmöglich!« Chiara hatte das Bedürfnis, wie in einem schlechten Film ihr vor die Füße zu spucken, konnte sich aber gerade so beherrschen.

»Unmöglich ist es eher, wie die Alte sich hier noch aufplustert. Es wird Zeit, dass sie in den Ruhestand geht.«

Chiara rang um Fassung.

»Ach?« Chiara hatte genug gehört, sie schob sich unter Körpereinsatz an Pamela vorbei, die ihr aber folgte.

»Ja. Ach. Und wenn du nicht dafür sorgst, dass sie brav zu Hause mit ihren Hunden spielt, werde ich dafür sorgen.«

Chiara blieb abrupt stehen, worauf Pamela ebenfalls sofort haltmachte. Sie starrten sich wütend an. Inzwischen befanden sie sich auf der Höhe von Giacominos Bar, was Chiara beruhigte. Nur für den Fall.

»Ich verstehe ...« Nun dämmerte es Chiara langsam. Sie zeigte mit dem Finger auf Pamela. Ein Grüppchen kam aus der Bar, ging an ihnen vorbei und beachtete sie nicht weiter. »Du denkst, du könntest die neue Primadonna der Via dell'Amore werden, habe ich recht? Deshalb ist Tommasina dir ein Dorn im Auge! Weil sie alle lieben und dich kein Mensch ausstehen kann.«

Es war das erste Mal, dass Pamela einen kurzen Moment der Unsicherheit zeigte. Unruhig verlagerte sie das Gewicht von einem Bein auf das andere.

»Es wird Zeit, dass jemand die Kontrolle übernimmt, der auch tatsächlich Ahnung hat.«

Chiara konnte nicht mehr. Sie spürte einen hysterischen Lachanfall aufsteigen. Und dann lachte sie, so stark, dass sie sich den Bauch halten musste.

Pamela schaute Chiara schockiert an. Sie riss sogar ihren viel zu hübschen Mund auf. Und Chiara nutzte den Moment und ließ das Püppchen einfach stehen.

Sie hatte eine solche Wut im Bauch, dass ihr beinahe schlecht wurde. In diesem Zustand wollte sie nicht nach Hause. Ihre Nonna war sehr gut darin, sofort zu erkennen, wenn ihre Enkelin etwas bewegte. Und Chiara wollte sie ganz sicher nicht mit dem Unsinn belasten, den Pamela gerade von sich gegeben hatte – nicht bevor sie sich eine Strategie überlegt hatte. Denn Chiara war schlau genug, um zu wissen, dass das Püppchen es ernst meinte mit dem, was sie gesagt hatte.

Das auch noch! Sie musste unbedingt mit Graziano sprechen, sodass immer jemand ein Auge auf Tommasina werfen konnte. Es war wohl auch ratsam, sich mit den anderen Ladenbesitzern zu unterhalten, um herauszufinden, ob es noch jemandem so ging wie Pamela. Tommasina war eigentlich bei allen beliebt … aber das Gespräch mit Pamela hatte Chiara verunsichert.

Sie beschloss spontan, in die nahe gelegene Via dell'Annunziata zu gehen, wo sie, wie Giacomino vermutete, Peppino vielleicht finden könnte. Das würde sie erst mal auf andere Gedanken bringen.

Pamela war ein Miststück, das hatte Chiara schon vor einiger Zeit herausgefunden, doch sie würde nicht zulassen, dass sie ihr Leben, das sie sich so mühsam neu aufgebaut hatte, wieder auf den Kopf stellte.

Die Via dell'Annunziata war über ein paar Durchgänge und enge Passagen zu erreichen. Kein gerade bequemer Weg dorthin, doch war man einmal dort, überraschte die Gasse mit einzigartiger Schönheit. Sie war zwar nicht besonders lang, aber man konnte auf beiden Seiten wunderschöne Wohnhäuser bewundern. Es handelte sich um antike *Palazzi*, wie man diese Wohnhäuser nannte, die eine charakteristische Bauweise hatten mit hohen Fenstern und diesen kleinen, kunstvoll umrandeten französischen Balkons.

Was Chiara aber besonders an der Gasse mochte, war diese kleine Piazza, die sich mittig auftat. Sie war so hübsch, geradezu romantisch, mit kleinen Bänken rundherum und einem niedlichen Brunnen, der ganz klar in Verbindung mit dem Namen der Gasse stand. Deshalb war der runde Brunnen mit den Statuen der Madonna und des Erzengels Gabriel geschmückt, verewigt in ihrem schönsten Moment.

Die Gasse war ruhig, sauber, und Chiara vermutete, dass

die Statuen der Grund dafür waren, denn wer würde schon die Madonna und einen Engel stören wollen?

Wenn sie ehrlich war, hatte sie keine Ahnung, wie sie ihre Suche gestalten sollte. Sie konnte ja schlecht an allen Türen klingeln. Ein kleines Plakat mit einer Suchanzeige, das sie an die Straßenlaternen kleben konnte, würde vielleicht weiterhelfen, doch natürlich hatte sie das nötige Material nicht dabei. Sie würde für heute Schluss machen und kurz zum Brunnen gehen, um dort ein paar Fotos zu schießen, wenn sie schon einmal in der Gegend war. Sie würde wiederkommen und die Suche fortsetzen. Vielleicht sogar mit Tommasina, wenn sie sie dazu bewegen konnte.

Langsam spazierte Chiara die Gasse entlang, von Weitem konnte sie schon die schwach beleuchtete Piazza sehen, die einfach wunderbar aussah und an eine Oase erinnerte. Die Fenster in der Via dell'Annunziata standen fast alle offen, was dazu führte, dass sie beim Vorbeigehen winzige Fetzen von Unterhaltungen, die wie flüchtige Blicke in das Leben von Fremden waren, mitbekam. Die Lichter in den Fenstern ließen die Gasse lebendig und warm erscheinen. Sie konnte sich nicht sattsehen an so viel Schönem.

Doch war erst die Piazza, die sie wenig später erreichte, der Höhepunkt. Sie stellte sich an den Brunnen und drehte sich einmal im Kreis, verbeugte sich dann vor dem unsichtbaren Publikum der menschenleeren Bänke. Das war sicherlich albern, aber war Neapel nicht gerade deshalb so wundervoll, weil man einfach mal albern sein konnte, ohne dass man dafür schief angesehen wurde?

»Signorina Chiara?«

Sie zuckte zusammen und fuhr herum. Jetzt tanzte sie einmal allein an einem Brunnen und wurde gleich dabei erkannt. Wie standen die Chancen, dass so etwas passierte? Bei ihrem Glück offenbar hoch.

»Peppino?« Sie war sich nicht ganz sicher, doch je näher der Mann kam, desto mehr sah er nach demjenigen aus, wegen dem sie gekommen war.

Er winkte. »Ich habe Sie zufällig vom Fenster aus gesehen und überlegt, dass Sie sich vielleicht verlaufen haben könnten?«

Es war offensichtlich, dass er nur zu höflich war, um zu fragen, was sie hier tat. Chiara überkam ganz plötzlich eine Welle der Zuneigung für diesen Mann ... Und sie schämte sich dafür, dass sie ihn nie sonderlich beachtet hatte. Er war einfach immer da gewesen. Und jeder hatte Witze über seine Suche nach einer Frau gemacht. Aber offenbar hatte nie jemand gefragt, was dahintersteckte und warum er so dringend nicht allein sein wollte.

»Nein, ich bin wegen Ihnen gekommen.« Er machte ein überraschtes Was-wegen-mir-Gesicht. »Können wir uns kurz setzen, oder halte ich Sie auf?«

Er winkte ab. »Natürlich können wir uns setzen. Kommen Sie!«

Er führte sie zu einer Bank und tat das mit einem so natürlichen Charme, als handelte es sich hier um sein Wohnzimmer und nicht um einen öffentlichen Marktplatz. Chiara bemerkte, dass er selbst zu dieser Uhrzeit und in einem Moment, in dem er offenbar bis eben noch zu Hause gesessen hatte, wie immer sehr gut gekleidet war. Sein langärmliges

Hemd war einwandfrei gebügelt und wahrscheinlich sogar gestärkt. Keine Falte auf seiner dunkelblauen Hose. Er schien von Natur aus elegant. Als wäre es eine angeborene Eigenschaft, die er ebenso wenig ablegen konnte wie seine Augenfarbe.

Sie setzten sich, und Chiara bemerkte sehr wohl, dass er es erst tat, als sie schon saß.

Sie hatte sich kein Gespräch zurechtgelegt und wusste nicht so recht, wie sie beginnen sollte. »Können wir uns duzen?«, war das Erste, was ihr einfiel.

»Sehr gern!« Er hielt seine Hände zwischen seinen Knien gefaltet und hatte sich so gedreht, dass er sie ansehen konnte. Er wirkte an diesem Abend ein bisschen zerbrechlich, was aber auch an der schwachen Beleuchtung liegen mochte.

»Darf ich wissen, warum du Tommasina ins *Ammore* eingeladen hast?«, fragte sie ohne Umschweife.

Peppino seufzte so tief, dass sie instinktiv mitseufzen musste. In dieser Geste steckte so viel Geduld, Hoffnung, Nostalgie, vielleicht sogar Liebe. »Ich habe sie eingeladen, weil es an der Zeit war. Mein Alter erlaubt es mir nicht mehr zu warten.«

»Warten worauf, Peppino?«

»Darauf, dass sie mich endlich sieht.« Er sagte das so, als müsste diese Antwort doch für alle offensichtlich sein.

Chiara wusste nicht, was er für eine Idee von der Liebe hatte, sie war ein bisschen verwirrt. »Du meinst als Mann? Als möglichen Partner fürs Leben?«

Er zuckte mit den Achseln. »Ja, selbstverständlich!«

»Das heißt, du liebst sie?« Nun musste Chiara ganz vorsichtig vorgehen. Was Peppino als selbstverständlich betrachtete, hatte niemand begriffen.

»Oh, und wie. Vom ersten Augenblick an.« Sein Gesicht erhellte sich so plötzlich und so wundervoll, als hätte jemand ein Licht eingeschaltet und auf ihn gerichtet. Sein Blick war ein bisschen verschwommen, so als würde er sich ganz woanders befinden. »Damals habe ich meinen Neffen in die Via dell'Amore begleitet, wo er eine Hochzeitstorte bestellen wollte. Tommasina kam aus der Backstube, und für mich ist die Zeit stehen geblieben. Exakt in dem Moment.«

Damals, hatte er gesagt. Für ihn musste es sich wohl wie gestern anfühlen, für alle anderen waren aber um die dreißig Jahre vergangen. Das war verrückt!

»Aber wieso hast du denn nie etwas gesagt?«

»Weil ich Tommasina die Möglichkeit geben wollte, genau das Gleiche zu erleben wie ich mit ihr. Dieses wunderbare Gefühl der Liebe auf den ersten Blick sollte sie auch haben. Deshalb bin ich jeden Tag gekommen, habe auf den Moment gewartet, an dem sie das Haus verlässt und sich in mich verliebt.«

Das war das Unmöglichste, aber auch Romantischste, was sie jemals gehört hatte. Und Tommasina hatte ihn nicht mal wirklich gesehen.

Bis jetzt.

»Peppino, wir brauchen einen Plan!«, stellte Chiara fest.

»Dazu ist es wohl zu spät.« Er hob resigniert die Arme.

»Für die Liebe ist es niemals zu spät«, sagte sie und wurde sich im selben Moment der Ironie ihrer Aussage bewusst. Für sie persönlich war der Zug abgefahren. Checco war nicht mehr Teil ihres Lebens, für ihre große Liebe hatte es kein glückliches Ende gegeben. Das bedeutete aber nicht, dass Peppino und Tommasina dieses Glück nicht noch haben konnten.

»Liebste Chiara, ich möchte dich daran erinnern, dass die zauberhafte Tommasina mir einen Korb gegeben hat, der sich gewaschen hat. Ich spüre ihn noch immer, hier irgendwo in meinem Gesicht«, erklärte er.

Chiara versuchte, ernst zu bleiben. Aber schließlich musste sie doch lachen. Verhalten erst, dann aber so richtig, dass es ihr schon peinlich wurde.

Als Peppino in ihr Lachen mit einstimmte, brach es erst so richtig aus Chiara heraus. Bald lachten sie so laut, dass Chiara befürchtete, sich gleich einen genervten Seitenblick von der Madonna im Brunnen einzufangen. Dieser Gedanke brachte Chiara nach und nach wieder zur Ruhe.

»Glaub mir, es ist noch nicht zu spät. Es ist nämlich etwas ganz Wunderbares passiert: Sie vermisst dich!«, erklärte Chiara, sobald sie sich gefangen hatte und sie beide sich entspannt auf der Bank hatten zurückfallen lassen.

Er sah sie so erfreut und gerührt an ... und, ach, ihr Herz! *Evviva l'amore, es lebe die Liebe!*, dachte sie still bei sich.

Kapitel 20

Liebe ist, wenn man kommuniziert, auch wenn man schweigt.

Tommasina war zunächst verwirrt von Chiaras Grinsen, als sie etwas später als sonst von der Goldschmiede nach Hause kam. Sie kannte das Mädchen gut genug, um zu wissen, dass sie etwas ausheckte. Doch dann schob sie es auf die Tatsache, dass Chiara mit Giosuè verabredet war.

Tja, was konnte sie dazu sagen? Wenn Chiara bereit war, ihr Herz erneut zu öffnen, dann konnte sie das nur erfreuen.

»Wie sehe ich aus, Nonna?«, wollte Chiara wissen, die sich eben fertig angezogen, geschminkt und frisiert hatte und nun auf den Fußspitzen stehend vor ihr tänzelte, sich drehte und wendete.

Wie sollte sie schon aussehen? Wie ein *babà*. Für Tommasina war es das größte Kompliment, so auszusehen wie diese typisch kampanische mit süßem Likör getränkte Süßspeise. »Wunderschön, *bella di nonna*! Ich mag diesen Rock, der zwar etwas kurz geraten ist, aber was soll's. Du bist schön und kannst es zeigen.«

»Sehe ich obszön aus?«

Tommasina musste über den entsetzten Gesichtsausdruck ihrer Enkelin lachen. »Selbst wenn du es wolltest, könntest du niemals so aussehen. Dafür haben wir hier sowieso schon Pamela ...« Das war ihr so herausgerutscht. Pamela war ein kleines Biest, aber das so offen zu sagen war eigentlich nicht ihre Art. Nicht bei einer ehemaligen Freundin von Chiara.

Doch Chiara überraschte Tommasina, indem sie sich plötzlich zu ihr an den Küchentisch setzte und ihre Hand nahm. »Nanu?«, wunderte Tommasina sich.

»Nonna, kannst du mir etwas versprechen?«, bat Chiara sehr vorsichtig. So vorsichtig, dass Tommasina hellhörig wurde.

»Den Teufel werde ich tun!«, scherzte sie, um dem Moment die Dramatik zu nehmen.

Doch Chiara fand das diesmal nicht witzig.

»Bitte!«

Nun setzte Chiara auch noch diesen Blick auf, den sie schon als Kind so gut draufgehabt hatte und von dem sie wusste, dass er ihr so manche Tür öffnen konnte.

Tommasina seufzte. Dieses Kind hatte einfach den Hang zur Melodramatik. »Was ist denn los, *bella di nonna*? Sag es deiner Nonna, ja?« Sie tätschelte Chiaras Wange, die sich förmlich in die Berührung hineinlegte. Tommasina wurde einmal mehr bewusst, dass Chiara zwar eine erwachsene Frau war, aber auch manchmal noch das liebebedürftige Kind, das Nonnas Zuneigung und Zuwendung brauchte.

»Kannst du vielleicht in Zukunft einen Bogen um Pamela machen?«, schoss es aus Chiara heraus.

»Bestimmt nicht!« So weit kam es noch, dass sie vor einem jungen Ding kuschen musste.

»Sie ist nicht das nette Mädchen, von dem wir lange angenommen haben, dass sie es ist, weißt du, und ...«, setzte Chiara an.

» ... und sie würde mich am liebsten in Neapels Katakomben verschanzen und für immer aus dem Weg haben, weil sie meine Kontrolle nicht nur nicht mag, sondern am liebsten auch gleich selbst übernehmen würde, nicht wahr?« Sie tätschelte weiter Chiaras Wange.

»Du wusstest das schon?«

Tommasina zuckte mit den Achseln. »Pamela mag zwar ein durchtriebenes Biest sein, aber sie hat einen ganz besonderen Schwachpunkt: Sie ist durchschaubar. Man muss nur gut genug hinsehen.«

»Du hast recht. Ich weiß nicht, warum ich das erst so spät erkannt habe.«

»Weil du ein liebes Mädchen bist!« Tommasina schüttelte Chiara leicht an den Schultern. Aus unerfindlichen Gründen fand Ciro das gar nicht lustig, was ihn dazu veranlasste, dreimal zu bellen. Das hätte er sich gut sparen können. Damit weckte er nämlich den armen, alten Diego, der Fabio, der neben ihm lag, eine runterhaute, in der Annahme, er sei für das Wecken verantwortlich gewesen. Das Chaos brach aus, Chiara musste eingreifen und Ciro ins Exil in Tommasinas Schlafzimmer bringen. Manchmal war es einfacher, einen Sack voll Flöhe zu hüten.

Als wieder Ruhe einkehrte, umarmten Tommasina und Chiara sich lange und fest.

»Ich habe dich lieb, Nonna!«

»Ich dich auch.«

»Und Peppino habe ich übrigens gefunden«, erklärte Chiara ein bisschen zu beiläufig.

Tommasina wunderte sich über den Hüpfer, den ihr Herz gemacht hatte, als sie den Namen Peppino gehört hatte. Sie nahm sich vor, zum Hausarzt zu gehen. In ihrem Alter konnte man nicht vorsichtig genug sein.

»Und?« Hatte das jetzt zu ungeduldig geklungen? *Madonna santa*, was war das kompliziert …

»Es geht ihm gut.« Dann drückte Chiara ihr einen Kuss auf die Wange, nahm ihre Handtasche und ging.

Tommasina gaffte ihr mit offenem Mund hinterher. Was sollte das heißen, es ging ihm gut? Und weiter? War das alles?

Ach, sie machte eine wegwerfende Handbewegung. Ihr doch egal!

Ja, vollkommen egal. Trotzdem dachte sie den restlichen Abend an nichts anderes.

· · ·

Chiara traf gleich draußen auf Giosuè, der ihr eine Nachricht geschickt hatte und bereits auf sie wartete. Er gab ihr einen Kuss auf die Wange. Es war eine wundervolle neapolitanische Nacht. Warm, nicht zu heiß, und verheißungsvoll. Oft waren Chiara und Checco nächtelang spazieren gewesen, nur, um keinen Moment der Nacht zu verpassen. Es gab nichts, was auch nur annähernd an die Schönheit herankam, die der Mond ausstrahlte, wenn er rund und groß über dem Golf von Neapel hing und sich im Idealfall an den Vesuv kuschelte, als wären sie dicke Freunde.

Aber an Checco dachte sie wohl besser nicht.

»Du siehst niedlich aus«, fand Giosuè.

Niedlich.

»Danke ...« Chiara war sich nicht sicher, ob sie dieses Kompliment nett finden sollte. Er sah jedenfalls gut aus, doch hatte sie den richtigen Moment verpasst, ihm das zu sagen, ohne es seltsam klingen zu lassen. Er trug eine sehr enge Anzughose und ein ebenso eng anliegendes Hemd, das er an den Ärmeln aufgerollt hatte. Ein Tattoo war auf seinem Innenarm zu sehen, Chiara hatte es schon ein paarmal bemerkt, konnte aber nicht erkennen, was es genau war. Sie sollte ihn einfach darauf ansprechen, doch war sie mit ihm nicht so vertraut.

Er hatte wieder sein starkes Aftershave aufgetragen. Die Kopfschmerzen waren vorprogrammiert. Vielleicht sollte sie ihm auch das mal sagen?

»Wir fahren mit dem Roller«, erklärte er und zeigte auf ein modernes Gefährt. Chiara bevorzugte gute alte Vespas, aber wenn sie schon chauffiert wurde, dann wollte sie mal nicht so sein. Doch sie wünschte, sie hätte nicht diesen kurzen Rock angezogen. Ihre Haare würden nach dem Tragen des Helms wohl auch nicht mehr gut aussehen.

Giosuè schien nicht darauf zu achten, dass ihre Beine weitgehend nackt waren, und ihr war das ganz recht. Er war ein guter Fahrer, respektierte mehr oder weniger die Verkehrsregeln, kannte aber auch die Gassen, die sie nach einer

Weile Fahrt auf der Straße wieder erreichten. Aufgrund der Enge musste er oft bremsen, und es wurde teilweise holprig, doch kamen sie nach etwa zehn Minuten sicher an ihrem Ziel an. Giosuè fuhr ganz nach vorne zum Eingang, direkt an einer wartenden Menschenschlange vorbei. Eine solche Aktion hätte im Normalfall – mindestens – zu einem empörten Zetern der Wartenden geführt, doch er hatte sich mit einer solchen Nonchalance vorgedrängelt, dass keiner etwas zu sagen wagte. Er stellte den Roller ab, Chiara stieg umständlich vom Sitz, strich sich den Rock zurecht und nahm den Helm ab, den sie Giosuè reichte.

»Komm mit!«, forderte er sie auf und nahm ihre Hand. Er tat das so selbstverständlich, dass Chiara es nicht wagte, sie ihm zu entziehen. Das Händchenhalten fühlte sich aber sehr ungewohnt an. Und sie war froh, als er jemanden per Handschlag grüßte, weshalb er sie losließ.

Chiara nutzte den Moment, um sich umzublicken. Neapels Gassen waren oft genug voller versteckter Schätze. Dass sie vor genau so einem stand, merkte sie gleich. Fünf Stufen aus Stein führten zu einem breiten Torbogen, der gekonnt mit Lichtern in Szene gesetzt war. Rechts vom Torbogen war ein Schild an der Wand angebracht. Eine einfache Schrift ohne Schnickschnack verriet Chiara, dass das hier der *Imbuto*, also Trichter, war. Der Name ließ sie lächeln. Sie konnte nicht anders, als sich zu fragen, ob sie vielleicht kleine Trichter geschenkt bekamen oder solche gar verwendet wurden, um Wein einzuschenken. Als sie dann aber den großen, runden Innenhof betraten, war ihr sofort klar, weshalb dieses Lokal so hieß.

Der Hof war mit einer einem Trichter nachempfundenen Glaskonstruktion überdacht, die bei Regen das angesammelte Wasser in einen Brunnen fließen ließ, der sich ziemlich genau in der Mitte des Platzes befand. Chiara blickte nach oben und war beeindruckt, stellte sich das Spektakel bei Regen vor. In dieser trockenen Sommernacht jedoch war das Glas mit Lichterketten geschmückt, die zauberhaft aussahen. Wie Sterne, die vom Himmel gefallen waren.

Rund um den Brunnen befanden sich wie auf einem Straßenfest kleine Stände mit neapolitanischem Streetfood und anderen Dingen. Schweigsam lief sie neben Giosuè her, der ziemlich stolz aussah, sie hierhergebracht zu haben.

Die Stände waren denkbar einfach ausgestattet, Chiara roch gleich, dass irgendwo jemand den typischen *cuoppo* zubereitete. Der hieß so, weil die Speise in einem *cuoppo*, also einem zusammengerollten Papier, serviert wurde, bei dem nur ein Ende spitz zulief und verschlossen war, wie man es von Pommes frites kannte. Man bekam nach Tradition Frittiertes darin serviert. Das konnte von Fisch bis hin zu Gemüse variieren. Chiaras Magen knurrte laut, was dank der musikalischen Untermalung des Abends niemand hören konnte.

An einem anderen Stand wurde *Pasta al ragù* zubereitet, worauf Neapolitaner besonders stolz waren. Ganze Familien stritten sich darüber, wessen *ragù*, also Tomatensoße mit allerhand Fleischstücken, am längsten und besten gekocht war.

Chiara entdeckte *sfogliatelle e babà, die* Süßspeise Neapels. Aber Star des Abends war zweifellos der Pizzabäcker, der natürlich gekonnt Hefeteigkugeln in die typische Pizzaform brachte, indem er sie mit den Fingerspitzen virtuos flach drückte und dann in der Luft herumwirbeln ließ. Chiara hatte den Vorgang zigmal beobachtet, sie fand es faszinierend, wie sicher Pizzabäcker den Teig dann auch wieder auffangen konnten. Pizza war absolut eine Speise, die sie in Mailand vermisste. Die wahre Pizza gab es nur in Neapel, da kannte Chiara nichts. Der Pizzabäcker hier im *Imbuto* machte einfache Pizza Margherita und faltete sie dann zusammen, *a portafoglio*, wie eine Brieftasche. Großartig. Chiara freute sich.

»Danke fürs Mitnehmen übrigens.« Chiara fand, dass es an der Zeit war, sich ein bisschen mit Giosuè zu unterhalten, dessen Einladung wirklich sehr nett gewesen war.

»Sehr gerne. Es geht bald richtig los. Ich denke, es wird ein volles Haus geben. Magst du noch oben den Saal sehen, in dem Luce ihr kleines Konzert geben wird?«

»Oh ja, das wäre toll.«

Sie folgte ihm und war froh, dass er nicht wieder ihre Hand nahm. Zielsicher ging Giosuè zu einer Treppe, die ebenso aus Stein war wie die Stufen, die zum Eingang geführt hatten. Hohe Decken, Nischen mit Dekoration, farbenfrohe Gemälde, massives Geländer. Die Treppe war ein einziges Erlebnis. Und im ersten Stockwerk befand sich noch ein großer Saal, der ein bisschen einem Theater nachempfunden war. Er war mit schönen Sitzen ausgestattet und mit dicken Stoffen drapiert. Die Plätze waren schon fast zur Hälfte besetzt. Der Bühnenvorhang be-

wegte sich ab und an, sodass klar war, dass dahinter flei-
ßig hantiert wurde.

»Sollen wir uns schon setzen?«, fragte sie.

»Nicht nötig. Wir haben ganz vorne reservierte Plätze.
Komm, wir gehen erst mal essen. Hast du unten schon etwas gesehen, was dir zusagt?«

»Alles?«, antwortete sie, was ihn zum Lachen brachte.

»Mir gefällt es, dass du so direkt und witzig bist«, erklärte er und folgte ihr wieder aus dem Saal hinaus.

»Ich nehme mich nicht zu ernst«, erklärte sie achselzuckend.

»Ja, das merke ich. Das führt dazu, dass du oft unter-
schätzt wirst, was man besser nicht tun sollte«, fand er.

Chiara kniff die Augen zusammen. Sie wusste nicht genau, was er damit meinte. Doch der *Imbuto* begann, sich zu
füllen, und eine normale Unterhaltung war im Gedränge auf
der Treppe nicht möglich.

Unten angekommen, gingen beide wie selbstverständlich in Richtung Pizzastand, aber es warteten so viele Hung-
rige auf Margherita *a portafoglio*, dass sie sich zunächst um
die Getränke kümmerten. Doch auch als sie zum Stand zu-
rückkehrten, war es nicht gerade einfacher geworden, an
eine appetitliche Pizza zu kommen.

Giosuè zuckte mit den Schultern. »Was für ein An-
drang!«, wunderte er sich.

»Ist doch gut. Immerhin soll das hier ja Promotion für
Luce sein, je mehr Leute kommen, umso besser.«

Sie blickten beide auf das große Poster, das die Sängerin
zeigte. Es wurde nur dezent darauf hingewiesen, dass sie

später singen würde. Das machte auf Chiara den Eindruck, als wollte man sie wie einen Geheimtipp präsentieren. Wie ganz exklusive Ware.

»Da hast du wohl recht. Ich sollte auch kurz nach ihr sehen. Möchtest du mitkommen?«, fragte er und zeigte mit einem Daumen nach oben.

»Ach, nein, besser nicht. Ich warte hier auf dich.« Bei dem Gespräch zwischen den beiden musste sie nicht anwesend sein. Außerdem mochte sie den Innenhof und das geschäftige Treiben an den Ständen. Giosuè nickte und ging.

Chiaras Magen knurrte noch immer, und nicht gerade verhalten. Sie blickte sich um und versuchte abzuwägen, wo sie am schnellsten etwas bekommen würde, und beschloss, es mit einem *cuoppo* zu versuchen. Ein junger Koch stand an einer großen Fritteuse, aus der es zischte und blubberte, und holte knusprig goldgelbe Fischstücke aus dem heißen Öl. Wunderbar. Darauf hatte sie Lust.

Sie wollte sich gerade anstellen, als sie hart angerempelt wurde. Sie drehte sich empört um, wollte sich schon beschweren, da setzte ihr Gehirn aus, die Welt blieb stehen, die Geräusche verstummten, die Farben verblassten. Sie erkannte ihn nicht. Nicht gleich. Seltsam, wie unkoordiniert man funktionierte, wenn man unter Schock stand, denn sie bemerkte zuerst die Kette, die er trug. Vielleicht, weil sie dieses Schmuckstück gemacht hatte. Sie war sich nicht sicher, ob er etwas sagte, sie hörte nichts. Sagen konnte sie schon gleich gar nichts.

Es war nicht ungewöhnlich, dass sie ihn traf. Neapel war seine Stadt.

Checco.

Direkt vor ihr. Sie brauchte nur einen Arm zu heben, um ihn zu berühren. So einfach.

Kapitel 21

Niemand hält die Liebe auf, wenn sie erst ihren Lauf genommen hat.

Chiara geriet in Panik, unfähig, ihre Emotionen zu kontrollieren. Sie hatte unendlich oft in ihrem Kopf den Moment durchlebt, wie es sein würde, ihn wiederzusehen. Und es war ihr von Anfang an klar gewesen, dass sie ihm früher oder später über den Weg laufen würde. In ihrer Fantasie war sie so cool gewesen. Unberührt, lässig. Doch jetzt, in der Realität, zitterte sie wie ein Grashalm im Wind.

Rational wusste sie, dass sie sich nur ein paar wenige Sekunden lang mit offenem Mund angestarrt haben konnten, doch ihr kam es vor wie eine Ewigkeit.

Eine Ewigkeit.

Dieser Satz pochte in ihrem Gehirn, bis sie das Gefühl hatte, zu explodieren. Oder zu implodieren. In welche Richtung auch immer. Sie versuchte, sich zu sammeln, und tat schließlich das, was ihr Instinkt befahl: Sie lief weg.

Wohin?

Sie rannte einfach und landete an der Treppe, nahm die

Stufen nach oben im irren Glauben, Checco könnte ihr folgen. Doch er tat es offensichtlich nicht. Warum auch?

Die Kette, die Kette, die Kette ...

Warum um alles in der Welt trug er ihre Kette? Noch immer ...

Chiara rempelte Leute an, stolperte, blieb irgendwann stehen und atmete durch. Sie musste sich fangen. Sie hatte ihren Ex gesehen. Ja und? Was war schon dabei? Sie lehnte sich auf dem Treppenabsatz an die Wand. Wie ihre Kollegin Anita es ihr beigebracht hatte, atmete sie so, als seien ihre Lungen Eimer, die es mit Wasser zu füllen galt. Von unten nach oben. Langsam. Eins, zwei, drei, vier, fünf, sechs, sieben. Und ebenso langsam wieder aus. Von oben nach unten die Eimer leeren. Eins, zwei, drei, vier, fünf und weiter, weiter, weiter. Selbst wenn es gar nicht mehr ging, immer weiter ausatmen.

Sie fühlte sich schon etwas ruhiger. Das Atmen half, Anita wusste, wie es ging – das musste Chiara ihr lassen. Langsam nahm sie wieder wahr, was um sie herum passierte. Hintergrundmusik, Unterhaltungen, die an ihr vorbeizogen, Lachen, Schritte, Menschen, Lichter, Gesichter. Atmen.

Besser.

Es ging Chiara deutlich besser.

Aber sie fühlte sich wie nach einer Schlacht. Zerzaust, verschwitzt, verletzt, zerkratzt. Sie beschloss, eine Toilette aufzusuchen, um sich frisch zu machen. Wahrscheinlich sah man ihr gar nicht an, was sie gerade durchgemacht hatte. Im Zweifelsfall wollte sie kurz in einen Spiegel schauen und sich kaltes Wasser über die Innenseite ihrer Handgelenke laufen lassen. Sie blickte sich ein paarmal um, sah kein Schild, das auf ein WC hinweisen würde, und ging spontan gegen den Strom, landete in einem Eck, wo es nach links in einen weniger geschäftigen Bereich ging. Es gab diverse Türen, keine davon trug eine Aufschrift. Sie wollte schon wieder umkehren, als sie durch einen Türspalt eine ihr bekannte Stimme hörte.

Moment. War das Giosuè, der mit jemandem sprach?

»Sie ist unten, wahrscheinlich holt sie sich irgendetwas an den Ständen«, erklärte er jemandem.

Chiara war peinlich berührt, verstand, dass er wohl sie meinte. Vielleicht erklärte er gerade Luce, dass er nicht allein hier war.

Dann hörte sie eine zweite Stimme. »Ja, das klingt nach ihr. Verfressen war sie schon immer. Und was ist der nächste Schritt? Wann spielst du den Ich-bin-ja-so-verliebt-in-dich-Part?«

Chiara hatte das Gefühl, geohrfeigt zu werden. Weil der Inhalt nicht nett war, aber mehr noch, weil sie die zweite Stimme nur zu gut kannte.

»Das kommt schon noch ...«

»Ja, aber vielleicht ein bisschen schneller, Giosuè! Vergiss unseren Plan nicht: Sie verliebt sich in dich, du entpuppst dich als großer *stronzo*, sie heult und flennt und verschwindet *subito* wieder nach Mailand, sodass uns nur noch die Alte zu bekämpfen bleibt.«

Ah, das war also Pamelas Plan!

Immer wieder Pamela, das rosarote Scheusal, der Inbegriff der Gemeinheit. Und sie steckte mit Giosuè unter einer Decke, der ein guter Schauspieler war, ohne Zweifel. Sie wollten offensichtlich beide die Kontrolle über die Via dell'Amore an sich reißen und fürchteten, Chiara könnte ihnen im Weg stehen. Oh, da hatten sie gar nicht so unrecht.

Chiara schluckte schwer, war plötzlich froh, noch nichts gegessen zu haben. Auf jeden Fall hatte sie genug gehört. Der Abend war für sie gelaufen, in jeder Hinsicht. Sie atmete erneut tief durch, hob den Kopf. Sie würde sich nicht unterkriegen lassen, nicht von diesen beiden, nein. Sie ging, ohne sich bemerkbar zu machen, schaffte es ohne weitere Vorfälle bis nach draußen, zum Ausgang des *Imbuto*, und war noch nie so froh gewesen, eine Veranstaltung zu verlassen.

Der Weg zurück nach Hause war zwar weit, zumal sie jetzt zu Fuß unterwegs war, aber das machte Chiara nichts aus. Sie ging durch die Gassen bis an die Promenade, die beleuchtet und gewohnt geschäftig war. Das tat gut. Der Geruch des Meeres war wie Balsam für das Gemüt. Der Mond war nicht zu sehen, am Himmel waren nur einige wenige Sterne, das Meer verschwand in einem einheitlichen Schwarz, unterbrochen nur durch vereinzelte Lichter hier und da, die zu Booten oder Schiffen gehörten. Wie Glühwürmchen in einer verheißungsvollen Sommernacht. Auch entlang der Promenade gab es leckeres Essen an diversen Ständen, doch der Appetit war Chiara ordentlich vergangen. Pamelas Gehässigkeit hatte sie über die letzten Jahre oft genug zu spüren bekommen, dass sie jedoch so durchtrieben war, hatte Chiara nicht erwartet. Sie war ja geradezu gefährlich. Das musste aufhören! Noch wusste Chiara nicht, wie sie die Brautmodenverkäuferin stoppen sollte, doch würde ihr bestimmt etwas einfallen. Diesmal war sie im Vorteil, da Pamela nicht wusste, was Chiara gehört hatte. Diesen Vorteil sollte sie sich zunutze machen. Leider konnte sie Pamela nicht aus der Via dell'Amore verjagen, sie war rechtmäßige Besitzerin ihres Ladens, aber jeder Mensch bot Angriffsfläche, jeder Mensch hatte Geheimnisse und eine gewisse Verletzlichkeit. Und so wie Pamela das ausnutzte, so konnte Chiara das auch. Es war nicht ihre Art, wirklich nicht. Doch irgendwann war Schluss.

Die Wut auf Pamela kam Chiara gerade gelegen. Denn andernfalls hätte sie andauernd an Checco denken müssen. Das würde sie aber beim besten Willen nicht schaffen.

Neapel, fünf Jahre zuvor

Das Boot schaukelte sanft, das Wasser, das dagegenschlug, machte schwappende Geräusche, die wie eine Gutenachtgeschichte auf Chiara wirkten und sie schläfrig machten. Sie lag auf dem Rücken, auf einer dicken Decke, die sie auf dem Holzboden ausgebreitet hatten. Das Boot trieb dahin. Wohin, das war Chiara ganz egal. Checco lag neben ihr, hielt ihre Hand, verankerte sie mit allem, was sie liebte. Das reichte ihr.

Die Sterne waren dicke Perlen am Himmel, erschienen so nah, dass Chiara nur ihren Arm zu heben brauchte, um einen zu berühren. Sie konnte sich vorstellen, warum Seefahrer sich daran orientierten. Wenn alles um sie herum in

Dunkelheit versank, sahen die Sterne mit ihrer Strahlkraft aus wie Wegweiser.

Eine Sternschnuppe fiel prompt vom Himmel und hinterließ einen Schweif. »Hast du das gesehen?«, fragte sie, und selbst ihre leise Stimme klang in der Stille viel zu laut.

»Ja«, sagte Checco.

»Hast du dir etwas gewünscht?« Sie drehte sich etwas umständlich in seine Richtung, stützte ihren Kopf auf den angewinkelten Arm, um ihn besser ansehen zu können.

»Was soll ich mir wünschen? Ich habe doch alles«, erklärte er und küsste ihren Handrücken.

»Oh, Checco ...« Sie hörte seine versteckten Liebeserklärungen oft, aber sie konnte sich nicht daran satthören.

»Was denn? Ist doch wahr.« Er spielte mit ihrem Haar, wickelte sich eine Locke um den Finger und ließ dann los, wiederholte das Spiel unendlich oft. Sie fühlte sich so geliebt, so vollkommen in diesem Moment.

Natürlich war das Mailand-Problem deswegen nicht aus der Welt geschafft. Checco versuchte regelmäßig, sie zum Bleiben zu überreden, hatte neulich sogar den Direktor der *La-Bulla-Schule Neapel für Goldschmiede* dazu gebracht, Chiara anzurufen, mit einer persönlichen Einladung in die Schulräume, damit sie sich ein besseres Bild ihres Angebots machen konnte. Natürlich hatte Chiara es schön gefunden, dass Checco sich so sehr engagierte. Doch alles, was sie sich wünschte, war seine Unterstützung. Und nicht, dass er sie umzustimmen versuchte. Alles, was sie sich wünschte, war, dass er mit nach Mailand ging, es war doch nur für einen überschaubaren Zeitraum. Das war ein großer Wunsch, ein gigantischer Wunsch. Und das wusste sie. Doch in ihrem Kopf spielte sie alle Varianten und Möglichkeiten durch. Und dass er mitkam, war die einzige, bei der sie wohlig seufzte, ihr ideales Leben.

»Woran denkst du?«, fragte er sanft.

Sie sah ihn an, wie er dalag, mit geöffnetem Hemd und der Kette, die auf der Brust lag. Es war die Kette, die sie ihm zum letzten Geburtstag geschenkt hatte. Selbst gemacht, natürlich. Sie war lang, reichte ihm bis zum Punkt, an dem das Brustbein endete. Und der Anhänger war ein Fisch, der auf einer Welle tanzte, groß und blau. Er hatte sich so gefreut über dieses Geschenk ... Sie berührte den Anhänger mit einer Fingerspitze, durchlebte die Freude wieder, mit der sie daran gearbeitet hatte.

»Ich denke an uns«, antwortete sie schließlich auf seine Frage und löste eine Spange, die ihre Haare, diese wilde Lockenpracht, zusammengehalten hatte. Sie wollte nicht, dass der Gedanke an den Konflikt, den sie aufgrund ihrer Ausbildung durchlebten, sie bis aufs Boot verfolgte, wo das Meer ganz andere Regeln vorschrieb und Prioritäten setzte. Hier war alles egal, kein Problem, das man an Land hatte, war auch nur annähernd ein Thema.

»Gut ...«, fand er und atmete scharf ein, als ihre Haarspitzen seinen nackten Oberkörper berührten.

Sie legte sich auf seine Brust, liebte es, wenn ihr Haar sich wie ein Fächer darüber ausbreitete.

Sie begann, seine nackte Haut zu küssen, fand es aufregend, wie schnell er eine Gänsehaut bekam. Er war so braun gebrannt, dass sie selbst im Dunkeln erkennen konnte, wie viel weißer ihre Hand war, mit der sie ihn berührte und streichelte.

Er griff mit beiden Händen in ihr Haar und begleitete jede ihrer Bewegungen. Sie merkte an seinem etwas schneller gehenden Atem, dass ihre Küsse ihn erregten. Deshalb streifte sie sich ihr Top über den Kopf, öffnete ihren BH, nahm seine Hände und legte sie auf ihre Brüste. Er stöhnte, vielleicht war es aber auch sie selbst gewesen. Checco setzte sich auf, sie rutschte rittlings auf ihn, küsste ihn. Wiederholt. Bildete sich ein, mit ihm im Meer versunken zu sein und ihn zu brauchen, um zu atmen. Sie versanken oder stiegen auf in die Lüfte. Alles war konfus in ihrem Kopf, aber auch so, so gut. Hastig, gierig.

»Ich liebe dich«, wisperte er, bevor er in sie eindrang.

Chiara hielt sich fest, umklammerte ihn. Sie liebte Checco mit jeder Faser ihres Körpers. Immer mehr, immer inniger, für immer. Kein Zweifel, nie ein Zweifel. Checco war für immer.

Als sie später das Boot auf den Strand zogen, waren sie so verliebt und erfüllt, dass sie Pamela erst bemerkten, als diese sich räusperte. Sie saß mit ein paar Freunden auf einer Bank, die sich jenseits der Mauer befand, die den Strand abgrenzte.

»Ihr *piccioncini*! Hey!« Sie winkte, nannte sie Turteltäubchen und war ganz allgemein mal wieder so laut, dass es Chiara fast ein bisschen peinlich war. Doch sie winkte zurück.

Als sie mit Checco den Strand verließ, der Spiaggia di

Largo Nazario Sauro hieß und sehr klein und deshalb im Sommer immer überlaufen war, blieben sie bei Pamela stehen. Die Promenade war wie gewohnt lebendig und quirlig und leuchtete in allen Farben. Der Abschnitt war bei den Einheimischen ebenso beliebt wie bei Touristen, die das nahe gelegene Castel dell'Ovo und den Vesuv bestaunten, der von dem Punkt aus am anderen Ende des Golfs gut sichtbar war. Die Festung trug den Namen Ovo, Ei, was die meisten Touristen die Stirn runzeln ließ. Sie befand sich auf einer winzigen Insel und war über einen Steg mit dem Festland verbunden. Der römische Dichter Vergil, dem man magische Kräfte nachsagte, sollte ein Ei in die Fundamente der Festung gelegt haben. Chiara lächelte oft über den Aberglauben der Neapolitaner, die selbst jetzt noch hofften, dass dem Ei nichts geschehen möge. Kaputtes Ei stand für kaputtes Neapel. Chiara bezweifelte stark, dass es ein Ei gab. Und falls doch, dann war es ganz sicher nicht mehr heil, aber jedem seinen Glauben.

Pamela lächelte sie an und schickte ihre Freunde weg, damit Chiara und Checco sich zu ihr setzen konnten. Chiara ließ sich jedoch auf Checcos Schoß nieder. Sie war noch nicht bereit, sich auch nur einen Millimeter von ihm loszulösen.

»Na? Wie geht es euch?«, erkundigte sich Pamela freundlich.

Chiara und Checco sahen sich an, grinsten, küssten sich.

Pamela kicherte. »Wie ihr zwei das überleben wollt, du in Mailand, Checco hier, ist mir schleierhaft.«

Chiara spürte sofort, wie Checcos Muskeln sich anspannten. Hätte Chiara es nicht besser gewusst, sie hätte gemeint, Pamela tat das mit Absicht, Checco dauernd daran zu erinnern, wie schwierig es sein würde, wenn Chiara wegging.

»Liebe kennt keine Grenzen«, sagte Chiara und versuchte, die Stimmung zu entspannen. Sie hatte nach dem sagenhaften Tag auf dem Boot nun wirklich keine Lust auf üble Laune.

»Das nicht, aber jede Liebe kann sterben, wenn sie nicht täglich genährt wird. Hast du ihr gesagt, dass du nicht willst, dass sie geht?«, fragte Pamela nun Checco, der Chiara nicht in die Augen sehen konnte.

Er wollte nicht, dass sie ging? So hatte er das noch nie gesagt. Nun, zumindest nicht direkt. Chiara schluckte schwer. Was, wenn Pamela recht hatte?

Kapitel 22

Sag Ja zu mir, auch wenn ich nicht in Höchstform bin,
denn dann brauche ich dich am meisten. ·

Olga wunderte sich, wo Checco blieb. Sie hatte sich mit Mattia in einen Saal gesetzt, in dem es Tische für diejenigen gab, die beim Essen nicht stehen wollten. Der Anzahl der besetzten Stühle nach zu urteilen, waren es viele. Checco hatte sich angeboten, für alle Fisch-*Cuoppo* zu holen, denn den frischen Fisch hatte er geliefert.

»Wo bleibt er denn?«, fragte sich Olga laut und nippte dann an ihrem Weißwein.

Mattia zuckte mit den Achseln. »Es standen eine ganze Menge Leute an ...«

»Ja, aber so viele auch wieder nicht. Vielleicht braucht er Hilfe beim Tragen?« Drei *cuoppi* mit Häppchen, die direkt aus dem heißen Öl kamen, waren wirklich nicht leicht zu transportieren. Dumm, dass sie nicht vorher daran gedacht hatte. Ihr Magen knurrte, nein, protestierte. Es war ein arbeitsreicher Tag gewesen mit sehr wenig Zeit für Essen. Gereicht hatte es nur für eine Tüte Chips, die sie mit schlechtem Gewissen leer geputzt hatte. Das mit der Diät, damit sie zur Hochzeit in etwas mehr als einer Woche noch ein paar Kilos verlor, hatte sich praktisch erledigt. Sie war viel zu beschäftigt, um ein Programm einzuhalten.

»Hör auf, ihn zu bemuttern, *Amore*. Ich bin mir sicher, er schafft das.« Mattia lachte und gab ihr einen dicken Kuss auf den Mund. Doch Olga war noch immer nicht überzeugt.

Schließlich kam Checco, allerdings ohne *cuoppi* und mit einem Gesichtsausdruck, den sie so an ihm noch nie gesehen hatte. Sie fand auf Anhieb auch keine Beschreibung dafür. Traurig? Mehr, viel mehr. In seinem Blick tat sich ein ganzer Abgrund auf.

»Nehmt es mir nicht übel, aber für mich ist der Abend gelaufen. Ich gehe nach Hause«, erklärte er und sah mit einem Mal aus wie ein kleiner Junge, fast zerbrechlich. Olga war richtig erschrocken.

»Was ist denn passiert?«, wollte nun auch Mattia wissen, der gleich aufgestanden war und seinem Freund eine Hand auf die Schulter legte.

Checco schüttelte sich. So, als wollte er sich von irgendetwas befreien, was ihm nicht zu gelingen schien. »Ich bin zufällig Chiara über den Weg gelaufen«, erklärte er, und Olga hatte das Gefühl, dass dieser einfache Satz irgendwie selbsterklärend war.

Chiara.

Kein Zweifel, dass es sich um *die* Frau aus Checcos Vergangenheit handelte. Olga hatte natürlich gewusst, dass es sie gegeben hatte, doch dass sie noch immer diese Wirkung auf ihn hatte, war ihr nicht klar gewesen. Sie stand nun auch auf und stellte sich zu Checco und Mattia. Um sie herum, unter stimmungsvollen Leuchtern, wimmelte es nur so von Besuchern, die sich amüsierten. Der Kontrast hätte nicht stärker sein können.

»Ist sie noch hier?«, fragte Mattia und blickte sich um.

»Ist doch egal«, antwortete Checco achselzuckend. Aber Olga spürte, dass die Gleichgültigkeit nur vorgeheuchelt war.

Olga war nicht auf den Mund gefallen, sie war auch aufgrund ihrer Arbeit daran gewöhnt, brenzlige Situationen sofort aus dem Weg zu schaffen. Doch in diesem Moment, mit einem so mutlosen Checco, war auch sie unfähig, etwas zu sagen oder zu tun. Sie hatte in ihrer Beziehung mit Mattia gelernt, dass es die große Liebe sehr wohl gab, und sie war wundervoll. Wie schrecklich musste es sich anfühlen, sie zu verlieren? Diese Frage hämmerte in Olgas Kopf. Sie konnte nicht anders, als Checco zu umarmen. Mattia tat es ebenso, doch dann schob er sie beide von sich, setzte ein Lächeln auf und verabschiedete sich. Er ging mit hängendem Kopf.

»*Merda!* Ich mag es nicht, wenn er so drauf ist«, erklärte Mattia kopfschüttelnd.

Olga kannte Checco zwar noch nicht so lange wie ihr Verlobter, aber auch sie fand es schade, wenn ihr Trauzeuge traurig war.

»Willst du mir nicht mal erzählen, was genau zwischen ihm und dieser Chiara vorgefallen ist?«, fragte Olga.

»Ich glaube, das muss er dir mal selbst sagen ...«

»Du tust immer so geheimnisvoll, wenn es um dieses Thema geht.« Bisher hatte Olga das immer akzeptiert. Jetzt

231

war sie aber richtig neugierig. Da musste viel passiert sein, wenn Checco noch jetzt daran knabberte.

»Ich fürchte nur, dass mein bester Freund nicht so gut dastehen würde.«

Und auch dieser Satz trug dazu bei, dass Olga nun erst recht keine Ruhe geben konnte.

Es kam Bewegung in die Menge, ein Kellner informierte die Gäste gerade, dass Luce Cristofini bereit für ihren Auftritt war. Olga wechselte einen Blick mit ihrem zukünftigen Mann. Das genügte. Und so machten sie sich auf den Weg zum *Cuoppo*-Stand, als alle anderen sich zur Treppe begaben, die zum ersten Stockwerk führte, wo die Sängerin ihren Auftritt hatte.

Es dauerte gar nicht lange, bis der Innenhof mit den Ständen sich geleert hatte. Olga und Mattia holten sich endlich den frittierten Fisch, nachdem sie sich eine Weile mit dem Personal unterhalten hatten. Der Abend wurde doch noch ein netter, aber Olga dachte die ganze Zeit daran herum, wie sie Checco helfen konnte. Denn irgendwie hatte sie das Gefühl, dass zwischen ihm und Chiara das letzte Wort noch nicht gesprochen war.

. . .

Tommasina fand in dieser neapolitanischen Sommernacht keine Ruhe. Von ihrem Bett aus konnte sie durch das offene Fenster ein Stück Sternenhimmel sehen und das nahe gelegene Meer riechen. Im Normalfall brachten die Sterne, die am schwarzen Himmel so prachtvoll wirkten, schnell ein Gefühl der Dankbarkeit und Ruhe. Nicht so an diesem Abend.

Ciro schnarchte. Wie ein so kleiner Hund ein so lautes Schnarchen produzieren konnte, war ihr schleierhaft. Vielleicht war Tommasina aber auch nur zu empfindlich. Immerhin schliefen Diego und Fabio trotz Ciros Motorsäge.

Es war heiß, und ihr tat alles weh, was dazu führte, dass sie zu viel nachdachte. Unter anderem über Peppino.

Sie lachte trocken und erschrak über den seltsamen Laut, der ihrer Kehle entsprang. Wer hätte das gedacht, dass sie in ihrem Alter noch an einen Mann denken würde. Wie ertappt blickte sie hinüber zum Bild ihres verstorbenen Ehemanns, das in einem Eck stand und stets von einer elektrischen Kerze beleuchtet wurde. Sie hatte einen Rosenkranz über den Rahmen gehängt. Mehr war nicht geblieben, außer einem Gefühl von Leere und dem Hauch einer Nostalgie nach einem Leben, welches ihr nicht vergönnt gewesen war.

Irgendwo sang jemand, und Tommasina merkte, dass sie lächelte. In Neapel sang immer irgendwer. Irgendwo. Am liebsten über die Sonne, das Meer, die Liebe. Ihr Mann hatte mit einer Serenade um ihre Hand angehalten, was weniger romantisch gewesen war, als es jetzt klang. Tommasinas Mutter hatte ihm vom Balkon aus einen Eimer kaltes Wasser über den Kopf geschüttet. Tommasinas Brustkorb zuckte. Sie lachte, ja, in ihrem viel zu großen Ehebett, allein. Mit den Hunden.

Doch dann hörte Tommasina, wie die Haustür geöffnet und wieder geschlossen wurde. Die leisen Schritte, die so unverkennbar Chiaras waren, als würden sie ihren Namen tragen. Im Alter war Tommasina das Zeitgefühl abhandengekommen. Sie wusste nicht, ob es zehn Uhr abends oder drei Uhr in der Nacht war. Doch war sie nun schon einmal wach, und vielleicht hatte Chiara noch Lust auf ein Schwätzchen. Also hievte Tommasina sich umständlich aus dem Bett, was die Hunde komplett verwirrte. Ihr Augen blickten sie aus winzigen Schlitzen an, dann ließen sie verschlafen die Köpfe wieder sinken.

»Ihr seid mir ja drei Helden«, amüsierte sie sich und schlich aus dem Schlafzimmer.

Sie fand Chiara in der Küche. Im schwachen Schein der Straßenlaterne, denn Chiara hatte das Licht in der Küche nicht angemacht, erschien ihre Enkelin ihr einerseits wie eine junge, unabhängige Frau, die an die Küchenzeile gelehnt Milch trank. Andererseits sah Tommasina in ihr aber auch noch immer das heranwachsende junge Mädchen. Manchmal hatte Tommasina den Eindruck, dass Chiara zu viel fühlte, zu empathisch war für diese Welt. Ihr Bruder Graziano war da ganz anders. Er würde genau aus diesem Grund wohl niemals heiraten. Er war viel zu konkret und trocken, um an die Magie der Liebe zu glauben. Dafür war er aber ein guter Geschäftsmann.

Chiara war die Träumerin, obwohl sie alles tat, um das Träumen beiseitezuschieben.

»*Scusami*, Nonna. Habe ich dich geweckt?«, fragte Chiara fürsorglich.

Doch da war etwas in ihrem Tonfall, der Tommasina sofort aufhorchen ließ. Es war jedoch zu dunkel, um den Gesichtsausdruck deuten zu können. Tommasina setzte sich an ihren gewohnten Platz am Küchentisch. Noch immer war leises Singen zu hören. Die Küchenuhr verriet ihr, dass es noch gar nicht so spät war wie vermutet. Zu früh eigentlich, um wieder daheim zu sein. Das konnte nur bedeuten, dass Chiaras Abend nicht gut gelaufen war. Tommasina war sich nicht sicher, ob sie das bedauern oder begrüßen sollte, weil sie ja nicht wusste, was vorgefallen war.

Sie seufzte tief. »Nein, *bella di nonna*. Ich konnte nicht schlafen.«

»Das tut mir leid. Kann ich etwas für dich tun?«

Nun hatte sie Chiaras ganze Aufmerksamkeit. Sie setzte sich zu ihr an den Tisch. Chiara stellte ihr Milchglas ab, legte eine Hand auf ihre und sah sie an. So war das, wenn man alt wurde. Fürsorge verwandelte sich blitzschnell in echte Sorge. Das fand Tommasina teilweise belustigend, manchmal aber auch lästig. Aber nicht in diesem Moment. Bei Alfonsa hingegen nervte es sie oft genug.

»Eigentlich würde ich viel lieber etwas für dich tun. War der Abend nicht gut?« Sie tastete sich vorsichtig an das Thema heran.

Chiara schüttelte den Kopf. »Ich bin mir immer noch nicht sicher, was alles passiert ist. Im Moment habe ich nur ein einziges Chaos im Kopf.«

Damit konnte Tommasina zwar nicht viel anfangen, doch sie beließ es dabei. Sie wusste selbst, dass es mitunter schwierig sein konnte, Gefühle oder Erlebtes in Worte zu packen.

Chiara legte ihren Kopf auf den Tisch. Und Tommasina tätschelte ihn, hoffte, dass ihre Enkelin durch die Lockenpracht hindurch ihre Liebe spüren konnte. »*Adda passà 'a nut-tata*«, sagte sie in der Hoffnung, dass dieser typisch neapolitanische Spruch Chiara Trost spenden möge. Ganz egal, was vorgefallen war, selbst die schwärzeste Nacht verwandelte sich irgendwann wieder in einen Tag.

»Stimmt, Nonna. Aber andererseits ist die Nacht noch jung. Hast du Lust auf einen Spaziergang?« Chiara hob den Kopf und sah sie mit funkelnden Augen an.

»Jetzt?« Tommasina blickte an sich hinunter. Sie hatte eines ihrer leichten Nachthemden an. Aus weißer Baumwolle. Und das, offen gestanden, mehr als unförmig war.

»Ja, Nonna. Komm schon. Lass es uns einfach tun: spazieren, durchatmen, den Kopf frei bekommen. Ich helfe dir auch, dich anzuziehen.«

Wie konnte sie dazu schon Nein sagen?

Es war seltsam, wie man immer davon ausging, dass auch die Welt schlief, wenn man selbst schlafen ging. Die Wahrheit war, dass die Welt, in diesem Fall Bella Napoli, tatsächlich nie schlief. Tommasina hatte sich von Chiara überreden lassen, sich noch mal auf die Straße zu wagen, obwohl Alfonsa sie diesmal natürlich nicht frisiert und geschminkt hatte. Tommasina musste zugeben, dass es sich befreiend anfühlte, mit offenem Haar durch die Gassen zu spazieren, Hand in Hand mit Chiara, und sich dabei nicht darum kümmern zu müssen, auszusehen wie die Königin der Via dell'Amore.

Tommasina hatte keine Ahnung, wohin es ging. Aber

das war ihr auch egal. In dieser schwerelosen jungen Nacht zählte nur der Moment.

Sie lauschte mit klopfendem Herzen der Erzählung ihrer Enkelin, die ihren Checco wiedergesehen hatte. Die Gassen, in denen sie entlangliefen, schienen sie zu umarmen. Die Schatten waren Freunde, die Stimmen in den Behausungen waren beruhigend. Es gab keine Stadt, in der sie sich lieber aufhalten würde.

»Was denkst du? Willst du ihn wiedersehen? Mit ihm sprechen?«, traute Tommasina sich zu fragen. Sie hatte sich immer aus der Beziehung der beiden herausgehalten. Es hatte ihr gereicht, sie zusammengeführt zu haben. Alles, was danach gekommen war, hatte sie den beiden überlassen.

»Nicht wirklich ...«

»Du wirst also wieder nach Mailand zurückgehen und die neue Arbeit dort beginnen?« Sie hatten noch nicht geklärt, wie es denn weitergehen sollte mit Chiara, um die man sich inzwischen riss, wie Tommasina mit einem stolzen Lächeln festgestellt hatte.

»Ich denke, es ist das Beste für mich. Versteh mich nicht falsch, ich helfe hier gerne, auch wenn du mich ein bisschen dazu zwingen musstest. Aber ich glaube nicht, dass es auf Dauer gut ist, hier zu sein.«

Tommasina hatte ihrer Enkelin aufmerksam zugehört. Alles in ihr wollte jedem einzelnen Wort, das sie gesagt hatte, widersprechen. Doch würde jeder Widerspruch aus ihrem egoistischen Verlangen heraus entstehen, Chiara hier bei sich zu behalten. Und Tommasina wollte ihre eigenen Bedürfnisse nicht über Chiaras stellen.

»Du musst das tun, was für dich richtig ist«, fasste sie daher noch einmal zusammen.

»Du aber auch«, erwiderte Chiara lächelnd.

Es war beinahe Mitternacht. Tommasina blickte sich um. Sie waren in einem wunderschönen Teil der neapolitanischen Altstadt gelandet, Via dell'Annunziata. Die kannte sie natürlich, wenn sie sich auch nicht oft hierher verirrte. Chiara führte sie auf eine kleine Piazza. Der Brunnen war hier besonders schön.

»Ich liebe diese Stadt«, flüsterte Tommasina ehrfürchtig.

Sie stellte sich an den Brunnen, das Wasser war so erleuchtet, dass sie sich darin spiegeln konnten. Ein feiner Wasserstrahl tröpfelte von der Madonnenstatue ins Becken und erzeugte auf der Wasseroberfläche kleine kräuselige Wellen. Ihr Spiegelbild war trotzdem wundervoll. Zwei Frauen, zwei Generationen, und so viel Liebe. Chiara lehnte den Kopf an ihre Schulter.

»Wünsch dir was, Nonna!«, forderte Chiara sie leise auf. So still wie hier in der Via dell'Annunziata war es in ganz Neapel nicht, hatte Tommasina das Gefühl. Sie blickte sich um, auf die schönen *Palazzi* rundherum. Die wenigen noch erleuchteten Fenster wirkten wie Katzenaugen in tiefer Nacht. Einen Augenblick lang fragte sie sich, wie es wohl sein würde, hier zu leben statt in der belebten Via dell'Amore. Doch der Gedanke flog so schnell weg, dass nicht die winzigste Spur davon zurückblieb.

Wünschen, genau. Chiara hatte gesagt, sie sollte sich etwas wünschen. Doch je mehr sie darüber nachdachte, desto weniger hatte sie das Gefühl, sich etwas wünschen zu müssen.

Ich habe doch alles, dachte sie bei sich. Und diese Gewissheit gab ihr inneren Frieden.

»*Bella di nonna*, ich glaube, ich muss ins Bett«, sagte sie leise. Ihre Stimme vermischte sich mit dem sanften Plätschern des Wassers.

»Ja. Ich wohl auch.«

Sie gingen gemächlich wieder zurück in die Via dell'Amore. Hand in Hand. Das tat gut. Alles war gut. Tommasina lauschte nur Chiaras Stimme, die von ihrem zufälligen Treffen mit Checco, aber auch von Giosuè und Pamela erzählte, die es faustdick hinter den Ohren hatten.

Ja, Vorsicht war geboten.

Tommasina hatte weiß Gott keine Angst vor den beiden jungen Menschen. Doch war es zweifellos unvermeidbar, ihnen eine Lektion zu verpassen.

Kapitel 23

Liebe ist kein Rätselraten, sie präsentiert sich in Leuchtschrift,
manchmal auch mit Trommelwirbel.
Liebe ist klar und rein. Glasklar.

Der nächste Tag begann für Chiara mit einem seltsamen Gefühl im Magen. So als müsste sie jeden Augenblick damit rechnen, Checco wieder über den Weg zu laufen. Sie war sich nicht sicher, ob sie fürchten musste, ihn auf der Via dell'Amore anzutreffen. Auf der Suche nach ihr. Eigentlich war es genau das, was sie von ihm erwarten würde, wenn sie ehrlich war. Oder zumindest von dem Checco, den sie so sehr geliebt hatte. Gab es den überhaupt noch, diesen Checco?

Aber er trug ihre Kette noch.

Das musste doch etwas bedeuten, oder nicht?

Oder nicht?

Oder nicht!

Es war immer so einfach, anderen in Herzensangelegenheiten guten Rat zu geben. Warum galt das nicht für einen selbst?

Und wieso Herzensangelegenheiten? Sie waren schon so lange kein Paar mehr, Checco war alles andere als eine Herzensangelegenheit. Jaja. Sie rollte mit den Augen. Klar ...

Der Morgen war sehr warm, der Himmel über Neapel so intensiv blau, dass sie blinzeln musste. Sie hielt kurz inne und erinnerte sich daran, sich im Hier und Jetzt zu verankern, wie ihre Kollegin Anita es im Glasbüro in Mailand immer predigte. Es war einen Moment lang so, als könnte Chiara sich selbst aus einer anderen Perspektive sehen, wie sie da stand in ihren Jeansshorts und der Sommerbluse mit offenem Haar, mitten auf der Gasse, mit den Wohnhäusern rechts und links. Sie waren ein bisschen ramponiert, ein bisschen renoviert – nach Lust und Laune und keinem Schema folgend –, ein bisschen überfüllt, ein bisschen wahllos zusammengewürfelt, aber charmant und authentisch. Der Moment wurde jedoch von einer Stimme unterbrochen, die laut nach Chiara rief. Cosimo stand an der Tür zu seinem Laden und winkte. Er wirkte fast ein bisschen aufgeregt. Sie ging auf ihn zu und bekam ein Küsschen auf die Wange zur Begrüßung. Er roch nach gutem Parfum, nicht aufdringlich. Wahrscheinlich nur ein Tropfen hinter dem Ohr. Anders als Giosuè, bei dem sie stets Kopfschmerzen vom viel zu intensiven Aftershave bekam. Aber das war ein anderes Thema.

»Chiara, ich wollte dich schon lange ansprechen wegen einer Sache, die hier im Untergrund brodelt. Ich glaube, es geht um deine Nonna.« Er hielt ihr wortlos ein Faltblatt hin. Es war pink umrandet. Chiara wollte Cosimo schon fragen, was sie mit einem Werbeblatt von Pamelas Brautladen machen sollte, als sie merkte, dass es etwas anderes war.

Die Farben und die Grafik hatten Chiara irregeführt. Es war zwar unverkennbar Pamelas Werk, nur war es keine Werbung, sondern ein Aufruf.

Die Via dell'Amore braucht frischen Wind, so der Titel. Liebe Geschäftsinhaber, lasst uns gemeinsam über eine Strategie nachdenken, um uns von einer Altlast zu befreien und unserer geliebten Gasse endlich zu erlauben, sich zu entfalten.

Dann ein Datum, ein Ort, ein Treffen.

Sie faltete das Blatt wieder zusammen und gab es Cosimo zurück.

»Ja, ich weiß …«, erwiderte Chiara.

»Sie hat zwar keine große Fangemeinde, aber ein paar werden wohl doch gehen und sich anhören, was sie zu sagen hat.«

»Auch das weiß ich. Was ich aber nicht weiß, ist, wie wir sie stoppen können.«

»Nun, wir haben noch ein paar Tage Zeit bis zu diesem Treffen. Bis dahin können wir uns noch etwas einfallen lassen.«

»*Va bene.* Ich lasse mir das durch den Kopf gehen.«

»In Ordnung. Halte mich auf dem Laufenden, ja?« Er zwinkerte ihr aufmunternd zu.

Und sie ging weiter, hatte aber schon ordentlich genug vom Tag. Was war nur los in dieser Gasse? Und war nicht eigentlich ihre Nonna die Königin der Via dell'Amore? Warum hatte Cosimo nicht direkt mit Tommasina gesprochen? Diese Frage hallte in ihr nach, und es ärgerte Chiara, dass sie ihr nicht eher eingefallen war.

Statt weiter geradeaus zur Goldschmiede zu gehen, hielt

Chiara bei ihrem Bruder in der Pasticceria. Sie sah ihn schließlich kaum, vielleicht sogar noch weniger, als wenn sie in Mailand war und ihn über Videoanruf erwischte.

Ihr Magen knurrte, sobald sie die Konditorei betrat, obwohl sie mit Tommasina und Alfonsa oben gefrühstückt hatte. Die Düfte waren einfach zu betörend. Sie ging an anstehenden Leuten vorbei, die sich frische *cornetti* holten oder einen Termin hatten, um ihre Hochzeitstorte auszusuchen.

Sie und Checco hatten mal darüber gescherzt, dass sie, wenn sie einmal heirateten, Graziano ganz schön fordern würden. Chiara hatte behauptet, eine Torte zu wollen, die an ihre Leidenschaft, Schmuck zu entwerfen, erinnern sollte. Checco hatte nur laut gelacht und darauf bestanden, irgendetwas mit Fischen auf der Torte zu haben, was wiederum Chiara die Nase hatte rümpfen lassen. Wer hatte schon Fische auf seiner Hochzeitstorte? Natürlich hatte er das nicht ernst gemeint, aber natürlich hätte sie die Fische trotzdem genommen. Und heute, Jahre später, hatte es diese Hochzeit, die sie mit einem Augenzwinkern geplant hatten, nie gegeben.

Sie wollte nicht schon wieder an Checco denken, aber hier in Neapel erinnerte sie anscheinend alles an ihn – mehr noch, weil sie ihn am Vorabend gesehen hatte. Auch aus diesem Grund musste sie so schnell wie möglich zurück nach Mailand. Und zwar für immer. Ja, es zwickte und zwackte in ihrer Brust, wenn sie an ihr kleines Zimmer dachte, an das Glasstudio, an die Hektik, an den Nebel ... Doch es nützte nichts. Ihr Leben spielte sich dort ab, ihre Zukunft war bei *MM-Gioielli*.

Chiara seufzte und ging durch in die Backstube, wo Graziano – wie immer – Zutaten in eine Schüssel gab, die so groß war, dass sie für Chiara wahrscheinlich auch als Badewanne fungieren konnte. Er blickte auf, zwinkerte ihr zu. »Wieso sehe ich dich nie?«, fragte er prompt und ohne seinen Arbeitsvorgang zu unterbrechen.

»Weil du zu viel arbeitest«, stellte sie fest und blickte sich nach etwas Essbarem um.

Graziano hielt inne. »Du nicht auch?«

Chiara hatte Haselnüsse gefunden, die sich in einem Behälter befanden. Es war zwar nichts Süßes, passte aber gerade perfekt. Sie schob sich ein paar in den Mund. »Geht so«, antwortete sie kauend. »Viel mehr werde ich hier von dem ganzen Drumherum abgelenkt.«

»Was denn für ein Drumherum?« Graziano kniff die Augen zusammen. »Ich lasse mich nie von irgendwelchem Geschwätz ablenken.«

»Warte, warte! Ist das ein Heiligenschein da auf deinem Kopf?«

Graziano rollte mit den Augen und machte ein Haha-Gesicht. »Was soll ich sagen, Schwesterherz? Lass dich nicht ärgern.«

»Du hast ja gar keine Ahnung, was hier alles vor sich geht ...«

Er zuckte mit den Achseln. »Ich will nur meine Arbeit machen.«

Chiara nahm noch eine Handvoll Haselnüsse, die besonders gut waren. »Du bist langweilig.«

Graziano stemmte die Hände in die Hüfte. »Hast du

nichts zu tun? Gar nichts? Also, du kannst sehr gerne vorne Behälter ausspülen, wenn du zu viel Energie hast.«

Sie lachte, weil es so einfach war, ihn auf die Palme zu bringen. Darin war sie schon immer gut gewesen. »Ein andermal gerne!«, behauptete sie, füllte ein Tütchen mit Haselnüssen, warf ihrem Bruder eine Kusshand zu und ging.

Graziano war ein lieber Kerl, aber er nahm das mit der Arbeit zu ernst. Er war ein Workaholic. Manchmal fragte Chiara sich, ob er jemals Familie haben, ob eine Frau das mitmachen würde. Doch er schien auch so glücklich zu sein, also zerbrach sie sich darüber nicht den Kopf. Sie hatte wahrlich genug andere Sorgen. Wie zum Beispiel Giosuè. Sie sah ihn schon von Weitem, wie er vor der Goldschmiede stand und offensichtlich auf sie wartete. Chiara war versucht, sich zu verstecken oder wahlweise davonzulaufen. Sie hatte sich nämlich noch keine Strategie überlegt. Sollte sie ihn konfrontieren? Ignorieren? So tun, als wüsste sie nichts? Nun, weglaufen würde sie ganz sicher nicht. Dafür war es auch zu spät, denn er hatte sie bereits gesehen und winkte mit sehr viel Enthusiasmus. Ja, er kam sogar auf sie zu. Der Schuft!

»Chiara! Meine Güte, wie geht es dir? Ist alles in Ordnung? Ich habe mir Sorgen gemacht!«, ballerte er los, ohne dabei Luft zu holen.

Er machte das wirklich gut. Ein Schauspieler. Her mit dem Oscar! Sein verwirrter Gesichtsausdruck, der zugleich verletzt schien, wirkte so echt, dass Chiara sich tatsächlich kurz fragte, ob sie sich im *Imbuto* vielleicht doch verhört hatte. Doch die Erinnerung an jedes einzelne Wort war zu lebendig, um es als Missverständnis durchgehen lassen zu können.

»Sieht so aus, als würde ich noch leben ...«, antwortete sie und musste sich zusammenreißen, um nicht gemein zu werden. Sie behielt es besser für sich, dass sie Bescheid wusste über sein Abkommen mit Pamela. Dem Feind wollte Chiara immer einen Schritt voraus sein.

»Bist du sauer auf mich?« Er stand mit ausgestreckten Armen vor ihr, versperrte bei seiner Körpergröße einen Großteil der Via dell'Amore, doch sie schob sich an ihm vorbei. Nicht unhöflich, aber bestimmt.

»Keineswegs. Mir war nur gestern plötzlich nicht wohl, und ich musste dringend nach Hause. Leider habe ich dich auf die Schnelle nicht gefunden«, erklärte sie, ohne ihn dabei anzusehen. Dass sie log, war so offensichtlich, dass selbst er es verstehen musste.

»Und dein Handy hast du auch nicht gefunden? Um mir eine Nachricht zu schreiben oder auf meine Anrufe zu antworten?«

Es war kaum auszuhalten, wie verletzt er wirkte. Der äußerst talentierte Schauspieler Pierfrancesco Favino konnte einpacken. Giosuè war ein Naturtalent.

»Hör zu, es tut mir leid. Es war ein ... Notfall.« Nun fiel ihr wirklich gar nichts mehr ein. Sie schloss die Goldschmiede auf, war froh, sich ins Innere flüchten zu können.

Doch Giosuè folgte ihr. »Ich dachte, zwischen uns war was.« Er sprach den Satz aus wie eine Frage.

Wenigstens in dieser Hinsicht wollte Chiara sehr deutlich und unmissverständlich sagen, was Sache war. »Tut mir leid, falls ich einen falschen Eindruck erweckt habe, aber ich bin im Moment nicht offen für eine Beziehung.« Das Gespräch wurde ihr immer unangenehmer.

»Ach so. Na, das verstehe ich natürlich.«

Er ging mit gehobenen Armen rückwärts zum Ausgang. Gerade so, als würde sie mit einer Pistole auf ihn zielen. Am Ausgang nickte er ihr zu, drehte sich um und ging.

Chiara blieb ziemlich geknickt zurück. Das Gespräch hatte sie enorme Anstrengung gekostet. Sie war ganz verschwitzt, was nicht nur an der sommerlichen Hitze lag.

Als sie sich gerade auf den Hocker an die Werkbank setzen wollte, betrat die Braut Diana die Goldschmiede, deren Schwiegermutter die Kette für sie bestellt hatte. Chiara hatte sie zur Anprobe gebeten, weil sie so gut wie fertig mit dem tollen Schmuck war, aber jetzt noch Änderungen anbringen konnte.

»Hallo, Diana! *Buongiorno*!«, grüßte Chiara und war ganz froh über die Ablenkung.

»*Ciao*. Bin ich zu früh dran?« Diana kam etwas schüchtern auf die Werkbank zu.

»Nein, nein. Vielmehr bin *ich* mal wieder zu spät dran«, gab Chiara offen zu. »Bereit zur Anprobe?«

»Auf jeden Fall!«

Chiara nahm die Kette aus dem Tresor im hinteren Bereich des Ladens und trug sie in den Verkaufsraum. Sie legte Diana die Kette um und ging mit ihr zum Spiegel, der an der Wand zwischen den Vitrinen hing. Während Diana sich darin ansah, stand Chiara hinter ihr und beobachtete deren Gesichtsausdruck. Diana fuhr immer wieder mit dem Zeigefinger vorsichtig über den großen Knoten, der mit dem Edelstein verziert war. Die Kette stand ihr gut.

»Sie ist so schön, dass ich gleich weinen muss«, flüsterte Diana irgendwann.

Chiara war so erleichtert, dass sie kurz die Augen schließen musste. »Sicher, dass du nichts mehr daran ändern möchtest?«

»Ganz sicher!«

Wie sie den Knoten abnehmen und wieder anstecken konnte, zeigte Chiara Diana im Detail. Und dann war eigentlich schon alles gesagt. »Gut, dann sehe ich mir die Verarbeitung in aller Ruhe noch einmal an und bessere eventuelle Schnittstellen noch aus. Aber wenn deine Schwiegermutter möchte, kann sie die Kette schon morgen abholen.«

»Ich gebe ihr Bescheid.«

»In Ordnung. Danke.«

Diana ging wenig später, und Chiara blickte ihr so lange nach, bis sie sie nicht mehr sehen konnte. Diana würde ihren ersten großen Auftrag in Echtgold tragen. So etwas verband. Doch nun wollte Chiara die Kette wieder sicher verstauen, weil sie noch einen antiken Verlobungsring enger machen musste. Zuerst fotografierte sie das Stück von allen Seiten, dann legte sie die Kette zurück in ihre Schachtel und verstaute sie im Tresor. Jedes Mal, wenn sie dort etwas herausholte oder wieder ablegte, stieß sie auf die Ringe, die keiner zu wollen schien. Sie nahm sie heraus, begutachtete sie zum hundertsten Mal. Langsam machte sie sich ernsthafte Gedanken um das Brautpaar. Was, wenn sie vollkommen vergessen hatten, die Ringe zu holen? Das Datum rückte näher, nur noch wenige Tage bis zum achtundzwanzigsten Juni. *O e M a Ca* ... schon wieder las sie die einzige Aufschrift, die zur Verfügung stand. Diesmal blieb sie an *Ca* hängen.

Auf Ca?

Auf Capri?

Das war naheliegend.

Hochzeiten auf Capri waren beliebt. Natürlich waren sie das. Es konnte kaum eine schönere Location geben als diese relativ kleine nahe gelegene Insel, die wie ein vom Himmel gefallener Klecks im gigantischen Blau des Mittelmeers wirkte.

Capri.

Am achtundzwanzigsten Juni.

Eine Idee begann, Form anzunehmen. Falls sich bis dahin niemand meldete, konnte sie doch nach Capri übersetzen und nach dem Brautpaar suchen. So schwierig konnte das nicht sein. Nun, vielleicht doch. Aber Chiara beschloss, dass sie es wagen wollte. Sie würde abwarten bis zum letzten Tag, nur wenn sich bis dahin niemand meldete, würde sie die Ringe dem Brautpaar persönlich überreichen. Auf Capri ...

Nun musste sie sich aber an die Arbeit machen. Doch bevor sie loslegte, veröffentlichte sie die Bilder der Kette auf ihrem Instagram-Account, den sie nur eröffnet hatte, um ihre schönsten Werke zu zeigen. Als Portfolio, sozusagen. Dass die Kette etwas ganz Besonderes war, merkte sie im Vergleich zu dem anderen Schmuck, den sie hergestellt hatte. Sie scrollte durch ihren Account, aber so etwas Schönes und Elegantes hatte sie bisher noch nie fabriziert.

Kapitel 24

Man kann auch ohne Heirat glücklich miteinander sein?
Ja, das stimmt. Aber es gibt kaum eine romantischere Art und Weise,
um sich jemanden auszusuchen,
mit dem man es für immer zu sein hofft.

Olga eilte ins Büro. Das war von ihr sehr gewagt, noch vor Arbeitsbeginn in die Via dell'Amore zu gehen, um nach dieser Chiara zu suchen. Aber Olga war eben romantisch. Sie hatte sich nach dem gestrigen Abend und Checcos Reaktion plötzlich als die Retterin gesehen. Als die Heldin, die das Paar wieder zusammenbrachte. Sie hatte sich die halbe Nacht den Kopf darüber zerbrochen, wie sie es anstellen konnte, Amor zu spielen. Deshalb hatte sie beschlossen, es zu versuchen. Doch die Läden waren größtenteils noch geschlossen gewesen und Olga zu sehr in Eile, um darauf zu warten, dass sie aufmachten. Zum Glück hatte die Bar schon geöffnet, dort hatte sie nach Chiara gefragt. Olga wusste ja weder, wie sie aussah, noch, wo genau in der Via dell'Amore sie sich befand. Aber Bars wussten meistens über alles Bescheid. Der große Barista hatte ihr erzählt, dass Chiara in der Goldschmiede arbeitete.

»Die hat aber noch geschlossen«, hatte ein Gast sie informiert, der so penetrant nach Aftershave gerochen hatte, dass Olga instinktiv einen Schritt zurückgewichen war.

»Ach, wie schade. Kann ich sie denn irgendwie erwischen?«, hatte Olga sich weiter informiert, wenn sie schon jemanden getroffen hatte, der anscheinend helfen konnte.

»Wenn es um Schmuck geht, dann am besten während der Öffnungszeiten.«

»Nein, ich suche sie wegen einer privaten Angelegenheit.« Mehr hatte Olga nicht preisgeben wollen.

»Dann schreiben Sie ihr doch eine Nachricht. Ich werde sie ihr später zukommen lassen«, hatte der Mann, der sich als Giosuè vorgestellt hatte, angeboten.

Also hatte Olga geschwind ein paar Zeilen auf ein Blatt geschrieben, das der Barista freundlicherweise für sie aus einem Heft gerissen hatte.

Hallo, wir kennen uns nicht, mein Name ist Olga. Ruf mich bitte an, ich muss dir etwas sagen.

Und dann ihre Nummer.

Giosuè hatte den zusammengefalteten Zettel eingesteckt und ihr versichert, ihn gleich sicher und vertraulich bei Chiara abzugeben, wenn sie kam.

Mit gemischten Gefühlen war Olga gegangen. Sie hatte sich mehr erhofft, war aber andererseits recht zufrieden mit dem Verlauf. Immerhin würde Chiara bald ihre Nummer haben. Und der Rest war eben Schicksal.

Im Büro ging Olga auf und ab. Es war der vierundzwanzigste Juni. Ihr Vater hatte ihr mehrmals bestätigt, dass er sowohl ihr Kleid als auch die Ringe bereits geholt hatte und bei sich aufbewahrte.

Vier Tage noch.

Ihr Herz pochte wild vor Aufregung.

Ja, sie freute sich. Alles war getan, nichts stand ihrer Hochzeit mit Mattia noch im Wege. Und selbst ihr Vater schien das begriffen zu haben, da er sich relativ kooperativ zeigte.

Olga atmete tief durch, setzte sich an ihren Schreibtisch und fuhr den Rechner hoch. In diesem Moment war alles perfekt, alles gut. Sie ging ihren Zeitplan durch und nahm zur Kenntnis, dass sie sich beeilen musste, weil sie in zehn Minuten ein Online-Meeting mit neuen potenziellen Kunden hatte. Sie zog den Hefter aus dem Schrank, in dem sie die Details ihrer bisherigen Angebote festgehalten hatte. Geschwind ging sie noch einmal alles durch.

Ihr Handy, das sie auf dem Schreibtisch liegen hatte, begann zu summen. Olga blickte auf das Display und erschrak fast. Pamela? War noch etwas mit dem Brautkleid?

»*Pronto?*«, meldete Olga sich überrascht.

»Ja, hallo, hier spricht Chiara. Du hattest eine Nachricht hinterlassen?«

Olga spürte förmlich, dass sich ihre Stirn runzelte. Sie hielt das Handy noch mal von sich, blickte erneut auf das Display. Das Resultat war noch immer das gleiche: Sie hatte Pamela in der Leitung. Olga hatte ihre Handynummer gespeichert, als die Brautmodenverkäuferin ihr eine Visitenkarte überreicht hatte, irgendwann ganz zu Beginn, als Olga ihr Kleid ausgesucht hatte.

»Ähm … ich … also …« Olga war so überrumpelt, dass sie nur stottern konnte.

»Giosuè sagte, es geht um etwas Privates?« Pamela bohrte weiter.

Noch verstand Olga nicht, was vor sich ging, doch ihr Bauchgefühl sagte ihr, dass hier irgendetwas faul war.

»Pamela?«, fragte Olga schließlich.

Rauschen in der Leitung, dann gar nichts mehr. Der Anruf war unterbrochen worden.

Olga blickte wie versteinert auf ihr Handy, hörte aber dann einen Signalton über die Lautsprecher ihres Rechners und sammelte sich. Die Arbeit rief. Doch es blieb die Verwirrung und die sich anschleichende Gewissheit, dass da etwas ganz gehörig nicht stimmte.

· · ·

Chiara nahm den Verlobungsring, den sie zur Bearbeitung eingespannt hatte, mit einer Pinzette aus der Halterung, drehte und wendete ihn unter dem Licht einer Lampe. Das Gold war wunderbar verarbeitet, sie war zufrieden mit ihrem Werk.

Als ihr Handy läutete, legte sie den Ring vorsichtig auf die mit Samt bezogene Ablage und beantwortete den Anruf, ohne hinzusehen.

»Wer hat die Kette gemacht?«, war die Frage, noch bevor Chiara irgendetwas sagen konnte.

»Gianmaria, *buongiorno*. Welche Kette?« Heute war ihr Gehirn gefordert, keine Frage.

»Na, die Kette auf deinem Instagram-Account!« Er sagte das so, als hätte Chiara eine wirklich dumme Frage gestellt.

Sie kam kaum mit. Die Tatsache selbst, dass Gianmaria, ihr Chef aus Mailand, Zeit damit verbrachte, ihr auf Instagram zu folgen, machte, dass sie so etwas wie einen zerebralen Kurzschluss erlebte.

»Die habe natürlich ich gemacht. Selbstverständlich poste ich nur ...«, versuchte sie zu erklären.

»Jaja. Schon gut.«

»Ich hatte dich doch wegen der Frage zum Knoten kontaktiert«, erinnerte sie ihn.

»Das ist mir schon klar. Ich dachte nur nicht, dass du meinen Vorschlag so gut umsetzen würdest.«

Sie rätselte, ob das ein Kompliment sein sollte.

»Ja, also, ich bin froh, dass sie dir gefällt.«

»Wann kommst du wieder?«, fragte er übergangslos.

»Ich ... äh ...« Chiara kam sich an diesem seltsamen Tag vor, als würde sie den Ereignissen hinterherlaufen. Die Wahrheit war auch, dass sie sich darüber noch keine Gedanken gemacht hatte. Mailand. Ja. Irgendwann musste sie zurück zu ihrem Leben. Das war klar.

»Willst du mehr Geld? Du bekommst es!«

Mehr Geld? Es war ja streng genommen noch nicht mal offiziell, dass sie in die Echtgold-Abteilung wechseln würde. »Es geht mir nicht ums Geld, ich bin hier nur noch nicht ganz fertig«, gab sie schließlich zu.

»Wie viel haben sie dir geboten in Neapel?«

»Nein, sie haben mir nichts geboten, ich ...«

Und schon wieder schnitt er ihr das Wort ab. Das war Gianmaria ... »Ich verstehe. Egal, was sie dir geboten haben, ich biete mehr. Ich lasse den Vertrag mit den überarbeiteten Konditionen aufsetzen. Er wird in dreißig Minuten in deinem elektronischen Postfach sein.« Dann legte er auf.

Chiara ließ sich im Stuhl zurückfallen.

Was war denn das nun wieder?

Jetzt brauchte sie erst mal eine Pause.

Sie schloss ab, hinterließ einen Zettel mit ihrer Nummer und ging hinüber zu Giacominos Bar. Sie brauchte Koffein. Oder lieber Kamillentee? Trotz ihrer inneren Verwirrtheit erfreute sie sich an den angenehmen Sonnenstrahlen. Die Gasse war gut besucht. Aufgeregt wirkende Paare strömten von einem Geschäft ins nächste, mit großen, wichtigen Tragetaschen beladen. Chiara wusste, dass viele Familien ganz lange sparten, um eine Traumhochzeit zu finanzieren. Was nach heiterem Shopping aussah, war auch mal das Resultat von Entbehrungen.

Auch die Bar war gut besucht. Vor allem Bräutigame schienen sich stärken zu müssen. Einige sahen so gestresst aus, als hätten sie eine Woche durchgearbeitet. Chiara konnte sich ein Grinsen nicht verkneifen.

Sie bestellte schließlich einen schnellen *caffè* bei Giacomino, weil ihr doch eher nach Koffein war. Er reichte ihr gemächlich ein Tässchen, weil den Barista nichts aus der Ruhe bringen konnte. Er war die Art Mensch, der selbst bei einem Hausbrand wohl als Letzter aus dem Haus spazieren würde.

»Hat dich die Frau gefunden?«, fragte er unvermittelt.

»Welche Frau?«

Er zuckte mit den Achseln. »Heute in der Früh war eine Frau hier, die dich gesucht hat. Olga hieß sie, glaube ich.«

Chiara registrierte den ungewöhnlichen Namen. Olga. O. Ihr fielen augenblicklich die Ringe ein.

Ein Zufall womöglich.

Vielleicht aber auch nicht.

»Hast du ihr meine Nummer gegeben?«

Giacomino schüttelte den Kopf. »Nein, aber sie hat Giosuè, der zufällig hier war und sich angeboten hat, eine Nachricht für dich hinterlassen.«

Madonna santa! Ausgerechnet Giosuè. Mit dem wollte sie eigentlich gerade nicht so viel zu tun haben.

»Ah. Okay, vielen Dank fürs Bescheidgeben. Ich werde ihn fragen.«

Der große Barista zwinkerte ihr zu und kümmerte sich um die wartenden Gäste.

Chiara trank ihren starken kleinen *caffè*, bezahlte und ging. Eigentlich sollte sie zu Giosuè gehen, um sich diese Nachricht zu holen. Andererseits hatte sie aber schon mit ihm gesprochen am Morgen, und er hatte nichts gesagt. Vielleicht war die Nachricht nicht wichtig, vielleicht hatte er sie vergessen, vielleicht … Eigentlich rechtfertigte nichts die Tatsache, dass er ihr eine Nachricht vorenthielt. Aber sie war auch nicht gewillt, sich mit ihm zu treffen. Die Nachricht musste wohl warten, obwohl ihr das gar nicht behagte.

Chiara spazierte zurück zur Goldschmiede. Sie musste einen Plan machen, ihre Rückkehr nach Mailand war Realität, besonders nach Gianmarias Anruf. Sie konnte ihn nicht viel länger hinhalten. Und sie musste Paolos Frau von ihrem Entschluss erzählen, damit sie sich darauf einstellen konnte, die kleine Goldschmiede zu verkaufen.

Chiara wurde beim Gedanken daran schwer ums Herz. Sie liebte den Laden von Tag zu Tag mehr. Aber wie war das im wahren Leben? Man hörte auf den Kopf und nicht auf das Herz? Nie war diese Aussage treffender als in diesem Fall.

Auf dem Weg zum kleinen Laden musste sie einem Paar ausweichen, das sich laut unterhielt. Über einen älteren Onkel, der offenbar gerne die Verwandtschaft bespitzelte und dann allen davon erzählte. Das Paar ärgerte sich über diesen Onkel, aber Chiara kam eine Idee. Einen älteren Zio hatte sie zwar nicht, aber vielleicht einen mehr als würdigen Ersatz.

In der Mittagspause traf Chiara Peppino am Brunnen in der Via dell'Annunziata, der zu ihrem neuen Lieblingsplatz geworden war. Sie hatten das bei ihrem letzten Treffen so vereinbart. Peppino sah gut aus, erholt irgendwie. Erst jetzt begriff Chiara, dass es für ihn bestimmt nicht leicht gewesen war, tagelang in der Via dell'Amore herumzustehen – in seinem Alter. Die Bäume rund um den Brunnen boten in der Mittagshitze angenehmen Schatten, das leise Plätschern des Wassers reichte schon aus, um sich erfrischt zu fühlen. In den Wohnhäusern, die die Gasse säumten, wurde gekocht oder bereits gegessen. Düfte strömten aus den Fenstern, vermischten sich und wanderten in alle Richtungen. Mit Sicherheit aß irgendwer Pasta mit Tomatensoße und *parmigiano*. Ihr Magen knurrte auch gleich solidarisch. Alfonsa und Tommasina warteten schon mit dem Essen auf sie, aber sie hatte Bescheid gegeben, dass sie etwas später kommen würde.

»Ich werde bald nach Mailand zurückkehren«, erzählte sie Peppino, der neben ihr auf der Bank saß und seine Beine übereinandergeschlagen hatte. Er wippte mit seinem Fuß, war anscheinend tiefenentspannt. Fast tat es ihr leid, dass sie ihn gestört hatte.

»Oh. Die Via dell'Amore wird dich vermissen«, sagte er und legte eine Hand auf ihre Schulter. Das tat überraschend gut, vor Rührung musste Chiara ein wenig mit den Tränen kämpfen. Sie fühlte sich durch diese winzige Geste verstanden und unterstützt. Es war, als spürte er instinktiv, wie sehr ihr dieser Entschluss auf der Seele lastete.

»Ich werde die Gasse auch vermissen. Und die Goldschmiede. Und natürlich Nonna, selbst die Hunde.«

Peppino lachte. »Lässt die Signora Tommasina sie noch immer im Korb an der Leine herunter?«

Auch Chiara musste über diese Eigenart ihrer Nonna lachen. »Ja … und die drei kleinen Frechdachse lieben das.«

»Ich weiß. Schließlich habe ich sie oft genug dabei beobachtet.«

Sie lehnte sich spontan an seine Schulter. »Du bist ein feiner Kerl.«

Er lachte kehlig. »Nun fühle ich mich aber geschmeichelt.«

»Das solltest du auch.«

»Ach, nun …« Er wirkte ein bisschen verlegen.

»Peppino, sag, kann ich dich um einen Gefallen bitten?« Eine Taube kam angeflogen und landete auf dem Beckenrand des Brunnens. Der Vogel lenkte sie beide eine Weile von ihrem Gespräch ab, aber es war auch angenehm, einfach so dazusitzen und gar nichts zu sagen.

»Um welchen Gefallen wolltest du mich bitten?«, fragte er schließlich und nahm das Gespräch wieder auf.

»Weißt du, bevor ich abreise, möchte ich Tommasina in Sicherheit wissen. Und es gibt da jemanden in der Via dell'Amore, der meiner Nonna nichts Gutes will.« Chiara begann, von Pamela zu erzählen. Von dem Treffen, von deren Absicht, Tommasina vom Thron zu stoßen. »Und deshalb dachte ich, du könntest dich vielleicht ein bisschen umhören in der Gasse.«

»Mich bemerkt ja keiner«, setzte er augenzwinkernd hinzu.

»Was in diesem Fall nur hilfreich ist.«

»Ja, ich verstehe, was du meinst.« Peppino lehnte sich zurück, blickte in den Himmel. Schwieg eine Weile.

»Und?«, hakte Chiara irgendwann nach.

»Ich schätze, die Via dell'Amore wird mich für eine Weile wiederhaben.«

Kapitel 25

Bevor du andere lieben kannst, musst du erst dich selbst lieben.

Tommasina ließ die Hunde langsam mit dem Korb vom Balkon herunter, als sie ihn plötzlich sah. Vor Schreck entglitt ihr beinahe das Seil, was verheerende Folgen hätte haben können. Zum Glück war es nur ein kurzer Augenblick gewesen. Das hätte sie sich niemals verziehen, wenn ihren Lieblingen etwas zugestoßen wäre. Erst als sie sicher war, dass ihre Hunde heil aus dem Körbchen gesprungen waren, blickte sie wieder auf. Und tatsächlich ... da war er: Peppino.

Er spazierte gemächlich die Gasse auf und ab, hielt jetzt bei Pamelas Laden, blieb dort eine Weile am Eingang stehen. Niemand schien ihn zu bemerken, niemand schenkte ihm Beachtung. Und die Tatsache, dass sie selbst so zu ihm gewesen war – so gleichgültig –, ließ sie schwermütig seufzen. Gerade ihr, der großen Tommasina, war es entgangen, welch toller Mann Peppino war. Doch sie hatte seit dem geplatzten Abendessen unentwegt an ihn gedacht, was sicherlich eine gerechte Strafe war. Nun war sie aber ein bisschen ratlos. Sollte sie ihm winken?

Schwierig.

Sie brauchte Rat, aber Chiara war schon weg. Da blieb nur noch Alfonsa, was Tommasina dazu brachte, ihren Blick ergeben gen Himmel zu richten. Was war nur aus ihr geworden? Sie hatte die gesamte Via dell'Amore im Griff – ja, auch die blonde Schönheit mit ihren ganz schlauen Aktionen und versteckten Angriffen. Tommasina war im Bilde, behielt Pamela immer im Auge. Die Kleine machte ihr keine Angst. Aber Peppino ... das war ein anderes Thema, bei dem sie nicht ohne Hilfe weiterkam.

»Alfonsa?«, rief sie und bekam keine Antwort. Wo steckte sie nur wieder? »Alfonsaaaaa!«

»Ja? Was ist passiert?« Alfonsa kam besorgt angelaufen und ließ dabei ihre Schlappen auf irritierende Weise auf den Boden schlagen.

»Nichts ist passiert. Ich brauche einen Rat«, erklärte Tommasina, trat vom Balkon in die Wohnung.

»Von mir?« Sie war so erstaunt, dass sie die Augen weit aufriss.

Tommasina war ja selbst erstaunt, wie weit sie gesunken war, aber das war eine andere Geschichte. »Ja, von dir. Peppino ist zurück, und ich weiß nicht, was ich tun soll.«

»Oh. Setz dich doch erst mal. Ich schenke uns einen Grappa ein, ja? Der beruhigt die Nerven.«

Etwas schwerfällig setzte Tommasina sich an den Küchentisch. Sie brauchte keinen Grappa, sondern einen Rat. Trotzdem ließ sie sich einen einschenken. Alfonsa hatte die kleinen Likörgläser aus der Anrichte genommen. Das gute Geschirr und die guten Gläser wurden praktisch nie benutzt. Was für eine Schande, was für eine Verschwendung.

Sie prosteten sich zu und tranken. Der Alkohol brannte in der Kehle und auf seinem Weg in den Magen. Tommasina schüttelte sich. »Nun?«

Alfonsa setzte sich ebenfalls. »Nun, ja, was soll ich sagen ... Zunächst einmal finde ich es gut, dass er wieder hier ist. Das bedeutet, dass es ihm gut geht und dass er wieder in deiner Nähe sein möchte.«

Das hörte sich vielversprechend an. Tommasina ließ die Worte auf sich wirken. Streng genommen wusste sie nicht, warum er wiederaufgetaucht war, aber der Gedanke, es könnte wegen ihr sein, bewegte etwas in ihr. Irgendwo tief drinnen. »Soll ich ihn ansprechen?«

»Weißt du, was? Ja! Ich denke, du solltest das tun.«

»Ja?«

»Auf jeden Fall. Und heute geben wir uns besonders Mühe mit deinen Haaren und dem Schminken. Na, was sagst du?«

Sie zuckte mit den Achseln. »Schenk mir noch mehr Grappa ein, der hat gutgetan. Und, ja, ich schätze, es kann nicht schaden, wenn ich passabel aussehe.«

Alfonsa nahm noch einmal die Grappa-Flasche hervor und schenkte nach. »Du siehst nicht nur passabel aus, du siehst fantastisch aus. Ich wünschte, ich hätte deine Haare und deine Figur!«

Tommasina trank. »Ach, hör schon auf!« Es war ihr fast lieber, wenn Alfonsa sie kritisierte. Für sie war es einfacher, mit Kritik als mit einem Kompliment umzugehen. Das musste wohl damit zusammenhängen, dass es in ihrem Elternhaus eher rustikal zugegangen war. Was so viel bedeutete wie wenig öffentlich zur Schau gestellte Liebe. Zwar hatten sie sich allesamt respektiert und sicher auch geliebt, doch gezeigt hatten sie sich das nie.

»Komm, lass uns dafür sorgen, dass Peppino ganz rote Ohren bekommt, wenn er dich sieht!«, sagte Alfonsa voller Tatendrang.

Rote Ohren waren für Tommasina nicht ganz so interessant, aber sie wollte Peppino gefallen. Ja, so viel hatte er in ihr bewegt. Deshalb ließ sie alles über sich ergehen. Das Frisieren, sogar mit neuer Variante des Dutts – es hatte auch nur eine Viertelstunde gedauert, bis Alfonsa sie überredet hatte – und einem dezenten, aber sehr schönen Makeup. Bei der Kleiderwahl wurde es ein bisschen komplizierter. Alfonsa meinte nämlich, dass Tommasina Hosen tragen sollte, mit einem einfachen Top dazu, was ja noch machbar war. Doch sie fand auch, dass Tommasina den Kaftan weglassen sollte, weil er auf Peppino einschüchternd wirken könnte.

Pffft.

Einschüchternd ...

Also, wirklich!

Doch auch das hatte Tommasina akzeptiert. Am Ende der ganzen Prozedur hatte Alfonsa sie vor den Spiegel gestellt und aufgeregt auf ihre Meinung zum ganz neuen Auftritt gewartet. Tommasina hatte sich sprachlos im Ganzkörperspiegel ihres Schlafzimmers angeschaut. Lange und schweigsam. Ja, es war ihre Kleidung, es war ihr Haar. Und doch irgendwie nicht. Die Zusammenstellung war anders. Ruhiger und eleganter vielleicht. Dennoch insgesamt so fremd, dass sie sich kaum wiedererkannte. Alfonsa holte die Hunde inzwischen nach oben, nachdem sie ihren ausgiebigen Morgenspaziergang beendet hatten, doch Tommasina hatte ihre Meinung geändert. Nein, so wollte sie nicht in die Gasse. So konnte sie nicht in die Gasse. Nicht, weil sie nicht gut aussah. Ganz im Gegenteil. So gut hatte sie noch nie ausgesehen. Aber ihr Dutt, ihr farbenfrohes, auffälliges Make-up, ja, sogar ihr Kaftan waren Teil einer Uniform. Ihrer Uniform. Nicht jeder mochte sie, nicht jeder kam damit zurecht. Für sie persönlich war ihr Look aber etwas, das ihr Mut gab. Sie fühlte sich darin unbesiegbar.

So, wie sie jetzt aussah, war sie einfach nur eine schicke, elegante Frau. Schön, aber eben nicht unbesiegbar.

»Peppino steht unten«, erzählte Alfonsa aufgeregt, nachdem sie Diego, Fabio und Ciro aus dem Korb geholfen hatte.

»Das ist schön, aber ich kann jetzt nicht«, sagte Tommasina bestimmt.

»Aber wir haben doch extra das tolle Make-up aufgetragen ...«, begann Alfonsa.

Doch Tommasina unterbrach sie mit einer Handbewegung. »Vielleicht später.«

Und damit war das Thema erledigt.

· · ·

Chiara war an diesem neuen Tag in der Via dell'Amore so sehr beschäftigt, dass sie ihren Gedanken nur bedingt freien Lauf lassen konnte. Sie hatte Kundschaft im Laden stehen, alles Paare, die sich wegen ihrer Eheringe beraten lassen wollten. Sie wünschten sich individuell angefertigte Stücke, und Chiara nahm die Aufträge zwar an, wusste aber nicht, wie sie die ganze Arbeit noch schaffen sollte. Sie konnte sich im Moment gar nicht vorstellen, Neapel zu verlassen, hatte sie doch gerade das Gefühl, wirklich angekommen zu sein. Andererseits wartete Gianmaria in Mailand dringend darauf, dass sie ihr Einverständnis zum neuen Arbeitsverhältnis gab. Fulvio und Anita schrieben unentwegt Textnachrichten, weil sie sich darüber aufregten, dass nun so viel mehr Arbeit an ihnen hängen blieb, seit sie in Neapel war. Dass sie in eine andere Abteilung kommen würde, wussten beide offenbar noch nicht. Möglich war aber auch, dass in den Gängen schon gemunkelt wurde und die beiden von ihr direkt herausfinden wollten, ob an den Gerüchten etwas dran war. Nun, sie würden es schon früh genug erfahren. Chiara hoffte einfach, dass sie sich schnell wieder in den Alltag in Mailand hineinfinden würde. Doch auch Alessia machte es ihr im Moment nicht einfach. Sie war beleidigt, beschuldigte sie, nicht an Ernestos Wohl interessiert zu sein, doch das stimmte so nicht. Sie mochte Ernesto, selbst wenn er sie ganz offensichtlich hasste. Ja, und selbst Marco hatte ihr geschrieben und ihr erzählt, dass er gar nicht mehr gerne für die Sicherheit im MM-Gebäude sorgte, seit sie nicht mehr da war.

All diese Situationen, all die Nachrichten zeigten ihr,

dass sie vermisst wurde. Ihr Leben in Mailand schien ihr von Neapel aus zwar fast wie eine vage Erinnerung, doch es war real.

Als auch das letzte Paar die Goldschmiede glücklich verließ, nahm Chiara sich einen Augenblick und trank einen großen Schluck aus ihrer Wasserflasche. Ein Blick auf ihre Armbanduhr verriet ihr, dass es beinahe Zeit für die Mittagspause war. Doch dann schlüpfte wieder Kundschaft in den Laden, der sich auf verwirrende Weise so sehr nach *ihrem* Laden anfühlte.

»*Buongiorno*. Oh, Diana ... Ist mit der Kette etwas nicht in Ordnung?« Erst am Vorabend hatte sie den Schmuck mit ihrer Schwiegermutter abgeholt. Der Gedanke, dass damit irgendetwas nicht stimmte, war naheliegend.

»*Ciao!* Nein, nein. Ganz im Gegenteil. Ich wollte dich fragen, ob du mir passende Ohrringe machen kannst. Die Kette hat meiner Nonna so gut gefallen, dass sie mir etwas dazuschenken möchte.«

Chiara konnte sich vor Aufträgen nicht retten. Sie wusste genau genommen nicht, wie lange sie überhaupt noch blieb. Und alles war nur noch chaotisch, aber sie konnte auch nicht wirklich Nein zu dieser Anfrage sagen, oder?

»Ich freue mich, dass die Kette so gut angekommen ist. Und selbstverständlich kann ich Ohrringe machen. Willst du mir verraten, wie sie aussehen sollen?«

»Am liebsten würde ich dir freie Hand lassen«, gab Diana achselzuckend zu.

Chiara nahm ihren Block aus der Tasche. Diana stellte

sich dichter an die Werkbank, um einen besseren Blick auf die Skizze werfen zu können.

Was Chiara so sehr an der Schmuckkreation liebte, war das Skizzieren. Der Bleistift flog quasi über das weiße Papier. Als würde er sich selbstständig machen. Dabei hatte Chiara das Resultat schon fest im Kopf. Ihr reichte zuweilen nur ein Blick, ein Eindruck, ein Moment. Bei Diana war es alles zusammen. Chiara hatte sie im Laden beobachtet. Ihre etwas schüchterne Art, den Moment, in dem sie etwas Mut gefasst hatte. Ja, um passenden Schmuck zu kreieren, war es hilfreich, den Charakter des Trägers zu kennen. Chiara drehte die Skizze so, dass Diana sie besser sehen konnte. Chiara stellte sich einfache Hänger mit bogenförmigem Stecker vor, mit einer etwas schlichter gehaltenen Version des Knotens, der auch in der Kette zu finden war. Keine einfache Arbeit, filigran, zeitaufwendig.

»Traumhaft. Kann ich sie gleich in Auftrag geben?«

»Selbstverständlich!«, sagte Chiara. Doch dann schloss sie kurz die Augen, denn es war eigentlich klar, dass sie all die Aufträge niemals würde schaffen können. Und es sah ihr gar nicht ähnlich, dass sie Dinge versprach, die sie nicht würde halten können. Was war nur los mit ihr?

Diana verabschiedete sich, und es war Zeit, für die Mittagspause zu schließen. Chiara packte ein, suchte den Schlüssel. Als sie jedoch abschließen wollte, schlüpfte Peppino flink in den Laden.

»Oh. *Buongiorno!*«, grüßte sie ihn.

Er blickte um sich, und Chiara musste sich ein Lachen verkneifen. Er nahm seine Rolle als Spitzel sehr ernst. »Du hast ja keine Ahnung, was man alles zu hören bekommt, wenn man die Ohren nur weit genug aufsperrt.«

Chiara lehnte sich an die Werkbank, hielt ihre Tasche fest an die Brust gedrückt, fast so, als wollte sie sich damit schützen. »Und was genau hast du gehört?«

»Sie hat mit jemandem telefoniert, war ziemlich aufgebracht. Wiederholt hat sie gefragt, ob sie sich sicher sein kann, dass die Kleider wie die Originale aussehen werden.«

»Wie die Originale? Heißt das, sie hat Fälschungen im Laden hängen?« Chiara fand diesen Verdacht so absurd, dass sich ihre Stimme überschlug.

»Das weiß ich natürlich nicht. Aber es hat sehr danach geklungen.«

»*Mamma mia*, wenn das stimmt, dann haben wir sie in der Hand.«

»Solange sie die Signora Tommasina in Ruhe lässt, ist mir alles recht!«

Einen Augenblick lang sahen sie sich an, so vertraut, als wären sie dickste Freunde, dann umarmten sie sich spontan.

»Wir sollten das Tommasina erzählen. Komm mit!« Sie hakte sich bei ihm unter.

»Was, wenn sie mich nicht sehen will?«, fragte er besorgt und zog seine Stirn in Falten.

»Oh, ich bin mir ziemlich sicher, dass sie das sehr wohl will.«

Peppino hob die Schultern, leistete aber keinen Widerstand. Chiara sperrte die Goldschmiede ab und spazierte dann guter Dinge mit ihrem Begleiter die Via dell'Amore entlang. Es war ein Tag wie aus dem Bilderbuch, nicht zu heiß, gerade richtig. Die meisten Läden waren schon geschlossen, doch die farbenfrohen Auslagen und die Ladenschilder waren im Sonnenschein eine wahre Augenweide. Das schienen die noch flanierenden Passanten auch so zu sehen, denn sie blieben stehen, staunten, zeigten mit dem Finger und erfreuten sich an dem, was die Gasse zu bieten hatte.

Wenig später erreichten Chiara und Peppino Tommasinas Wohnung. Sie nahm ihn einfach mit hinein, Alfonsa zuckte nicht mit der Wimper, deckte so flink für ihn ein, dass es kaum auffiel. Doch auch Tommasina selbst hatte sich gut im Griff, sie begrüßte Peppino mit Küsschen auf die Wange, bat ihn, sich zu setzen.

Chiara fiel sofort auf, dass Tommasina anders als sonst gestylt war. Den Grund kannte sie nicht, aber sie sah gut aus. Sehr gut sogar.

Bei Tisch, zwischen einem Happen und dem nächsten, erzählten Peppino und Chiara abwechselnd, was sie über Pamela herausgefunden hatten. Ja, es waren wohl nur Vermutungen, Beweise hatten sie keine, aber es fühlte sich gut an, irgendetwas, wenn auch nur einen Verdacht, gegen die Blondine der Via dell'Amore in der Hand zu haben.

Was Chiara nicht erwartet hatte, war die Reaktion ihrer Nonna. Die lehnte sich nämlich nur zurück und sagte: »Das weiß ich längst, und es ist kein Verdacht, sondern ihr gängiges Geschäftsmodell.«

»Aber wieso hast du denn niemals eingegriffen?«, wollte Chiara wissen. Sie verstand es nicht.

»Wer sagt, dass ich das nicht getan habe?«

Peppino machte einen anerkennenden Laut, für den Chiara ihn am liebsten umarmen wollte, denn besser hätte auch sie die Bewunderung für ihre Nonna nicht ausdrücken können. Tommasina wirkte stets friedlich und manchmal sogar ein bisschen geistesabwesend, doch war das wohl alles nur Strategie.

»Deshalb kann sie dich also nicht leiden ...«, erkannte Chiara.

»Ich habe sie mehr als einmal gestoppt. Wir wollen keine Betrüger in der Via dell'Amore. Aber sie scheint es nicht zu kapieren. Deshalb sollten wir zu effektiveren Mitteln greifen.«

»Wie lautet der Plan?«

»Wir schlagen sie mit ihren eigenen Waffen. Wenn sie irgendwelche Zettelchen drucken lassen kann, dann können wir das erst recht! Die anderen Ladenbesitzer werden endlich wissen, dass sie ihr nicht trauen können, und mehr noch werden sie Pamela so lange auf den Fersen bleiben, bis sie von selbst aufhört, gefälschte Kleider teuer als Originale zu verkaufen. Denn wenn die anderen eines nicht leiden können, dann ist es unfaires Handeln der Kundschaft gegenüber.«

Sie verbrachten die Mittagspause damit, das Faltblatt zu planen und zu entwerfen, dann ging Peppino zum nächsten Copyshop und ließ einige wenige Stücke drucken, die er dann, dezent wie immer, so verteilte, dass sie nur von den Ladenbesitzern gefunden werden konnten.

Noch vor dem Abend wussten alle Bescheid. Pamela

schloss den Laden vorzeitig. Und Chiara, Tommasina und Peppino feierten ihren Sieg im *Ammore*.

Natürlich verabschiedete Chiara sich bald, damit Peppino und Tommasina endlich – endlich – einen vertrauten gemeinsamen Abend haben konnten.

Kapitel 26

Liebe schaltet rationales Denken aus.

Neapel, fünf Jahre zuvor

Chiara liebte Capri, und sie war dankbar, dass Checco ein Wochenende auf der Insel gebucht hatte, um die letzten gemeinsamen Stunden vor ihrer Abreise nach Mailand dort zu verbringen. Er war romantisch und in vielerlei Hinsicht perfekt.

Sie setzten gemächlich auf einer Fähre über, sie hatten es nicht eilig. Nicht an diesem Wochenende. Er hielt sie fest. So fest, als hätte er Angst, sie zu verlieren. Sie wollte ihm sagen, dass er keine Angst zu haben brauchte. Und dass er sie niemals verlieren würde. Doch Worte schienen an diesem Morgen überflüssig.

Der Fahrtwind zerrte an ihrem Haar und irgendwie auch an ihren Gedanken, die sie kaum zu fassen bekam. Sie schwirrten hin und her, kamen und gingen. Das Einzige, was beständig war, waren Checcos Arme, die sie auf der gepolsterten Sitzbank eng umschlungen hielten.

Das Meer zeigte sich von seiner besten Seite. Es war so glatt und ruhig wie ein See. Nur die Farben waren anders, teilweise tiefblau, teilweise helltürkis, glasklar. Sie würde das Meer vermissen. Doch dann schüttelte sie diesen Gedanken ab, fand ihn zu wehmütig. Und wehmütig wollte sie nicht sein. Das hier war nicht das Ende. Es war ein Anfang. In der Geschichte ihres Lebens sicherlich nicht sehr viel mehr als ein Moment in Klammern, der aber für die weitere Entwicklung wichtig war.

»Was denkst du?«, fragte Checco und machte eine Haarsträhne hinter ihrem Ohr fest, die der Wind sofort wieder erfasste.

»Ach, lauter konfuses Zeug. Nichts Besonderes. Du?« Sie küsste seinen Arm, mit dem er sie hielt, immer und immer wieder. Er schmeckte nach Salz. Das tat er eigentlich meistens. Das Meer wurde er scheinbar nie komplett los. Es haftete immer an ihm.

»Geht mir ähnlich«, gab er zu.

Sie streichelte sein Bein, kuschelte sich noch enger an ihn. So eng, dass sie seine Kette an ihrem Rücken spürte. »Wirst du die Kette immer tragen, auch wenn ich weg bin?«, fragte sie, plötzlich ein bisschen panisch, weil ihr vielleicht zum ersten Mal richtig bewusst wurde, dass sie ihn nicht fühlen, schmecken und um sich haben würde. Mailand bedeutete auch das.

»Bis an mein Lebensende. Diese Kette ist ein Teil von mir. So wie du es bist und immer sein wirst.«

Sie versteckte das Gesicht hinter ihren Haaren, damit er ihre Tränen nicht sah.

Als sich Capris Hafen mit den zwei Hügeln und den bunten Häuschen im Hintergrund immer deutlicher abzeichnete, packte Chiara die Vorfreude. Diese Insel war ein Traum, ein Fleckchen Gestein mitten im Mittelmeer. Grün bewachsen, im blauen Wasser, gesprenkelt mit farbenfrohen Gebäuden und dem vielen Gelb der dicken Zitronen, nicht zu vergessen das intensive Pink der zahlreichen Bougainvillea-Sträucher, die sich als aufregende Farbakzente durch die Landschaft zogen. Sie atmete den Duft des Meeres ein, versuchte, das gesamte Spektakel in sich aufzunehmen. Aber Capri konnte man nicht einfach so aufnehmen und abhaken. Capri war ein Lebensgefühl, eine Philosophie, ein Wunsch, der in Erfüllung ging, aber immer wiederauftauchte.

Die Fähre manövrierte sich in den Hafen, sie gingen an Land, fuhren mit der Seilbahn in den höher gelegenen Teil Capris.

»Willst du mir nicht endlich sagen, wo du gebucht hast?«, fragte Chiara nicht zum ersten Mal. Sie hatte keine Ahnung, wohin er sie führte. Er machte das manchmal, dass er sie überraschte. Und er war so gut darin, genau zu erraten, was sie brauchte und worüber sie sich am meisten freute.

Sie erreichten die Piazzetta von Capri, Dreh- und Angelpunkt der Insel. Checco führte sie zu einer der Bars, um sie herum explodierte das Leben geradezu. Frauen in langen, leichten Sommerkleidern, flachen Capri-Sandalen und mit sonnengebräunter Haut flanierten und bewunderten die tollen Vitrinen der zentralen Läden, Männer in Shorts und teuren Ledermokassins mit obligatorischem Leinenhemd – Knöpfe bitte bis zum Brustbein geöffnet, Goldkette gut sichtbar – diskutierten miteinander. Es fehlte nur noch, dass sie mit einem Schild herumliefen, auf dem stand, wie viel sie im Jahr verdienten. Chiara war klar, dass es eine ganze Menge sein musste. Der Unterschied zwischen Touristen, die nur den Tag auf der Insel verbringen würden, weil alles andere zu teuer war, und denjenigen, die hier sogar mehrere Wochen verbringen konnten – wahrscheinlich in einer der exklusiven Villen mit Pool und Personal –, war offensichtlich und größtenteils an der Kleidung sichtbar. Die leichten, scheinbar zufällig aus dem Schrank genommenen Sommerkleider der Signore waren exklusive Ware und kosteten gerne ganz, ganz hohe dreistellige Beträge.

Für Chiara unerreichbar. Aber auch sie durfte sich am unglaublichen Panorama erfreuen, das man von der Piazzetta aus genießen durfte. In diesem Fall hatte sie das Checco zu verdanken, den sie aus den Augenwinkeln betrachtete. Er war in seinen eigenen Gedanken verloren, blickte in die Ferne, vom kleinen Tisch aus, an den sie sich vor der Bar gesetzt hatten. Für ihn musste der Blick über das Meer wohl weniger spektakulär sein als für sie. Er war jeden Tag auf dem Wasser, kannte die Tiefen, die Art, wie es sich an der Oberfläche kräuselte, wenn die Strömungen verrücktspielten. Der Wellengang war ihm vertraut, aber auch die ganz glatten Gewässer. Er konnte die verschiedenen Farbschattierungen einordnen.

»Berührt es dich überhaupt noch, wenn du auf das Meer schaust?«, fragte sie irgendwann und streichelte sein Bein, dann nippte sie an der eisgekühlten Orangina, die ihnen ein souveräner Kellner zuvor gebracht hatte. Das tat gut. Nicht zum ersten Mal hatte sie den Eindruck, dass selbst eine einfache Orangenlimonade hier auf Capri besser schmeckte. Alles war auf Capri wie amplifiziert. Die Freude, der Genuss, die Sonne. Die Liebe. Oh, die Liebe ...

»Das Meer berührt mich immer und immer wieder anders. Es ist so, als würde ich es jeden Tag zum ersten Mal sehen. Es sieht ja auch jeden Tag anders aus. Verstehst du, was ich meine?«

Sie nickte. »Ich werde es vermissen. Das Meer.«

Checco lachte. »Vielen Dank auch ...«

Nun musste auch Chiara lachen. »Das kam gerade ungünstig rüber. Du weißt, dass ich vor allem dich vermissen werde. Jede Minute. Immer.«

»So wie andersherum.«

Chiara räusperte sich. Die Stimmung drohte zu kippen, denn natürlich war dieses Septemberwochenende wundervoll, aber es war eben auch ein Wochenende, an dem sie sich für eine ganze Weile voneinander verabschieden würden. Obwohl sie beide sich anstrengten, diesen Gedanken fernzuhalten, so tauchte er doch immer wieder auf. Wie ein Schatten, wie eine Wolke, die sich vor die Sonne schob.

»Wir schaffen das, *Amore*!«, sagte sie überzeugt. Natürlich würden sie das schaffen. Jede andere Option wurde von Chiara nicht in Betracht gezogen.

Er küsste sie auf den Mund, schmeckte verführerisch

nach Aperol, den er bestellt hatte. Und für einen Augenblick war alles andere ganz weit weg. Er sagte so etwas wie: »Da gibt es nichts zu schaffen. Wir sind und bleiben Chiara und Checco, auch wenn Chiara in Mailand und Checco in Neapel sitzen wird.« Er grinste sie augenzwinkernd an.

Gott, sie liebte ihn so sehr, dass ihr davon schwindelig wurde. Liebesbetrunken. Ja. Exakt so.

Checco stand auf, bezahlte, nahm den Rucksack, den sie gemeinsam gepackt hatten, hielt ihr seine Hand hin, die sie liebend gern nahm.

»Nun? Wo werden wir schlafen?«

Er grinste, sah so glücklich aus, dass sie ihn nur noch küssen wollte. Seine Haut war wie immer dunkel von der Sonne, die er auf dem Boot draußen auf dem Meer abbekam. Sie ließ seine Augen heller und seine Zähne weißer leuchten. Die Sonne machte auch, dass seine Haare aussahen wie nach dem Besuch bei einem teuren Friseur, der darin geübt war, natürlich aussehende Sommersträhnchen zu machen. Er war eine Augenweide. Er war ihr Traum. Ihr wahr gewordener Traum. Sie drückte seine Hand fester, er hielt inne, sah sie an, zwinkerte ihr fröhlich zu. Sie war so glücklich und auch ein bisschen ungläubig. Er hatte ihren Entschluss, ihre Ausbildung in Mailand zu machen, erstaunlich gut aufgenommen. Sie hatte sich solche Sorgen gemacht, aber er hatte letztendlich mit Verständnis reagiert. Sie war stolz auf ihn, aber auch auf ihre Beziehung, die es getrost schaffen würde, diese zeitliche Trennung schadenfrei zu überstehen. Sie würden eben viel telefonieren. Sich gegenseitig besuchen, sooft und so gut es ging.

Checco blieb stehen, sah sie an, mit einem schelmischen Lächeln.

»Was ist los?« Sie war perplex, sich keiner Schuld bewusst. Sie waren knapp fünfzig Schritte gegangen, befanden sich jetzt am anderen Ende der Piazzetta an einem wunderschönen, antiken Gebäude. Sie hatte viel über dieses Gebäude gelesen. Es stammte aus dem neunzehnten Jahrhundert, war ursprünglich die Sommerresidenz der Famiglia Benincasa aus Neapel. Adel und Reichtum. Jetzt beherbergte das Gebäude ein luxuriöses Bed and Breakfast, das *Benincasa*, in das Chiara schon immer mal wollte.

Moment.

Sie sah erschrocken zu Checco, dessen Lächeln nun so breit war, dass es beinahe seine Ohren erreichte. »Na? Dämmert es?«, fragte er voller Vorfreude.

»Du hast hier im *Benincasa* gebucht?«

Er nickte, sah ihr dabei tief in die Augen.

»Aber, Checco, das ist viel zu teuer.«

»Nichts ist zu teuer für dich.«

Sie schluckte. Und schon wieder war sie den Tränen nahe.

Ihr Zimmer war so schön, so perfekt, dass Chiara aus dem Staunen nicht mehr herauskam. Sie war überrascht von den vielen liebevollen Details. Sie wusste nicht, wohin sie zuerst blicken sollte. Der Fußboden allein war schon ein Erlebnis für sich. Die Fliesen waren wohl ein Überbleibsel aus dem Originalbau. Kleine Fliesen in einem sanften Grünton, die zusammengelegt ein grafisches Muster ergaben. Zeitlos.

Das war das Wort, das Chiara spontan dazu einfiel. Die Decken waren hoch, über dem Bett hingen sechs oder sieben verschiedene Lampen mit ähnlichem Design. Bei näherem Betrachten entdeckte Chiara, dass die Lampenschirme geflochten waren. Die Lampen hingen in unterschiedlicher Länge von der Decke und waren ein richtiger Blickfang. Die Wände waren in reinem, sattem Weiß gehalten. Die modernen Möbel hingegen waren teilweise mit grüner Farbe bemalt. Das Bett war riesig. Chiara konnte gar nicht alles aufnehmen. Sie lief ins Bad. Das hatte sie ganz vergessen, normalerweise sah sie sich diesen Raum immer zuerst an.

Mamma mia, das Bad war unbeschreiblich. Eine Wohlfühloase.

Sie lief wieder zurück, blieb vor Checco stehen, der es sich auf dem Sessel bequem gemacht hatte, der in einem Eck unter einem hohen Lampenschirm stand. Er sah sie amüsiert an.

»Gefällt es dir?«, fragte er und hielt sie an einem Bein fest, zog sie sanft zu sich, lehnte seinen Kopf an ihren Bauch.

»Es ist wundervoll, ich bin sprachlos. Danke, aber du weißt, dass ich nicht so etwas Teures gebraucht hätte.«

»Für dich ist mir nichts zu teuer.« Er blickte zu ihr hinauf.

Die Stimmung veränderte sich mit diesem Blick, denn sie las so viel Liebe darin. Aber da war auch noch etwas anderes.

»Checco, du weißt, dass du mir wichtiger bist als alles andere, oder?«

Er nickte, stand auf. »Ja, das weiß ich. Darüber haben wir lang und breit diskutiert. Lass uns unser letztes Wochenende nicht damit verbringen, wieder zu besprechen, warum du nach Mailand gehst. Es ist in Ordnung.«

»Ist es das?«

»Ja. Und jetzt gib mir einen Kuss.«

Sie stellte sich auf die Zehenspitzen, berührte seine Kette mit den Fingerspitzen und drückte ihre Lippen auf seinen Mund. Es war noch immer wie damals, bei ihrem ersten Kuss, nachdem Tommasina sie zum Fischmarkt geschleppt und sie ihn kennengelernt hatte. Es war noch immer Magie.

»Ich liebe dich«, sagte sie zwischen einem Kuss und dem nächsten. Sie wiederholte es. Wieder und wieder. Fast so, als hätte sie Angst, ihm diese drei Wörter nach diesem Ausflug nie wieder sagen zu können.

Stimmen drangen von der Piazzetta zu ihnen nach oben. Chiara konnte sogar das Meer riechen. Die Sonne stand so, dass vereinzelt Strahlen durch das Fenster ins Zimmer fielen. Feiner Staub tanzte darin. Von irgendwoher war Musik zu hören. Jemand spielte Gitarre. Und eine Stimme, die *O sole mio* dazu sang. Zitronenduft lag in der Luft.

Der Moment war so perfekt. Und noch während sie ihn erlebte, war ihr bewusst, dass er sich für immer in ihr Gedächtnis brennen würde.

Checco führte sie zum Bett und zog sie ganz langsam aus, dann tat sie das Gleiche mit ihm. Nackt standen sie sich gegenüber. Sein Körper war ihr so vertraut. Sie kannte jeden Millimeter seiner Haut, jedes Muttermal, jeden Muskel, jede Sehne. Sie wusste, wie er sich anfühlte, ja, sogar wie er schmeckte. Sie würde ihn so furchtbar vermissen ...

Er tauchte seine Hände in ihr offenes, volles Haar und zog sie sanft zu sich, küsste sie so lange, bis ihre Lippen sich ganz heiß anfühlten. Sie setzte sich aufs Bett, schob sich zum Kopfende, er folgte ihr. Chiara stand unter Strom, ihr Körper war empfindlich und empfänglich zur gleichen Zeit.

Es gab nichts Schöneres, als seinen warmen Körper, sein Gewicht auf ihrem zu spüren.

Er war diesmal besonders zärtlich, streichelte sie beinahe andächtig, hielt immer wieder inne, fixierte sie mit seinem Blick. Seine Augen erschienen ihr an diesem Tag besonders ausdrucksvoll. Tief und tatsächlich wie die Pforten zu seiner Seele, die in diesem Moment wohl etwas verletzlich war.

Sie liebten sich innig, sie liebten sich wiederholt. Es war mehr als nur ein körperlicher Akt. Sie verschmolzen miteinander, flüsterten sich Liebesschwüre ins Ohr.

Später saßen sie auf dem Balkon hoch über der Piazzetta und beobachteten, wie die Sonne langsam ins Meer tauchte und den Himmel feuerrot färbte. Capri war in diesem Licht noch schöner, Chiara saß bei der Liebe ihres Lebens auf dem Schoß. Checco hielt sie fest, presste seinen Mund auf ihren Rücken, sodass sie seinen warmen Atem spüren konnte.

»Chiara?«

»Hm?« Sie war tiefenentspannt und beinahe schläfrig.

»Weißt du, was Capri bedeutet?«, fragte er mit rauer Stimme.

Sie dachte nach, konnte sich gerade nicht erinnern, ob

sie jemals etwas darüber gelesen hatte. »Nicht wirklich ...«, musste sie zugeben.

»Capri bedeutet für immer«, erklärte er.

Kapitel 27

Ich heirate dich, weil du auf deinen Arbeitsreisen extra hältst,
um für mich Fotos vom Schnee zu schießen, den ich nie sehe.

Olga befand sich auf dem großen Zimmerbalkon des exklusiven Hotels *La Villa dei Limoni* auf Capri. Es lag in der berühmten Via Camerelle, der Einkaufsstraße mit den entzückenden Läden der bekanntesten Luxusmarken der Welt, und zwar exakt dort, wo die Gasse in die Via Federico Serena mündete. Das Hotel hatte eine lange Tradition, und Olga hatte es wegen seines verträumten Zitronengartens ausgesucht. Eine Oase, mitten im privilegierten Zentrum Capris.

Der Duft nach Zitronen war in und um das Hotel herum allgegenwärtig, wirkte erfrischend, belebend. Das Atmen fiel Olga hier leichter. Sie war aufgeregt. Nur noch ein Mal schlafen …

»Du denkst zu viel nach«, erkannte Susanna, die sie begleitet hatte.

»Ja. Gedanken kann man so schwer ausschalten, oder?« Olga blickte verträumt über den mit üppiger Mittelmeervegetation bewachsenen Hang bis hin zum Meer, wo die

Faraglioni-Felsen majestätisch herausragten. Das Gewässer rund um die berühmten Steingebilde war übersät mit Booten, Jachten, Segelschiffen in allen Größen und Formen. Sie wirkten aus der Distanz wie ein bizarres Muster. Ein Anflug von Nostalgie überkam sie. Sie dachte an ihre Mutter ...

»Das stimmt. Aber am Tag vor deiner Hochzeit solltest du dich einfach nur freuen und entspannt sein«, fand Susanna, die ihren *cappuccino* austrank.

Der kleine, runde Tisch auf dem Balkon war überfüllt mit Leckereien jeglicher Art. Olga hatte Frühstück aufs Zimmer bestellt, aber nicht mit einer solchen Fülle gerechnet. Sie schob sich noch ein winziges Stückchen Zitronenkuchen in den Mund. Das würde jetzt auch keinen großen Unterschied mehr machen.

»Das meinst du jetzt nicht ernst, oder? Nenn mir eine Braut, die am Tag vorher die Ruhe selbst war«, forderte sie lachend.

Susanna machte ein angestrengtes Gesicht und musste sich schließlich geschlagen geben. »Da hast du wohl recht«, gab sie zu und klaute sich eine Cocktailtomate vom Käseteller.

»Für mich geht ein Traum in Erfüllung. Mattia ist mein Traummann.« Olga musste über das entsetzte Gesicht ihrer Schwägerin lachen.

»Puh, meine Güte ... also, für mich ist und bleibt er der nervige Bruder, aber ich bin froh, dass du in ihm etwas anderes siehst«, erwiderte Susanna laut lachend.

»Ich weiß, er kann manchmal eine richtige Nervensäge sein«, stimmte Olga zu, und auch Susanna nickte übertrieben, »aber für mich ist er vor allem ein verständnisvoller, einfühlsamer Partner. Und sexy noch dazu.«

Susanna gab einen entsetzten Laut von sich, der an das Quieken einer Maus erinnerte, und hielt sich die Ohren zu. »Du wirst mir jetzt nicht erzählen, was mein Bruder alles mit dir im Bett anstellt!«, tat Susanna entsetzt. Und wie durch Magie hatte sich die eher nostalgische Stimmung des Morgens in eine heitere verwandelt. Die Sonne Capris tat ihr Übriges.

»Sollen wir uns noch einmal dein Kleid anschauen?«, fragte Susanna hoffnungsvoll. Sie war ein richtiges Modepüppchen, das stundenlang Outfits vor dem Spiegel anprobieren konnte. Und offen gestanden war ein sorgloser Beautymoment genau das, was Olga jetzt brauchte. Sie stand auf, rief nach dem Zimmerservice, der das Frühstücksgeschirr flink abräumte, und ging, als sie wieder allein waren, mit Susanna hinüber in das geräumige Schlafzimmer. Es war, wie der Rest der großen Suite, in den Farben Capris gehalten. Blau, Grün, Gelb. Das Bett war so groß, dass darin leicht Platz für fünf Erwachsene gewesen wäre. Olga nahm das in einem Schutzcover verstaute Hochzeitskleid aus dem Schrank und legte es auf das weiche Bett. Ihr Vater hatte es ins Büro gebracht, während er sich angeboten hatte, die Ringe direkt zum Trauzeugen zu bringen.

Seltsam, dass sie das Kleid bei der Frau gekauft hatte, die irgendwie an ihre Nachricht für Checcos Chiara gekommen sein musste. Olga hatte auch ehrlich gesagt so knapp vor ihrem großen Tag nicht den Nerv gehabt, sich intensiv damit zu beschäftigen. Nach der Hochzeit aber wollte sie dieser Sache unbedingt auf den Grund gehen, denn zu sehr interessierte es sie, was Pamela mit Chiara und Checco zu tun haben mochte.

Olga riss sich aus ihren Gedanken und öffnete den Reißverschluss der Schutzhülle. Sie erkannte sofort den Stoff ihres geliebten Kleids, die Spitze, das Muster. Sie fuhr vorsichtig mit der Hand über das Korsett. Susanna kniete sich vor das Bett, auf dem Olga neben ihrem Kleid saß.

»Willst du schnell reinschlüpfen?«, fragte sie hoffnungsvoll.

Olga dachte einen Moment darüber nach. Eigentlich war ein fauler Tag am Pool neben dem Zitronengarten geplant, aber das Faulsein konnte noch warten. Sie gab sich einen Ruck. »Ach, warum eigentlich nicht!«

Susanna quiekte wieder vor Begeisterung, was Olga immer wieder zum Lachen brachte. Sie war so froh, ihre Schwägerin dabeizuhaben. Sie war die beste Freundin, die man sich vorstellen konnte.

Susanna half ihr mit dem Kleid und riss Witze darüber, dass sie gerade die Generalprobe machten, was Olga plötzlich sehr sinnvoll fand, denn es war gar nicht so einfach, in diese wichtige Robe zu kommen. Lachend und schwitzend schafften sie es beim dritten Versuch. Das Gewand war angezogen, alles am richtigen Platz.

Und doch irgendwie nicht.

»Hast du es hinten zugebunden?«, fragte Olga, weil es ihr keine hübsche Taille machte. Es hing eher an ihr, als dass es ihre Figur betonte. So viel konnte sie in so kurzer Zeit nicht abgenommen haben.

»Ja, aber es geht nicht enger«, bestätigte Susanna, die hinter ihr stand und sie im Spiegelbild betrachtete. »Irgendetwas stimmt mit dem Kleid nicht ...«, bemerkte auch Susanna.

Und nun traf Olga das Offensichtliche mit aller Wucht: Das Kleid war zu groß und sah deshalb furchtbar an ihr aus. Unförmig und kein bisschen schmeichelhaft. »Du hast recht. Aber was nun?« Olga ließ sich aufs Bett fallen. Ihr war auf einmal schwindelig. Das war eine Katastrophe. Ihr fiel das Atmen schwer.

»Keine Panik, wir bekommen das hin!«, behauptete die praktisch veranlagte Susanna.

»Aber wie denn? Die Hochzeit ist morgen!« Olga heulte nun hemmungslos. Sie hatte das Recht dazu und schämte sich ihrer Tränen nicht, stand aber erneut auf und drehte und wendete sich vor dem Spiegel.

»Ruf Pamela an!«, bestimmte Susanna und drückte Olga das Mobiltelefon in die Hand.

Olga nickte, versuchte, ihren Atem zu normalisieren, zwang sich, ihre Hand ruhig zu halten, und suchte Pamelas Nummer aus dem Register, betätigte schließlich den Anruf, wartete auf das Freizeichen in der Leitung. Das ertönte nach kurzem Warten auch, doch nur einmal, dann kam eine Bandansage. Sie versuchte es gleich noch mal. Mit demselben Resultat. Nach dem fünften Mal war klar, dass etwas nicht stimmte. Olga kam kurz der Verdacht, von Pamela blockiert worden zu sein, doch gleich darauf schien ihr diese Möglichkeit so abwegig, dass sie den fiesen Gedanken nicht weiterverfolgte.

»Lass mich mal probieren!«, bot Susanna an, nahm ihr auch schon das Gerät aus der Hand, legte es aber nach einigen missglückten Versuchen beiseite.

Schließlich rief sie geistesgegenwärtig von ihrem eigenen Handy aus an. Und siehe da, nach dem dritten Läuten ging Pamela an den Apparat, meldete sich gewohnt freundlich, und sofort stellte Susanna auf Lautsprecher.

»Ja, hallo, hier spricht Susanna, Olgas Schwägerin ...« Und, klack, wurde das Gespräch unterbrochen.

Olga und Susanna sahen sich an. Sie waren beide sprachlos.

»Irgendetwas ist hier faul«, schlussfolgerte Susanna. »Aber das ist jetzt auch schon egal. Sie hätte jetzt sowieso vom Festland aus nichts mehr an dem Kleid ändern lassen können.«

»Und genau deshalb muss ich die Hochzeit morgen absagen«, heulte Olga wieder. Sie war untröstlich.

»So ein Unsinn, Olga! Reiß dich bitte zusammen. Wir werden uns hier vor Ort nach einer guten Schneiderin erkundigen, und wenn es keine gibt, dann kaufst du dir eben ein beliebiges weißes Kleid in einem der Läden vorne. So oder so, geheiratet wird morgen auf jeden Fall.«

Susannas übertrieben strenger Tonfall brachte Olga wieder zur Raison. Ja, verdammt. Sie würde sich von einer plötzlich verrückt gewordenen Brautmodentante nicht den schönsten Tag ihres Lebens verderben lassen. Deshalb zog Olga das Kleid wieder aus, verstaute es sicher in der Schutzhülle, zog ein legeres Sommerkleid über, machte sich einen

Pferdeschwanz und straffte die Schultern. Susanna war auch schon fertig.

»Komm! Lass uns zur Rezeption gehen und um Hilfe bitten«, beschloss Olga und fühlte sich schon sehr viel besser. Es war ein gutes Gefühl, erneut die Kontrolle zu haben.

»Das ist mein Mädchen!«, sagte Susanna in ermutigendem Tonfall.

Olga ging auf sie zu und umarmte ihre Freundin fest. »Danke, dass du den Überblick behalten hast. Das werde ich dir nie vergessen«, flüsterte sie ihr ins Ohr.

»Dazu bin ich doch da«, erwiderte Susanna, dann verließen sie das Zimmer, nahmen den Aufzug und begaben sich direkt zur Rezeption.

Eine junge, sehr professionell wirkende Frau nahm sich ihrer an. Nachdem sie sich ihr Anliegen angehört hatte, tätigte sie einen Anruf, dann bat sie Olga und Susanna in einen kleinen Warteraum, der sich hinter der Rezeption befand. Doch das Warten dauerte keine Minute, sodass Olga zwar die gesamte sommerlich-frische Einrichtung eingehend betrachtet, aber noch nicht die Zeit dafür gehabt hatte, sich zu langweilen.

Sie wurden in ein Büro gebeten, in dem eine sympathisch wirkende Frau saß, die sofort aufstand und auf sie zukam.

»Hallo, ich bin Caterina«, stellte sie sich vor. Und Olga musste schlucken, denn das war der Name ihrer Mutter.

Caterina war die Besitzerin des Hotels, aber tat, als wäre es nichts Besonderes. »Unsere Mitarbeiterin hat mich über die kleine Notlage informiert, und ich habe mich gleich umgehört. Eigentlich haben wir hier im Hause eine Schneiderin, die für unsere Gäste kleine, schnelle Änderungen vornimmt, nur ist sie leider derzeit nicht auf der Insel.«

Olga sackte in sich zusammen. Das war's dann wohl. Sie musste sich nach einem Ersatz umsehen. Doch Caterina war noch nicht fertig.

»Dann ist mir aber eingefallen, dass wir im Moment Rahel Serty hier zu Besuch haben. Sie ist eine in den Arabischen Emiraten sehr geschätzte Modedesignerin. Und, ich mache es kurz: Ich habe sie gefragt, ob sie helfen kann, und sie hat Ja gesagt.« Caterina faltete die Hände zusammen und sah sie beide glücklich lächelnd an.

Nun war Olga es, die einen seltsamen begeisterten Laut von sich gab. Und sie schämte sich nicht mal dafür. Spontan lief sie um den Schreibtisch herum und umarmte Caterina fest.

Nicht alles war schlecht. Und manchmal begegnete man im Leben echten Engeln.

Was genau mit Pamela schiefgelaufen war, würde Olga noch herausfinden. Was sie getan hatte, ging gar nicht.

Am Abend, nachdem Olga und Susanna den Nachmittag mit der reizenden und talentierten Rahel im Nähraum im Privatbereich des Hotels verbracht und das Kleid in weniger als einer Stunde wieder in ein perfekt passendes verwandelt hatten, ließ Olga sich im hauseigenen Pool treiben und blickte in den Himmel. Das Wasser verursachte gurgelnde Laute um und in ihren Ohren, die Gedanken schwebten weit nach oben, zur einzigen winzigen Wolke, die den Himmel erst perfekt erscheinen ließ. Das Gefühl der Schwerelosigkeit machte süchtig. Sie liebte es, verspürte den Wunsch, ewig so an der Wasseroberfläche zu treiben, doch dann sprang jemand knapp neben ihr ins Wasser, und die Magie war dahin. Sie stellte sich auf, schwamm zur Treppe und stieg aus dem Pool, ließ das Wasser von ihrem Körper tröpfeln und ging dann hinüber zu Susanna, die das mit den Cocktails am Pool sehr ernst nahm. Sie war bei ihrem dritten. Dementsprechend war ihre Laune. Susanna sprang sofort auf, als Olga auf sie zuging.

»Die Braut kommt, die Braut kommt!«, rief sie.

Natürlich drehten sich die anderen Anwesenden gleich interessiert um. Olga machte beschwichtigende Armbewegungen, wollte den anderen Gästen damit irgendwie erklären, dass hier nichts Interessantes zu sehen war. Die waren aber leider anderer Meinung. Wie aus dem Nichts erschienen Bedienstete des Hauses, die etwas an die Besucher des Pools verteilten. Mit Grauen erkannte Olga, dass es sich um Haarreife für die Frauen und Fähnchen für die Männer handelte, auf denen *Olga si sposa* stand, womit nun auch der letzte Gast wusste, dass Olga heiraten würde.

Olga suchte panisch Susannas Blick, und ein kurzer Augenblick reichte, um die Bestätigung zu haben: Das hier war das Werk ihrer Schwägerin.

Gab es etwas Schlimmeres als Überraschungsfeiern am Hotelpool? Wohl kaum. Doch es war noch nicht zu Ende. Ein Knacken in der Lautsprecheranlage ließ sie noch Schlimmeres ahnen.

»*Signore e Signori*, wir unterbrechen unsere abendliche

Routine, weil Olga morgen heiraten wird. Und das muss gefeiert werden. Wir vom Hotel *Villa dei Limoni* freuen uns für unseren lieben Gast, die Musik startet gleich. Und wer vor Mitternacht geht, ist ein Langweiler!«

Olga bedeckte ihr Gesicht und wünschte sich auf den Mond. Oder am besten gleich in eine andere Galaxie.

Die Musik startete, Susanna steckte ihr einen Haarreif schief auf den Kopf, packte ihren Arm und zog sie mit zu einem Pavillon. »Wir tanzen jetzt, bis wir nicht mehr können«, rief Susanna und hob ihre Arme in die Luft.

»Du spinnst wohl!«, war Olgas empörte Antwort.

Doch dann ließ Olga los, warf die gesamte selbst auferlegte Kontrolle über Bord, denn eigentlich hatten sie ja alle recht: Sie würde heiraten, und das musste gefeiert werden.

Es war ihr plötzlich egal, dass sie nasse Haare und einen nassen Bikini anhatte, es war ohnehin so heiß, dass alles spätestens in fünf Minuten staubtrocken sein würde. Sie begann, sich im Takt der Musik zu bewegen, und schloss dabei die Augen. Und als sie sie wieder öffnete, waren sie und Susanna schon nicht mehr allein.

Susanna musste sie weit nach Mitternacht quasi ins Zimmer tragen. Olga hatte getanzt, getrunken und so viel gelacht, zusammen mit Fremden, die sich im Laufe des Abends in Freunde verwandelt hatten. Klar denken konnte sie nicht mehr, doch ein einziger Gedanke schaffte es durch den Nebel der Euphorie: Das war einer der schönsten Abende ihres Lebens.

Kapitel 28

*Ich heirate dich, weil du mir noch immer jeden Morgen eine Nachricht
mit einem Guten Morgen, meine Schöne! schickst,
wenn du zur Frühschicht musst und wir uns nicht sehen.*

Tommasina spazierte an diesem neuen Tag die Via dell'Amore entlang. Diego, Ciro und Fabio liefen voraus, blieben aber immer wieder stehen und warteten. Sie schauten jedes Mal verwirrt in ihre Richtung. Denn Tommasina war in Begleitung unterwegs, die sie noch nicht ganz einordnen konnten. Peppino hatte ihr galant angeboten, sich bei ihrem Rundgang bei ihm unterzuhaken. War doch nichts dabei … Und nachdem sie ihn beim gemeinsamen Abendessen im Restaurant noch besser kennengelernt hatte, wusste sie, dass er es wert war. Er war intelligent, umgänglich, freundlich, zuvorkommend und noch so vieles mehr. Interessant war er vor allem. Und so liebevoll.

»*Buongiorno.* Tommasina, Peppino«, grüßte Cosimo und deutete eine leichte Verbeugung an.

Tommasina mochte Cosimo. Er war der ehrlichste und aufrichtigste Ladenbesitzer der Via dell'Amore. Sein Laden war sein Lebensinhalt, und er war nicht eher zufrieden, bis er den passenden Schuh für seine Kunden und Kundinnen gefunden hatte. Er war zwar nicht unbedingt innovativ, setzte dafür aber auf Qualität. Er verkaufte im Durchschnitt zwanzig Paar Schuhe pro Tag. Das hatte Tommasina einmal ausgerechnet, nachdem sie sich eine Weile lang auf ihn konzentriert hatte. Das war eine ganze Menge, wenn man bedachte, dass der Laden sich zwar sehr zentral in einer großen Stadt wie Neapel befand, dafür aber sehr klein war und von ihm allein betrieben wurde. Nein, um ihn machte sie sich keine Sorgen. Cosimo wusste, was er machte.

»*Buongiorno*, mein Lieber«, grüßte Tommasina zurück und musste einem Mann mit einer Orchidee ausweichen, die er offenbar bei Teresa vorne im Blumenladen gekauft hatte.

»Ich mag Cosimo«, bemerkte Peppino. »Er schätzt dich sehr.«

Tommasina schmeichelte dieser Kommentar natürlich. Cosimos Meinung zählte. Und die Tatsache, dass Peppino ihn mochte, weil er sie schätzte, war extraschön.

»Das beruht auf Gegenseitigkeit«, erwiderte Tommasina. Und dann waren sie schon bei Pamelas Brautmodenladen angelangt. Sie seufzte tief, während Peppino ihren Arm leicht drückte, wie um sie zu ermutigen oder ihr seine Solidarität auszudrücken. »Was man hier leider nicht behaupten kann.« Sie zeigte mit dem Kinn auf die sehr schön ausgestattete Vitrine, in der eine Schaufensterpuppe mit einem auffälligen, pompösen Kleid stand.

Pamela.

Offen gestanden begann Tommasina, sich unbehaglich zu fühlen. Die kleine Blondine drohte außer Kontrolle zu geraten. Illegale Machenschaften hatten sie immer aus dieser Gasse ferngehalten. Mit Mühe. Mit Stolz. Mit der Gewissheit, die Via dell'Amore nicht nur wörtlich zu einer Gasse der Liebe zu machen, sondern auch im praktischen Sinn.

Dass Tommasina sich nun selbst zu einem gemeinen Gegenzug gezwungen sah, missfiel ihr. So weit durfte sie es nicht mehr kommen lassen. Deshalb wollte sie ihre Präsenz, ihre notwendige Kontrolle, auch heute wieder deutlich machen. Sie informierte Peppino darüber, dass es eventuell unschön werden konnte, und ließ ihm die Wahl, ob er mitkommen oder lieber allein weitergehen wollte.

»Was wäre ich für ein Mann, wenn ich dich in der Not allein lassen würde?«, fragte er sichtlich empört.

Und Tommasina war glücklich, dass er das sagte, glücklich, dass er blieb, obwohl alles sehr schnell ging mit ihm. Sie hatte sich noch nicht einmal daran gewöhnt, seit ihrem letzten Abend von ihm geduzt zu werden, geschweige denn, von ihm so offensichtlich unterstützt zu werden. Aber sie spürte auch, dass er ein Mensch war, an den sie sich gewöhnen konnte, nein, wollte. Doch erst einmal schob sie diesen Gedanken entschlossen beiseite, denn sie betraten zusammen den Laden.

Pamela beriet gerade eine Braut, also taten Tommasina und Peppino so, als würden sie selbst nach einem Brautkleid schauen. Sie musste gestehen, dass ihr das Spaß machte. Brautkleider hatten vermutlich eine ganz besondere Wirkung auf die meisten Frauen. Und so vergaß sie fast, warum sie überhaupt hier war, verlor sich ein bisschen in weißem Tüll und Spitze und perlenbestickten Oberteilen. Bald schon lachten sie und Peppino wie die Kinder, wenn Tommasina sich eines der Kleider, das so gar nicht zu ihr passen würde, anhielt und sich damit im Spiegel betrachtete.

»Es ist nicht erlaubt, die Kleider von der Stange zu nehmen«, sagte Pamela mit eisiger Stimme, als sie plötzlich vor ihnen stand. Tommasina hatte gerade so viel Spaß mit Peppino gehabt, dass sie nicht darauf geachtet hatte, ob Pamela noch bediente.

Doch Tommasina fing sich schnell. Auf den Mund gefallen war sie zum Glück nicht. »Es ist aber auch nicht erlaubt, gefälschte Kleider als Originale auszugeben und den gleichen Betrag dafür zu kassieren«, konterte sie in aller Ruhe und behielt ihr Lächeln auf den Lippen. Die Situation konnte jeden Augenblick kippen. Es war immer besser, die Ruhe zu bewahren.

Pamela blickte sich gehetzt um. Doch es war niemand mehr im Raum.

»Was willst du, Tommasina?«, zischte sie.

»Benimm dich gefälligst! Hast du mich verstanden?« Tommasina hielt ihrem Blick stand. Oh, sie hatte weitaus schwierigere Kämpfe in ihrem Leben ausgetragen. Es hatte Momente gegeben, kurz nachdem ihr Mann gestorben war, in denen sie sprichwörtlich um das Überleben gekämpft hatte. Sie hatte mehr als einmal riskiert, ihre Pasticceria zu verlieren. Doch sie hatte alles getan, um in der Via dell'Amore bleiben zu können. Jetzt würde sie den Teufel tun und einer kleinen Blondine, die verwöhnt und verzogen war, erlauben, den Namen der Gasse in den Dreck zu ziehen.

»Sonst was?«, fragte sie boshaft.

»Sonst wirst du wohl schließen müssen.«

Pamela prustete abfällig, woraufhin Peppino sich räusperte.

Sie hatten ihn beide wohl einen Augenblick lang vergessen, weil er sich sehr dezent zurückgehalten hatte. Spätestens jetzt war klar, dass er jedes Wort mitbekommen hatte.

»Das wagst du nicht. Das würde einen Skandal geben, und du verabscheust Skandale«, bemerkte Pamela mit dem Anflug eines Triumphs in der Stimme.

»Das ist wahr. Aber nun rate mal, was ich noch mehr verabscheue als Skandale? Hm?« Tommasina ging ein paar Schritte auf Pamela zu. Eine vollkommen instinktive Handlung, die aber Wirkung zu zeigen schien.

»Schon gut«, zischte Pamela und hob beide Arme. Sie ging sogar ein paar Schritte zurück.

»Fantastisch. Na, dann wäre das ja geklärt«, frohlockte Tommasina übertrieben laut. »Peppino, wir können gehen.«

Der Gute stand sofort zur Stelle, und sie verließen den Laden. Und damit hatte sich wohl auch die Geschichte mit dem Treffen geklärt, zu dem Pamela auf dem Faltblatt aufgerufen hatte. Tommasina war sich ziemlich sicher, dass die Brautmoden-Barbie sich von nun an ruhiger verhalten würde.

Ob es nun am Adrenalin lag oder daran, dass sie glücklich war und sich lebendig und vielleicht sogar wieder jung fühlte, das konnte sie nicht sagen, doch kaum waren sie draußen, begann sie zu kichern wie ein junges Mädchen. Peppino stimmte mit ein, und für einen kurzen Augenblick war das Leben einfach nur perfekt.

Doch der Kontrollgang ging weiter, sie ließ keinen Laden aus, besuchte Graziano, der erstaunt auf Peppino blickte, aber nichts sagte, sondern ihnen gleich ein Stück Kuchen anbot. Es handelte sich um ein neues Rezept, das er ausprobiert hatte.

Sie nahmen an einem der kleinen Tische Platz, die in der Konditorei verteilt standen.

»Schmeckt er, Nonna?«, wollte Graziano wissen. Immerhin war sie früher für die Torten zuständig gewesen.

Der Tortenboden war so weich, fast wolkengleich. Das kannte sie so gar nicht, doch der Geschmack war ein Traum. »*Bello di nonna*, ich bin schwer beeindruckt. Sollte ich noch mal heiraten, will ich genau so einen Kuchen, ja?« Sie lachte über ihre witzige Bemerkung, doch weder Graziano noch Peppino stimmten mit ein. Also wechselte sie schnell das Thema. »Mit der Obstlieferung ist alles wieder in Ordnung, ja?«

»Ja, Nonna, alles ganz fein. Ihr beiden genießt den Kuchen. Ich muss leider weitermachen.« Und schon war er verschwunden.

»Er arbeitet viel, oder?«, fragte Peppino, der ihr gegenübersaß.

»Ja. Das tut er.« Sie kratzte mit der Gabel die samtig weiche Creme vom Teller, mit der der Kuchen gefüllt gewesen war.

»Zu viel?«

»Das versuche ich noch herauszufinden. Er nimmt sich nie einen Tag frei, er hat auch niemanden, der ihn ersetzen könnte, nicht mal für ein paar Stunden.«

»Das ist nicht gut ...«

Tommasina lehnte sich im Stuhl zurück, blickte Peppino an, der mit der Süßspeise beschäftigt war. Sie merkte, wie sie lächelte. Er war ein feiner Kerl, und sie wollte, dass er das wusste. »Danke, Peppino ...«, sagte sie leise. Sie konnte oft sehr laut sein, wenn es um Dinge ging, die nichts mit persönlichen Gefühlen zu tun hatten, doch wenn sie sich jemandem gegenüber öffnete, wurde sie ganz leise.

Peppino hielt überrascht inne, hörte sogar auf zu kauen, schien sich aber daran zu erinnern, dass er mit vollem Mund nicht sprechen konnte, und schluckte also. »Wofür denn, schöne Tommasina?«

»Oh, die Liste ist lang. Fürs Begleiten, fürs Teilhaben, fürs Mitfreuen, vor allem aber fürs beharrliche Dranbleiben.«

»Da gibt es gar nichts zu danken«, wiegelte er ab. »Wenn ich erst mal damit anfange, kämen wir aus dem Dankesagen gar nicht mehr heraus.«

»Trotzdem ...«

»Ach, papperlapapp, gar nichts trotzdem.« Er nahm vorsichtig ihre Hand, sie ließ es geschehen. »Ich bewundere dich, Tommasina, dich, deine Stärke, deine Willenskraft, deine Schönheit, deine Herzensgüte. Und ich fühle mich geehrt, dass du Zeit mit mir verbringst. Also sind wir quitt«, beschloss er.

Sie hatte die Gleichung nicht ganz begriffen, aber das

war auch nicht mehr wichtig. Sie begann, ihn zu mögen, ganz ohne Gleichung und Danksagungen.

Sie standen auf, verließen die Pasticceria und trafen draußen auf die Hunde, denen offensichtlich warm war, weshalb Peppino sich anbot, die drei Kleinen nach Hause zu bringen, da Tommasina noch weiter ihre Runde drehen wollte. Sie blickte den Hunden und Peppino hinterher und überlegte, dass Diego, Ciro und Fabio jetzt so etwas wie einen Papà hatten. Der Gedanke berührte sie ganz unerwartet.

Die Gasse war an diesem Tag nicht sonderlich überlaufen. Ab und an sah man Kunden von einem Geschäft ins nächste wechseln, aber die meiste Zeit war es eher ruhig. Das beunruhigte Tommasina jedoch nicht, denn sie wusste, dass sich das Hauptgeschäft abends abspielte, wenn die Sonne sich über den Golf von Neapel senken und die Stadt in ein magisches Licht tauchen würde.

Es war noch nicht zehn Uhr, der Tag lag noch vor ihnen. Tommasina beschloss, ein bisschen Zeit mit Chiara in der Goldschmiede zu verbringen und auch dort nach dem Rechten zu sehen. Noch war ihre Enkelin fest in Neapel, Tommasina wusste zumindest nichts von einem geplanten Rückreisedatum.

Sie musste gestehen, dass sie die kleine Goldschmiede ganz besonders mochte. Der Laden hatte nur wenige Änderungen durchlebt und wirkte gerade wegen seiner authentischen Art besonders charmant. Allein der Eingang war schon bemerkenswert, mit der Holztür, die eine Glastür verbarg. Und der Innenraum stellte eine gekonnte Mischung aus Arbeits- und Verkaufsraum dar. Der einzige Prunk im Raum, wenn man das überhaupt so sagen konnte, bestand aus den beiden Vitrinen, die durch die Pflanzen, die Chiara gekauft hatte, noch ein bisschen besser zur Geltung gebracht wurden.

Tommasina betrat den Laden, Chiara saß an der Werkbank, arbeitete, blickte auf, dann wieder auf den Schmuck, den sie durch ein Vergrößerungsglas betrachtete. »Kontrollgang?«, fragte sie knapp.

»Sieht so aus, *bella di nonna*.«

»Blick dich gerne um. Ich mache gerade Ohrringe auf Bestellung«, erklärte sie.

»Oh. Darf ich mal sehen?«

Chiara nahm ein Schmuckstück hoch und reichte es ihr. Tommasina nahm den filigranen Ohrring vorsichtig in die Hand und betrachtete ihn sehr genau. Das war bestimmt keine leichte Arbeit gewesen. »Sie sind wunderschön.«

»Danke.«

»Und die Ringe, die Paolo hinterlassen hatte, bist du alle losgeworden?«

Chiara hielt bei der Frage so abrupt inne, dass Tommasina zusammenzuckte.

»*Merda*!«, rief Chiara. »Der wievielte ist heute, Nonna?«

»Der achtundzwanzigste Juni. Wieso?« Nun war sie aber besorgt.

»Verdammt, wie konnte ich das nur vergessen?« Chiara sprang auf. »Nonna, ich muss nach Capri.«

»Capri?«

»Ja, die Insel, du weißt schon.«

Tommasina rollte mit den Augen. Sie wusste natürlich, dass Capri eine Insel war. »Wie willst du denn jetzt auf die Schnelle zum Molo kommen? Der Verkehr wird zu dieser Uhrzeit sehr dicht sein.« Sie blickte auf ihre Armbanduhr. »Der nächste Katamaran geht um elf.«

»Das schaffe ich«, rief Chiara aus dem hinteren Teil des Raums, wo sie etwas aus dem Tresor hervorholte.

»Soll ich dir ein Taxi rufen?«

»Nein, ich glaube, ich lass mich von Giosuè mit dem Roller fahren.«

»Macht er das denn?«

Chiara war gehetzt, ganz rot im Gesicht, aber so, so reizend. Sie zuckte mit den Achseln und packte etwas in ihre Tasche. »Das werden wir wohl gleich herausfinden.« Sie drückte ihr den Schlüssel in die Hand. »Kannst du hier abschließen?«

»Natürlich ...«

Chiara drückte ihr einen Kuss auf die Wange und eilte davon.

Tommasina blickte ihr hinterher, verwirrt und ein wenig besorgt. Andererseits vertraute sie ihrer Enkelin voll und ganz. Wenn sie so plötzlich beschloss, nach Capri zu müssen, dann gab es dafür sicherlich einen triftigen Grund. Tommasina löschte das Licht, verließ die Goldschmiede, schloss erst die Glas- und dann die Holztür ab. Noch bevor sie weitergehen konnte, hörte sie das Geräusch eines Motors. Giosuè und Chiara rauschten hupend an ihr vorbei.

Gut, das hatte dann wohl geklappt, und mit ein bisschen Glück würde sie den Katamaran wohl noch erwischen. Tommasina drückte die Daumen und freute sich jetzt schon auf den Moment, an dem Chiara ihr erzählen würde, was genau sie so eilig nach Capri getrieben hatte.

Tommasina überlegte, ob sie noch weiter ihre Runde drehen sollte, doch eigentlich wollte sie lieber nach Peppino sehen. Und sie fand, dass sie ruhig mal ihm den Vorrang geben sollte. Schließlich war sie hier in der Via dell'Amore, und wenn schon mal *amore* in der Luft lag, dann wollte sie diese mit dem nötigen Respekt behandeln.

Kapitel 29

Liebst du sie, dann sing ihr ein Lied;
liebst du sie, dann tanz mit ihr im Mondschein.

Giosuè war schnell und sicher durchgekommen bis zum Hafen Beverello, wo Chiara sich direkt bis zum Kiosk fahren ließ, an dem zum Glück niemand anstand und wo sie schnell ein Ticket nach Capri kaufen konnte.

»Beeilen Sie sich, Signorina, es geht gleich los«, rief der Kartenverkäufer ihr zu, und sie bedankte sich.

»Komm, steig auf, ich fahre dich noch bis nach vorne an die Hafenmole«, bot Giosuè an, der nicht mal gefragt hatte, wieso sie so eilig nach Capri wollte. Er hatte, ohne mit der Wimper zu zucken, seine Agentur abgeschlossen und war auf seinen Roller gesprungen, um ihr einen Gefallen zu tun.

Chiara glaubte, dass er eigentlich ein netter Kerl war, der aber von Pamela manipuliert wurde. Trotzdem ließ ihn das noch nicht gut dastehen. Er fuhr sie so weit nach vorne, bis es nicht mehr weiterging, und sie sprang vom Roller, gab ihm den Helm und bedankte sich, rannte los, überlegte es sich anders und ging noch einmal zurück zu Giosuè. »Ich weiß übrigens, was du und Pamela mit mir geplant hattet.«

Er blickte zu Boden, hatte aber den Anstand, nichts zu sagen.

»Was auch immer der Grund für dein Handeln gewesen sein mag, ich denke, du solltest dich schämen!« Nun rannte sie aber los. Und sie fühlte sich gut und unbeschwert dabei.

Der Bedienstete vom Hafen lächelte sie an, als sie atemlos bei ihm ankam, um an Bord zu gehen. Er kontrollierte ihren Fahrschein, war die Ruhe selbst. »Sie haben ja keine Ahnung, Signorina, wie viele Leute hier abgehetzt ankommen und quasi in letzter Sekunde auf den Katamaran springen. Und ich frage mich dann immer, warum so eilig? Capri wird auch in zwei Stunden noch da sein. Oder morgen. Und sicher noch in Jahren.«

Dio mio, ausgerechnet jetzt musste sie sich so was anhören? Wirklich? »Ich muss …«, versuchte sie zu sagen.

»Capri ist in der Tat eine wunderschöne Insel. Waren Sie schon mal dort, Signorina?«

Chiara begann, zappelig zu werden. Der Gute hielt ihr Ticket noch immer in der Hand. »Jaja. Schon oft. Ich bin aus Neapel.«

»Das hat ja nichts zu bedeuten, Signorina. Ich bin auch aus Neapel, arbeite sogar am Hafen, bin aber noch nie auf Capri gewesen. Ist das nicht lustig?« Er lachte, als hätte er den besten Witz des Jahrhunderts gerissen, zeigte dabei erstaunlich gerade Zähne.

Chiara tat ihm den Gefallen und lachte mit, wurde aber langsam hysterisch. Der Katamaran hatte den Motor schon angeworfen. Er würde sie doch jetzt nicht noch die Überfahrt verpassen lassen! »Ich muss ...«, versuchte sie es wieder.

Doch er war natürlich noch nicht fertig. »Ich werde nämlich seekrank!«, erzählte er ihr jetzt und lachte diesmal so sehr, dass er sich vornüberbeugen musste.

Sie nutzte den Moment, um ihm den Fahrschein aus der Hand zu nehmen und weiter zum Katamaran zu gehen. Es war einer der kleineren Katamarane, weiß, mit blauer SNAV-Aufschrift. Sie ging durch den Innenraum und stieg nach oben in den Sitzbereich, der mit großen Seitenfenstern versehen war. Sie saß kaum, als der Motor aufheulte und sich das Gefährt in Bewegung setzte. Sie fuhren vorsichtig aus dem Hafen, bis der Katamaran die Flügel ausfahren konnte, um dann richtig Gas zu geben.

Ja, sie flogen quasi über das Meer. Chiara wünschte sich manchmal, fliegen zu können. Das musste ein herrliches Gefühl sein.

Capri erinnerte sie an das Wochenende vor ihrer Abfahrt, damals vor gut fünf Jahren. Capri war für sie gleichbedeutend mit dem Glück, das sie mit Checco hatte erleben dürfen. Capri, das war noch immer er. Deshalb war sie auch seitdem nicht mehr auf der Insel gewesen. Vielleicht hatte sie auch diesmal den Moment so lange von sich geschoben, weil sie noch immer nicht bereit war, die Orte wiederzusehen, in denen sie einfach nur glücklich gewesen war.

Doch nun hatte sie eine Mission. Ja, es konnte gut sein, dass sie die Ringe wieder einpacken und mit zurück nach Neapel nehmen musste. Aber es bestand auch eine winzige

Chance, dass sie – wie auch immer – das Paar finden würde, dem die Ringe gehörten. Sie wünschte sich, dass diese Hochzeit unvergesslich wurde, denn sie glaubte noch immer, dass die Liebe etwas Wundervolles war. Sie glaubte auch, dass Tommasina gerade dabei war, sich zu verlieben. Chiara war so froh, dass Peppino den ersten Schritt getan hatte. Sie wünschte sich für die beiden alles Glück der Welt. Was die Zukunft brachte, konnte niemand sagen. Doch wie schön wäre es, wenn Tommasina und Peppino zusammenleben und vielleicht sogar eines Tages heiraten würden. Das wäre ein Erlebnis ...

Chiaras Gedanken wanderten in alle Richtungen, sogar bis nach Mailand und zurück, wobei ihr einfiel, dass sie Gianmaria einen Anruf schuldete, weil sie sich plötzlich nicht vorstellen konnte, zurückzugehen. Die vierzig Minuten Überfahrt vergingen wie im Flug, und sie war erstaunt, als das monotone Motorengeräusch leiser wurde. Die Flügel wurden eingefahren, und das Tragflügelboot kam schließlich im Hafen von Marina Grande zum Stehen. Sie ging an Land, fühlte sich motiviert. Wenn ihr Liebesleben schon eine Katastrophe war, dann wollte sie wenigstens dazu beitragen, einem Brautpaar am wichtigsten Tag seines Lebens zum Glück zu verhelfen.

Mailand, fünf Jahre zuvor

Womit Chiara nicht gerechnet hatte, war der Nebel. Ja, sie hatte natürlich davon gehört, dass Mailand und die gesamte Po-Ebene oft tagelang unter dichtem Nebel verschwanden, doch hätte sie sich niemals ausmalen können, was das für ihren Gemütszustand bedeuten würde. Sie ging in ihrem winzigen und lächerlich überteuerten Zimmer auf und ab und glaubte, verrückt zu werden. Genau so musste sich das anfühlen, wenn man den Verstand verlor. Sie atmete ein und aus und setzte sich wieder ans Fenster, blickte hinaus, sehnsüchtig, doch noch immer war da kein Himmel, keine Sonne, nur eine dicke Wand aus Nebel.

Ihr fiel die Decke auf den Kopf. Und sie wusste, dass dieses Gefühl bleiben würde, auch wenn sie nach draußen ging. Sie konnte nicht atmen.

Was die Situation noch schwieriger machte, war die Funkstille, die sich zwischen ihr und Checco eingestellt hatte. Er hatte sich seit einer Woche nicht bei ihr gemeldet. Sie allerdings auch nicht bei ihm.

Irgendwie machte alles keinen Sinn.

Sie hatten gestritten, dabei machten sie das sonst nie.

Mailand hatte ihre Beziehung sofort, vom ersten Augenblick an, unter Druck gesetzt. Er verstand sie nicht. Sie verstand ihn nicht. Er ging viel weg, behauptete, dass er nicht daheimsitzen konnte, weil er es nicht ertrug, sie dauernd zu vermissen. Dauernd! Jeden Augenblick des Tages, die ganze Nacht über und dann bei Sonnenaufgang wieder. Und sie fand es unfair, dass er immerzu fort war, wenn sie ihn doch brauchte.

Und dann der Nebel. Und dieses Zimmer, das nicht ihres war, es niemals sein würde. Dieses Zimmer, das sich anfühlte wie ein Gefängnis.

Musste sie das wirklich tun? Musste sie hier verharren?

Wem wollte sie etwas beweisen? Sich selbst? Oder Checco? Oder beiden?

Der einzige Lichtblick in Mailand war die Schule. Sie mochte den Unterricht und die Lehrer. Mit den Mitschülern hingegen wurde sie nicht ganz warm. Außer mit Tobia. Er war ein lustiger Kerl, sie war sogar ein paarmal abends mit ihm weg gewesen. Doch selbst diese angehende Freundschaft war irgendwann im Sand verlaufen.

Und nun saß sie hier. Und konnte kaum atmen.

Sie gab sich einen Ruck, stand auf vom unbequemen Stuhl, zog sich an, ging raus, spürte augenblicklich, wie ihr Haar sich bei der hohen Luftfeuchtigkeit kräuselte. Sie ging eine Weile ziellos durch die Gegend. Fühlte sich verloren. Fuhr mit der Metrò irgendwohin, landete am Hauptbahnhof, suchte instinktiv nach Zügen in den Süden. Kaufte eine Fahrkarte. Fuhr endlich raus aus dem Nebel, weiter, immer weiter. Bis sie wieder atmen konnte. Sie stieg um, tat vieles mechanisch, gestand sich selbst nicht gerne ein, dass sie aufgegeben, dass sie verloren hatte. Weil es sich im Augenblick so anfühlte, als würde sie exakt – endlich! – das Richtige tun.

Ihre Stadt empfing sie, wie nur Neapel das konnte. Die Luft war klar, lieblich, sanft. Das Leben pulsierte. Die Stimmen. Sie sprachen ihre Sprache. Sie war daheim. Daheim! Ja, es war chaotisch und laut, und ja, es war übertrieben, aber *Dio santo*, das war genau das, was sie brauchte. Sterben konnte sie noch immer, jetzt wollte sie leben. Sie wollte die Lebendigkeit der Stadt spüren, wollte Teil davon sein. Wollte aber vor allem bei Checco sein. Er war es. Er war es schon immer gewesen. Er war der Mensch, der ihre Seele kannte, er war der Mann, der sie zur Frau gemacht hatte, all das war er. Und sie konnte plötzlich nicht mehr nachvollziehen, warum sie sich auch nur einen Tag, völlig freiwillig, räumlich von ihm distanziert hatte. Sie hatte geglaubt, das zu brauchen, um sich weiterzuentwickeln, um sich selbst zu verwirklichen, um einen Weg zu gehen, der nur ihr gehörte. Doch war ihr jetzt klar, dass sie das gar nicht wollte.

Es war Abend, der Himmel über Neapel hatte eine ganz besondere Farbe. Man erkannte das Blau noch, doch es hatte diese nostalgische Färbung angenommen, die schon bald überhandnehmen und das Blau in einheitliches Schwarz verwandeln würde. Keine einzige Wolke. So und nicht anders musste ein Himmel aussehen.

Niemand wusste, dass sie in Neapel war. Und doch fühlte es sich so an, als würde die Stadt sie umarmen und ihr so etwas zurufen wie: Schön, dass du wieder hier bist.

Sie ging zur Haltestelle und wartete auf den Bus, um in Richtung Altstadt zu fahren. Sie hatte nicht mehr viel Geld, ein Taxi wäre ihr lieber gewesen, denn sie konnte es kaum erwarten, Checco zu überraschen. Sie hatte ihn nicht benachrichtigt, und jetzt war es sowieso schon egal. Sie hatte nicht nachgedacht, sie hatte instinktiv gehandelt. Und es würde schon gut gehen. Sie überlegte, dass sie ihre Sachen in Mailand würde holen müssen, denn spätestens jetzt war ihr klar, dass sie nicht mehr zurückgehen würde. Sie würde ihr Zimmer aufgeben müssen, doch es bestand kein Zweifel, dass schon eine Stunde später jemand Neues darin wohnen würde. So war das in Mailand. Jedes Zimmer wurde vermietet, jedes Loch fand Mieter zu horrenden Preisen. Sie würde sich darum kümmern müssen, sich von der Schule abzumelden, um hier in Neapel neu anfangen zu können. Ja, es war einiges zu tun, aber alles fühlte sich richtig an, deshalb würde es sie keine Mühe kosten.

Der Bus kam endlich, und sie wurde beinahe euphorisch. Wenn der Busfahrer sich beeilte, dann konnte sie schon in etwa einer Viertelstunde bei Checco sein. Es war beinahe neun Uhr abends. Sie hoffte, dass er zu Hause war. Und wenn nicht, dann würde sie auf ihn warten, alles kein Problem mehr. Chiara hatte inneren Frieden mit sich geschlossen.

Sie fand einen Sitzplatz im Bus, gleich neben einer Signora, die ein rosafarbenes Jäckchen trug und sie so lieb anlächelte, dass Chiara ihr, schon bevor der Fahrer wieder losfuhr, alles erzählte. Über Mailand, Checco und ihre Ausbildung. Die Signora tätschelte ihr Bein. »Er wird sich freuen, dass du wieder hier bist!«, sagte die Frau, und Chiara wurde ganz warm ums Herz.

Wenig später stieg Chiara an ihrer Haltestelle aus, ging direkt durch die ihr so vertrauten Gassen, nahm dabei die Düfte und jedes noch so winzige Detail auf, das sie so sehr vermisst hatte. Da eine eingebaute kleine Theke mit einer Madonna, dort ein Kätzchen, das von irgendwem mit Futter versorgt worden war. Die typisch graue Farbe der Steinpflaster, die bunt zusammengewürfelten Wohnhäuser ringsherum. Die Wäsche, die von den Balkonen hing. Der Papagei, der auf einem der Balkone wohnte und seine auswendig gelernten Begriffe in die Nachbarschaft rief. Der Fernseher der schwerhörigen Nonna, der mindestens zehn weitere Wohnungen belustigte. Das war das Leben, das Chiara kannte, hier fühlte sie sich wohl.

Sie kam zur Piazza, wo der kleine Fischmarkt stattfand, blickte nach oben, zu Checcos Fenster. Es war kein Licht zu sehen, doch das hatte nicht unbedingt etwas zu bedeuten. Erst als sie klingelte und niemand aufmachte, musste sie einsehen, dass er nicht da war. Diese Tatsache dämpfte ihre Vorfreude etwas, sie beschloss aber, im Treppenhaus auf ihn zu warten. Er würde schon bald kommen.

Womit sie nicht gerechnet hatte, war die Müdigkeit, die sie irgendwann übermannte. Sie nickte immer wieder ein, wachte erst wieder so richtig auf, als sie Stimmen hörte. Sie hatte keine Ahnung, wie lange sie geschlafen hatte, wie spät es war. Ihr Nacken schmerzte. Sie streckte sich.

»Geh nach Hause!«, sagte jemand. Chiaras Herz machte einen Hüpfer, denn dieser Jemand war Checco. Seine Stimme erkannte sie, würde sie immer erkennen, unter Tausenden. Aufgeregt stellte sie sich eng an die Eingangstür seiner Wohnung im ersten Stock. Gleich würde er sie sehen. Gleich!

»Ich will nicht nach Hause. Ich will dich!«, hörte Chiara aber dann eine weibliche Stimme. Und in diesem Moment fühlte sie sich wie vom Eis erfasst. Starr, kalt, unfähig, sich zu bewegen. Doch ihr Gehirn funktionierte noch sehr gut. Dass Pamela diese Stimme gehörte, war klar. Was nicht klar war, war dieses Gespräch zwischen Checco, ihrem Freund, und Pamela, ihrer Freundin. Gut, es war zwar möglich und absolut nicht verwerflich, dass die beiden Zeit miteinander verbrachten, wenn Chiara nicht da war. Aber, was hatte Pamela gesagt? Was?

»Unsinn. Nun geh schon, du hast zu viel getrunken.«
Wieder Checco. Sehr vernünftig. Chiara war stolz auf ihn.

»Ich mag zwar getrunken haben, aber ich bin hier, bei dir. Ich mache nicht mit irgendeinem Tobia rum, weit weg von meinem Freund, irgendwo in Mailand. Ich bin hier. Und werde es immer sein.«

»Chiara macht mit niemandem rum.«

»Ach nein? Mir hat sie aber etwas ganz anderes erzählt. Und warum sollte sie sich sonst seit einer Woche nicht bei dir melden, wenn nicht aus dem Grund, dass sie inzwischen mit einem anderen schläft, hm?«

Dieses Biest! Dieses gemeine, hinterhältige Biest! Nichts von alledem stimmte. Gar nichts. Chiara wollte schreien, aber sie war wie gelähmt. Außerdem würde Checco dieser dummen Pamela gleich antworten und sie, Chiara, verteidigen.

Gleich.

Das würde er doch?

Keine Stimmen mehr, aber beide waren noch da. Chiara hörte so etwas wie Schritte, Rascheln.

Moment.

Waren das Küsse?

Chiara zwang sich, sich von der Wand, an die sie sich gelehnt hatte, wegzustoßen, um über das Treppengeländer zu blicken. Was sie sah, brannte sich augenblicklich in ihr Gedächtnis. Checco drückte Pamela an die Hauswand im Eingangsbereich des Wohnhauses, der nur schwach beleuchtet war. Doch es bestand trotz des schummrigen Lichts kein Zweifel daran, dass Checco Pamela küsste. Nicht sanft. Vielleicht auch nicht verliebt. Rabiat eher. Doch auch diese Tatsache änderte nichts daran, dass er gerade Chiaras Herz brach, in so winzige Stücke, dass es ihr unmöglich sein würde, sie alle wieder an den richtigen Platz zu bringen.

Was sie sah, zerriss sie, tötete einen Teil von ihr. So und nicht anders fühlte es sich an.

Kapitel 30

Amami, mit Akzent auf dem ersten A!
Liebe mich.
Sag es laut!
Klingt es nicht wundervoll?

Capri, heute

Chiara hatte die Piazzetta von Capri erreicht, hatte aber keinen Plan. Die Insel war zwar klein, aber irgendein Paar zu suchen, dass *vielleicht* heute hier heiraten würde, war ein fast unmögliches Unterfangen. Sie warf einen wehmütigen Blick auf das Gebäude der Benincasa, in dem sie mit Checco das letzte glückliche Wochenende erlebt hatte. Danach war alles den Bach runtergegangen.

Schuld.

Wer war schuld daran? Niemand. Es war einfach so gekommen, wie es gekommen war.

Chiara hatte sich an einer Bar der Piazzetta mit einem schnellen *caffè* gestärkt und beschloss, zunächst das Naheliegende zu tun. Sie bezahlte und lief zur kleinen Kirche, die direkt an der Piazzetta lag und die dem heiligen Stefan gewidmet war. Chiara wusste nicht, ob hier Hochzeiten stattfanden oder ob es eine andere Kirche gab, die üblicherweise dafür infrage kam, aber es war einen Versuch wert. Doch sie musste sehr bald feststellen, dass das religiöse Gebäude im Moment nur von Touristen besucht war. Chiara ging trotzdem hinein, um nach eventuellen Hinweisen zu suchen. Es war eine einfache, aber durchaus hübsche Kirche, die gut ohne Prunk auskam und durch ihre sehr schlichte, graue Wandbemalung und die kunstvollen Gemälde in Szene gesetzt wurde. Chiara suchte im Eingang nach Informationen, die sie auch fand, und zwar mit den Messezeiten. Von einer Hochzeit stand nirgendwo etwas. Und natürlich hätte es hier bereits Blumenschmuck geben müssen, selbst wenn die Hochzeit am Nachmittag oder Abend stattfinden würde. Sie verließ die Kirche und ging zurück zur Piazzetta.

Sie überlegte, wie sie weiter vorgehen konnte. Sie hatte das beunruhigende Gefühl, dass die Zeit knapp wurde, obwohl sie keine Ahnung hatte, ob und wann diese Hochzeit stattfinden würde.

Ja, vielleicht sollte sie aufgeben.

Ein intensiver Duft lenkte sie jedoch ab. Er war so einladend, dass sie sich umdrehte und nach der Ursache suchte. Sie sah einen Mann, der ein Paket trug, das mit Papier einer Pasticceria eingewickelt war. Dann machte es klick. Wo eine Hochzeit war, war sicher auch ein Kuchen. Auf der Piazzetta gab es eine Konditorei, Chiara lief sofort hin.

In der Pasticceria war die Hölle los. Menschen aus aller

Welt standen an, um sich eine Originalsüßspeise aus Capri zu gönnen. Ein Blick auf die Vitrine ließ auch Chiaras Magen knurren. Sie war ein Fan der *Torta Caprese*, eines Schokoladenkuchens mit Pinienkernen, aber darauf musste sie im Moment wohl verzichten. Sie schob sich schamlos an der wartenden Menge vorbei, bat darum, dringend mit jemandem zu sprechen, der sich um die Produktion der Hochzeitstorten kümmerte. Sie musste so lange warten, dass sie beinahe durchdrehte, aber dann kam jemand. Ein verständnisvoller Konditormeister, der sich ihr Anliegen interessiert anhörte, ihr aber gleich mitteilte, für den heutigen Tag keinen Hochzeitskuchen im Programm zu haben.

Chiara war so enttäuscht, dass er ihr als Trost ein paar Kekse mitgab, die unverschämt gut und intensiv nach Zitronen rochen. Sie bedankte sich, doch bevor sie ging, sagte er noch: »Fragen Sie doch im Hotel *La Villa dei Limoni* nach. Sehr oft wird dort in den Zitronengärten geheiratet. Vielleicht haben Sie Glück.«

Ja, vielleicht.

Aber Chiara fühlte sich eher mutlos. Das würde nichts werden.

Andererseits, was hatte sie schon zu verlieren? Sie hatte sowieso geplant, die Fähre erst um fünf Uhr zurück nach Neapel zu nehmen. Also knabberte Chiara an den leckeren Zitronenkeksen und lief die Via Camerelle entlang, bewunderte mit einem ganz unverhofften Hauch von Urlaubsfeeling die zauberhaften Geschäfte, die sich längs der Gasse aneinanderreihten. Sie fragte sich, wie sich das wohl anfühlen mochte, hier ohne Geldprobleme einkaufen zu können.

Eine Tasche bei Gucci, ein Kleidchen bei Versace ... Chiara seufzte und blickte neidisch auf eine junge Frau, die kaum älter als zwanzig sein konnte und mit Taschen beladen aus dem Dior-Geschäft herauskam. Einmal nur das Gleiche tun können. Das wäre fantastisch. Chiara blieb interessiert an einem Schaufenster stehen, fand es aber ein bisschen deprimierend, dass in diesen Läden immer nur ganz wenig Ware ausgestellt wurde. Die Ladenräume sahen leer aus und schreckten demnach diejenigen ab, die einfach nur schauen wollten, denn ein Rundgang in einem solchen Geschäft konnte kaum mehr als zwanzig Sekunden dauern. Dann hatte man schon alles gesehen. Also nichts für Ich-schau-erst-mal-nur-Kundschaft.

In der Via delle Camerelle wurde Chiara immer wieder bewusst, auf welche Art von Tourismus die Insel eingestellt war. Capri war exklusiv, teuer, aber trotzdem ein kleines, landschaftliches Wunder, umgeben vom Mittelmeer, unter azurblauem Himmel.

Doch jetzt musste Chiara sich wirklich um das Brautpaar kümmern.

Sie hastete weiter, vorbei an eleganten Signore und einer ganzen Reihe verträumter Touristen, die versuchten, all die Schönheit, die sie umgab, aufzunehmen, bis zum Punkt, an dem die Gasse in die Via Federico Serena mündete. Dort befand sich, laut Wegbeschreibung des Konditors, direkt am Eck der Zutritt zum Hotel *La Villa dei Limoni*. Zitronenduft lag auf Capri immer in der Luft, aber hier roch Chiara ihn ganz deutlich und prominent, doch sehen konnte sie nichts, da zu ihrer Linken eine hohe, sehr gepflegt wirkende Mauer den Blick zum Hotel verdeckte. Kaum war sie aber an der Ecke vorbei, gelangte sie an eine Einfahrt, die um die fünfzig Schritte lang sein mochte und direkt zu dem führte, was der Haupteingang des Hotels zu sein schien. Sie machte sich auf den Weg zu den weißen, blank geputzten Stufen, bewunderte den penibel sauber gehaltenen Außenbereich und das wundervolle, große Keramikschild mit der kunstvollen Aufschrift *Hotel La Villa dei Limoni*. Selten hatte Chiara so etwas Schönes gesehen.

Zuvorkommend wurde ihr die schwere Glastür aufgehalten, und sie betrat ein bisschen eingeschüchtert die Eingangshalle mit den hohen Wänden und einem Empfangstresen, auf den sie gleich zuging.

»*Buongiorno*, wie kann ich Ihnen helfen?«, wurde sie mit freundlichem Lächeln empfangen.

Erneut erklärte sie ihr Anliegen. Sie hörte sich selbst sprechen und merkte, wie absurd ihre Geschichte klang, freute sich aber auch darüber, dass bisher alle die Via dell'Amore kannten.

»Ein Name mit einem O sagten Sie?«, fragte die nette junge Frau am Empfang noch mal nach.

Chiara rollte mit den Augen. »Ja, ich weiß, das ist keine sehr ausführliche Information, aber leider auch alles, was ich habe.«

»Würden Sie kurz warten?«, bat die junge Frau.

»Selbstverständlich ...« Warum auch nicht?

Die junge Frau verschwand hinter einer Tür, und da Chiara nichts mit sich anzufangen wusste, begann sie, sich umzublicken. Sofort verliebte sie sich unsterblich in die klaren

Linien des Hotels, in den allgegenwärtigen Zitronenduft, in das viele Gelb, in die reizenden Accessoires, die wie zufällig verteilt wirkten, aber von besonders gutem Geschmack zeugten.

»Signora?«

Chiara drehte sich um, wo jetzt eine Frau stand, die sich gewollt einfach gab, aber ihre angeborene Grazie und eine gewisse Autorität waren nicht zu übersehen. »Ja?«

Sie stellte sich als die Besitzerin des Hauses vor. »Ich gebe im Normalfall natürlich keine Informationen über meine Gäste heraus, bin mehr als bemüht, die Privatsphäre jedes einzelnen zu schützen.«

»Das verstehe und respektiere ich.«

»Nichtsdestotrotz möchte ich diesmal eine Ausnahme machen ...«

Chiara schluckte mehrmals vor Nervosität.

»Olga«, sagte die Besitzerin nur.

Und es ratterte in Chiaras Kopf. Olga. Sie brauchte einen Augenblick, um den Namen wieder einzuordnen, kam aber schließlich darauf. Olga, ja! Der Barista der Via dell'Amore hatte ihn zuletzt genannt. Olga war die Frau, die nach Chiara gesucht hatte und irgendeine Nachricht hinterlassen hatte, die dann vermutlich über Giosuè bei Pamela gelandet sein musste. Und Pamela hatte sich mal wieder eingemischt. Chiara ärgerte sich maßlos, am Morgen nicht Giosuè darauf angesprochen zu haben. Sie hatte es in der Eile vergessen.

Das alles war verwirrend.

Aber Olga ... die musste etwas mit den Ringen zu tun haben. Zweifellos.

»Richtig. Olga!«

»Ich weiß zufällig, dass sie heute einen Mattia heiraten wird.«

Da war es, das M! Großartig. Sie holte sofort die Ringe aus ihrer Tasche hervor und zeigte der Besitzerin die handgeschriebene Notiz auf dem inzwischen komplett ramponierten Papier. »Bin ich noch in der Zeit?«, fragte Chiara hoffnungsvoll.

Die Dame schaute auf ihre Uhr. »Sie heiratet nicht hier, sondern in einem Restaurant mit Terrasse zum Meer, vorne am Steilhang. *Mare e Sogni* heißt es.«

»Wann?«

»In etwa zehn Minuten ...«

Chiara wusste nicht, ob sie losrennen oder einfach aufgeben sollte. Sie war zu spät dran. Das konnte sie nicht mehr schaffen.

»Was, wenn ich Sie fahren lasse? Mit der Vespa?«, schlug die Dame vor.

Chiara zuckte mit den Achseln. »Warum nicht?«

. . .

Olga hatte Herzklopfen. Es wurde ernst. Susanna wich nicht von ihrer Seite. Sie hatte sich als wahre Freundin entpuppt. Und niemals würde sie die Überraschungsfeier am Pool vergessen, die mit etwas zu viel Alkohol im Blut geendet, aber jedes Kopfweh wert gewesen war. Sie hatte sich selten so sehr gehen lassen. Doch sie musste auch zugeben, dass es gutgetan hatte.

»Entspann dich. Alles ist getan, alles ist organisiert, jetzt darfst du den Tag einfach nur noch genießen. Das steht dir als Braut zu.«

Olga rieb sich die Hände, die trotz der Sommertemperatur eiskalt waren. Sie befand sich in einem Raum, der ihnen vom Lokal zur Verfügung gestellt worden war, und war nahezu bereit, den Startschuss zu geben. »Ich werde es versuchen.«

Ein Klopfen an der Tür ließ Olga und Susanna zusammenzucken. Sie sahen sich an und begannen beide zu lachen. Susanna ging hin und öffnete. Einen Moment lang fürchtete und hoffte Olga zugleich, dass es vielleicht ihr Vater sein könnte. Doch hatte sie, einem inneren Instinkt folgend, am Vortag mit ihm gesprochen und ihn ganz direkt gefragt, ob er etwas mit dem zu weiten Kleid zu tun hatte. Und er hatte es ohne Umschweife zugegeben, auch, dass er Pamela für seinen Plan sogar Geld geboten hatte. An diesem Punkt hatte Olga dann beschlossen, dass es ihr ohne ihren Vater wohl besser gehen würde, weshalb sie ihn gebeten hatte, nicht zur Hochzeit zu kommen. Er hatte auch nicht protestiert. Olga seufzte. Es war so besser für alle Beteiligten. Manche Entschlüsse taten weh, waren aber unumgänglich. Was Pamela anbelangte, so konnte Olga sie nur bemitleiden – wer für ein bisschen Geld bereit war, seine Seele zu verkaufen, der war ihre Zeit und ihre Gedanken nicht wert. Und irgendwie tat das Lachen in Anbetracht der Dinge einfach nur gut.

Checco kam rein.

»Was ist so lustig?«, wollte er wissen. Er hatte den Morgen natürlich mit Mattia verbracht, nun warteten sie für die letzten Minuten vor dem großen Moment zusammen in einem anderen Zimmer.

»Wir werden nur einfach hysterisch«, erklärte Susanna.

»Na dann ...«, gab er trocken zurück, was Olga und Susanna nur noch mehr zum Lachen brachte.

Checco stimmte irgendwann mit ein, und es wurde ein heiterer Moment, der die Anspannung löste.

»Wenn wir jetzt genug gelacht haben, wollte ich nur noch einmal klären, wer denn nun die Ringe hat.«

Olga erstarrte sofort.

Die Ringe ...

»Mein Vater«, sagte sie, hörte aber selbst, dass es wie eine Frage klang.

»Oh ...«, brachte Checco nur hervor und bot sich gleich an, sich sofort umzuhören, ob es auf der Insel Juweliere gab, die Eheringe verkauften.

Es war inzwischen ja allen bekannt, dass ihr Vater nicht kommen würde, es war klar, dass er ihr auch die Ringe vorenthalten hatte.

»An die Ringe habe ich gar nicht mehr gedacht«, gab sie zu. »Was jetzt?« Olga ließ sich entmutigt auf einen Stuhl fallen. Hatte ihr Vater es am Ende doch noch geschafft, ihre Hochzeit zu ruinieren!

Wieder hörte sie ein Klopfen an der Tür. Wahrscheinlich hatte Susanna jemanden geschickt, der ihr ein Glas Wasser brachte.

»*Avanti!*«, rief sie.

Eine junge Frau betrat den Raum. Sie wirkte gehetzt,

leicht zerzaust, aber auch gleichzeitig sympathisch und irgendwie bekannt. Olga hatte jedenfalls das Gefühl, sie schon gesehen zu haben, konnte im Moment aber nicht einordnen, wie und wo.

»Bringst du das Wasser?«, fragte Olga, obwohl sie weder ein Glas noch eine Flasche sah.

»Wasser? Nein ... ich bringe die Ringe«, erklärte sie.

Und Olga hielt die Luft vor Erstaunen an.

Die junge Frau machte ein paar Schritte auf sie zu, nahm etwas aus ihrer Handtasche und ließ sie dann achtlos auf den Boden fallen, um ein in Papier gewickeltes Päckchen auf den Tisch zu legen.

Olga nahm das kleine Päckchen, öffnete es und, siehe da, die Ringe.

Ein Wunder?

»Das musst du mir jetzt aber näher erklären«, bat Olga.

Die junge Frau holte tief Luft, aber es kam zu keiner Erklärung, weil ihr Blick exakt in dem Moment auf Checco fiel.

»Chiara?«

Olga begann zu verstehen. Chiara, Checcos Chiara ... Meine Güte, das Leben war manchmal unbegreiflich ...

Kapitel 31

Vivimi, mit Akzent auf dem ersten i!
Lebe mich, erlebe mich.
Jeden Tag aufs Neue, für immer.

Es war für Chiara so unerwartet, Checco hier zu sehen, dass sie einen Augenblick lang meinte, zu halluzinieren, dann aber zählte sie eins und eins zusammen.

Hatte nicht die Besitzerin des Hotels zuvor den Namen Mattia erwähnt?

Der Mattia, also. Checcos bester Freund.

In einem anderen Leben wären sie beide wohl als Paar zu dieser Hochzeit eingeladen worden. In diesem Leben kannte Chiara zwar Mattia, aber nicht Olga, in diesem Leben brachte sie Ringe, die sie nicht mal gemacht hatte. In diesem Leben war alles anders als geplant, als erwartet. Und doch war es das einzige Leben, das sie hatten. Das alles war verwirrend, aber auch logisch.

Sie musste sich setzen.

»Was machst du denn hier?« Checcos Verwunderung war verständlich.

Chiaras erster Gedanke war, aufzustehen und zu gehen und alles so zu lassen, wie es war. Klar, dass er Pamela geküsst hatte, war kein Kapitalverbrechen. Und doch hatte es alles kaputt gemacht, einen Riss in ihre Beziehung gebracht, der sich nicht kitten ließ, der immer bleiben würde. Andererseits konnte Chiara nicht ein Leben lang vor ihm weglaufen. Also erzählte sie zum wiederholten Mal an diesem Tag ihre Geschichte und den Grund, der sie hierhergebracht hatte.

Checcos einzige Reaktion waren ein Lächeln und ein amüsiertes, leichtes Kopfschütteln. Sie kannte diese Geste so gut. Er machte das immer, wenn er ein bisschen stolz auf sie war und gleichzeitig fand, dass sie mal wieder übertrieben hatte. Es war erstaunlich, wie sehr und wie wenig er sich in den letzten fünf Jahren verändert hatte. Er sah auf jeden Fall männlicher aus, hatte all das verloren, was ihn noch ein bisschen wie einen gerade aus der Pubertät herausgekommenen Jungen hatte aussehen lassen.

Da niemand etwas sagte, raffte Chiara sich auf. Sie wollte hier sicher nicht stören, hatte ihre Mission zu Ende gebracht. Das war alles, was sie wollte. Doch bevor sie irgendetwas sagen konnte, redeten alle auf sie ein.

»Bleib zur Hochzeit!«, »Wo willst du hin?«, »Ich lasse dich nicht gehen!« und so weiter, bis sie beide Hände hob und rief: »*Va bene, va bene!* Ich bleibe gerne zur Hochzeit. Danke!«

Ein Seitenblick auf Checco verriet ihr, dass er sich sehr darüber freute, denn er biss sich auf die Lippe und grinste dabei frech.

Die Braut klatschte in die Hände. »Leute, jetzt wird geheiratet!«, rief sie und ging auf die Tür zu. Dann drehte sie sich noch einmal um. »Wie sehe ich aus?«, fragte sie und machte ein niedliches Gesicht.

Natürlich bekam sie Zuspruch von allen Seiten.

»Sie ist eine sehr Nette«, flüsterte Checco Chiara zu und hob einen Daumen.

Abgesehen davon, dass Chiara augenblicklich eine Gänsehaut bekam, weil sie seinen warmen Atem auf der Schulter gespürt hatte, musste sie ihm recht geben. »Ja, scheint mir auch so«, pflichtete sie ihm bei. »Was für ein Glück für Mattia!«

»Es tut mir leid, Chiara«, sagte er übergangslos.

Sie sah ihn an, musste schlucken. Es war völlig egal, was es war, das ihm leidtat. Ob er damit das unglückliche Treffen im Imbuto meinte oder den Kuss mit Pamela oder was auch immer. Es war plötzlich nicht mehr wichtig.

»Ich weiß«, erwiderte sie daher nur.

Er nahm ihre Hand, was so unerwartet und gleichzeitig so selbstverständlich war, dass sie nicht mal versuchte, sie ihm zu entziehen. All ihre Liebe, sie war noch da, vielleicht sogar stärker als je zuvor.

»Das ist gut. Du siehst übrigens fantastisch aus. Unglaublich. Schöner als je zuvor.«

Sie blickte an sich herab. Ihr gelbes Sommerkleid war beinahe hochzeitsfesttauglich. Doch sie war sich ziemlich sicher, dass ihre Haare nicht perfekt saßen. Und sie hatte auch nicht die Spur von Make-up aufgetragen. »Du brauchst eine Brille«, scherzte sie.

Er schüttelte den Kopf. »Falsch. Ich brauche nur dich ...«

Chiara schmolz dahin. Die Schmetterlinge im Bauch schlugen so aufgeregt mit den Flügeln, dass sie es bis in den Haaransatz und in die Zehen zu spüren schien. Sie konnte nichts erwidern, sie war jetzt viel zu nervös, um etwas Sinnvolles zu sagen.

Es ging los. Olga war bereit. Es war Checcos Aufgabe, sie zum Pavillon zu führen, unter dem die Trauung stattfinden würde. Es war sicherlich ungewöhnlich, dass der Trauzeuge des Bräutigams die Braut zum Altar, oder in diesem Fall zum Redner, führte, aber was war bei einer Hochzeit schon gewöhnlich und ungewöhnlich? Wer legte das fest?

Die Trauzeugin, die sich als Susanna vorgestellt hatte, hakte sich hingegen bei ihr unter, und so war Chiara plötzlich selbst ein Teil dieser Zelebration.

Chiara suchte sich einen Platz zwischen den aufgestellten Stühlen und wartete wie alle anderen im Stehen darauf, dass Checco Olga an Mattia überreichte. Der Bräutigam sah blendend aus, in einem schlichten, modernen schwarzen Anzug, der seine gute Figur betonte. Chiara wünschte sich, er möge zu ihr schauen, um ihn wenigstens grüßen zu können. Sie kannten sich so gut, waren früher oft gemeinsam mit Checco unterwegs gewesen. Es war seltsam, ihn zum ersten Mal seit Jahren wiederzusehen, und dann gleich auf seiner Hochzeit.

Als hätte er ihre Gedanken gehört, drehte er sich um, entdeckte sie, machte ein überraschtes Gesicht, strahlte aber dann und winkte erfreut. Und dann erreichte die Braut ihn, und alles andere war nicht mehr wichtig.

Die Szene rührte sie. Liebe war schön, und wenn sie auf so reizende Weise zelebriert wurde, blieb bei Chiara kein Auge trocken.

Checco stand während der Zeremonie neben dem Brautpaar, doch er blickte immer wieder zu ihr, und sie spürte das Band zwischen ihnen wieder, so intensiv und so fest wie eh und je.

Die Trauung selbst war romantisch und kurz. Chiaras Lieblingsmoment war der Ringtausch gewesen, denn sie wusste, dass er auch dank ihrer Mühe so besonders geworden war. Ja, sie war ein bisschen stolz auf sich. Und auch froh zu wissen, dass sie zwar oft grobe Fehler beging, aber eben auch ab und an Dinge besser machte.

Sie warfen alle mit Reis, jubelten dem frisch vermählten Paar zu und gratulierten und freuten sich. Es waren nur wenige Gäste anwesend. Chiara mochte das Gefühl der Vertrautheit zwischen allen und freute sich, Teil davon sein zu dürfen. Und das in einem so zauberhaften Rahmen wie diesem. Was für ein Traum.

Das Essen fand im Restaurantsaal statt, Checco machte einen Platz neben sich am Tisch frei und bat sie zu sich.

»Ich möchte, dass du neben mir sitzt«, erklärte er.

»Glaubst du nicht, wir sollten zuerst reden?« Das ging ihr nun doch zu schnell.

Er stand sofort auf, nahm ihre Hand und ging mit ihr zurück nach draußen. Sie stellten sich ans Geländer, die sanfte Brise bewegte den Stoff ihres Kleides. Beide blickten sie auf das Meer, auf die Felsen und die Boote, die sich angesammelt hatten.

»Du wolltest reden?«, ermutigte er sie und strich ihr über den Rücken.

Chiara genoss die Berührung so sehr, dass sie seufzen musste.

Ja, sie wollte reden. Aber nicht über die Vergangenheit. An dem, was geschehen war, konnten sie nichts mehr ändern.

»Liebst du mich noch?«, fragte sie.

»Ich habe nie aufgehört, dich zu lieben.«

»Ich auch nicht ... nicht mal, als du Pamela geküsst hast.« Ja, es war unfair, das jetzt zu sagen, aber sie konnte nicht anders. Weil es sie zu sehr verletzt hatte.

Er blickte betroffen zu Boden. »Es tut mir leid. Das hätte niemals passieren dürfen. Ich bin nicht stolz auf mich. Und ich werde auch nicht versuchen, mich damit zu verteidigen, dass sie ein sehr manipulativer und durchaus überzeugender Mensch sein kann, besonders, wenn es um dich geht. Sie ist so neidisch auf dich, dass sie über Leichen gehen würde, um dir eins auszuwischen. Alles, was du hast, will sie auch. Das war schon immer so. Sie sitzt im Brautladen fest, während du die Welt eroberst – so sieht sie das. Aber es ist und bleibt natürlich unverzeihlich, dass ich auf sie reingefallen bin und ich sie erst später durchschaut habe, und ich verstehe, wenn du mich deshalb ...«

Sie unterbrach ihn, legte ihm einen Finger auf den Mund.

Chiara hielt einen Moment inne. Es roch nach feinem Essen, aus dem Saal waren Stimmen und Lachen zu hören, doch nahm sie alles nur wie durch einen Schleier wahr.

»Weißt du noch, als du mir erzählt hast, dass Capri für immer bedeutet?« Sie sah ihm tief in die Augen. Checco umfasste ihre Taille, zog sie dicht an sich und schaute sie zärtlich an. »Ich habe dir das damals geglaubt, ich glaube es noch immer.«

»Ich auch«, sagte er und küsste sie. Und Chiara hatte die Gewissheit, dass alles gut werden würde – irgendwie.

Gelato und Gefühlschaos in Italien

Seit ihr Vater an einem Herzinfarkt starb, leitet Livia die traditionelle Eismanufaktur ihrer Familie in der Altstadt Amalfis allein. Sie liebt es, neue Sorten auszuprobieren und ihre Kunden mit immer ausgefalleneren Kreationen zu überraschen. Sie arbeitet viel, trotzdem schafft sie das Pensum kaum. Zeit für ein Liebesleben bleibt da schon gar nicht. Doch eines Abends lernt sie Mario kennen, der kreuzunglücklich auf der Piazza vor der Gelateria sitzt. Und plötzlich ist Livia verliebt, ausgerechnet in einen Mann, den sie kaum kennt und der gar kein Eis mag. Doch die beiden kommen sich mit jeder Portion Gelato näher. Und sie merken bald: Nicht alle Probleme lassen sich mit einer Portion Eis mit Sahne lösen …

Roberta Gregorio
Die kleine Eismanufaktur in Amalfi
Roman

Taschenbuch
Auch als E-Book erhältlich
www.ullstein.de

ullstein

Auf nach Amalfi, auf zu Vino, Gelato Amore!

Als Carolina von ihrer großen Liebe Bernardo verlassen wird, schwört sich die Besitzerin einer reizenden Papeterie, nie wieder ein Wort mit ihm zu wechseln. Warum auch? Sie ist jetzt mit dem Konditor Aldo zusammen, und Bernardos Rückkehr ist ihr vollkommen gleichgültig. Zwar versucht er alles, um Carolina zurückzugewinnen und wiedergutzumachen, dass er sie damals so verletzt hat, aber sie lässt ihn abblitzen. Zu groß ist ihre Angst, wieder von ihm enttäuscht zu werden. Dass Aldo in puncto Leidenschaft Bernardo niemals das Wasser reichen wird, ignoriert sie geflissentlich ... Zum Glück hat sie ihre geliebten Amalfi-Papiere und ihre besten Freundinnen, die ihr in dem Gefühlschaos beistehen.

Roberta Gregorio
Der zauberhafte Papierladen in Amalfi
Roman

Taschenbuch
Auch als E-Book erhältlich
www.ullstein.de

ullstein

Wo die Zitronenbäume blühen, ist auch die Liebe nicht weit

Diletta ist stolze Zitronenladenbesitzerin in Amalfi und glücklich mit Nunzio verheiratet. Die beiden wünschen sich nichts sehnlicher, als eine Familie zu gründen, aber es will einfach nicht klappen. Ihre Beziehung leidet zunehmend darunter. Als ein charmanter Engländer nach Amalfi kommt und eine Zitronenplantage kaufen möchte, geht es auf einmal drunter und drüber in dem malerischen Küstenort. Denn mit Zitronen kennt Diletta sich aus, und was wäre da naheliegender, als ihm bei seiner Unternehmung zu helfen? Mit Mike wirkt alles leicht und unkompliziert, und Diletta erwischt sich dabei, wie sie beginnt Gefühle für ihn zu entwickeln. Doch nie würde sie über Schmetterlingen im Bauch ihre große Liebe zu Nunzio vergessen. Oder?

Roberta Gregorio
Die Zitronenblüten von Amalfi
Roman

Taschenbuch
Auch als E-Book erhältlich
www.ullstein.de

ullstein